后浪

玉龙雪山

［意大利］艾尔莎·哈特 著
王晓冬 译

四川人民出版社

致

我的母亲

目 录

序　言　　　　　　　　　　　1

离日食还有六天　　　　　　　5
　第一章　　　　　　　　　　7
　第二章　　　　　　　　　　11
　第三章　　　　　　　　　　30
　第四章　　　　　　　　　　43
　第五章　　　　　　　　　　58

离日食还有五天　　　　　　　75
　第六章　　　　　　　　　　77

离日食还有四天　　　　　　　97
　第七章　　　　　　　　　　99
　第八章　　　　　　　　　　110

离日食还有三天　　　　　　　125
　第九章　　　　　　　　　　127
　第十章　　　　　　　　　　144
　第十一章　　　　　　　　　163

离日食还有两天	183
第十二章	185
第十三章	203
第十四章	224
第十五章	245
离日食还有一天	261
第十六章	263
第十七章	280
第十八章	294
第十九章	301
离日食还有一天	323
第二十章	325
第二十一章	335
第二十二章	343
日食	349
第二十三章	351
第二十四章	360

序　言

1780年4月

……在我继续讲之前,你得明白,七十年前我们西方并不太了解中国。那时,一箱箱封好的鸦片还没有被送到中国的口岸,我们的炼金术士也还没有办法复制瓷器。我们的商人极度渴望中国的丝绸、茶叶和香料,中国却对微不足道而混乱的欧洲各国毫无兴趣。

康熙皇帝只能容忍一种外国人:耶稣会信徒。他们是他的咨询师、天文学家以及消遣。其他人——不管是商人还是冒险家——都被拒之门外。可怜的东印度公司,像一条饥饿的狗一样在门外哭泣,这个沮丧的畜生闻到肉香却无法吃到它。现在的情形已经截然不同,东印度公司更像是一头狼。侄儿,你要小心这头雇用你的怪物。

我常常在想,记忆就像不断变深的海水,它们每天沉入海底都是一次遥远而可怕的旅程。我知道它们在那儿,但我看不见它们。表面的涟漪让我分心,附近触手可及的漂浮的残骸也会吸引我的注意。现在,我想象着你的船准备起航,阳光照进深海。这让我想起加朗在他最后岁月中的某个晚上。像往常一样,我们在他"黄金圈"的破旧公寓中,在一堆书中,被冻得缩成一团。

大学已经三年没有给他酬劳了。加朗为了他的项目——一部东方语言字典、一部阿拉伯语的百科全书和受到凡尔赛宫贵族喜爱的《一千零一夜》——花光了所有积蓄。我是他的学生,我催促他靠近火坐着,因为我看到他的脸色变得苍白,透过半透明的肌肤甚至可以看到他的手指骨。

有人敲门进来。我盯着门外的来客,在寒冷的夜里,他披着斗篷,看起来像是从我老师的某个故事里走出来。他高个子,有着黑色的眼睛和打理成束的胡子。他衣着朴素,但自信中暗藏着王室般的自负。加朗像欢迎老朋友一样忙着准备茶水。我知道他只剩下很少的茶叶,而且再也没钱买新的。加朗把茶罐藏到客人看不见的地方,将最后剩下的茶叶放到茶壶里。客人什么也没说,但我想他一定知道这一切。因为第二天早晨我发现茶罐里装满了王室才能享用的珍贵茶叶。

客人说他来讲一个与众不同的故事,这个故事要讲上一整夜。加朗从抽屉里拿出一沓空白的纸。在之后的几个小时内,我没有听到羽毛笔划过纸面的声音,也没有听到街上的声音。我完全感受不到羊毛带来的瘙痒和潮湿,也没有看一眼我打算学习的课本,这个讲故事的人占据了我全部的世界。

那个晚上时间过得特别快。加朗在完成他的字典、百科全书和《一千零一夜》之前就去世了。我所有关于那晚故事的记忆都沉入了黑暗。但是加朗将他所有的笔记都留给了我。几个月之前,在那些匆匆记下的笔记中,我发现了有关那天晚上的内容。我现在的境遇要比加朗在这个年纪时好多了，我有了闲暇将他留下的东西按照一定顺序进行编纂。我在这封信里把我努力的成果告诉你。

我还必须用一些历史的细节烦扰你。你开始了自己的冒险，满脑子都是自己的前途。但你永远也不要忽视过去，它像磁石一般影响我们的决定，它在我们面前而非背后阻碍我们的进步。

康熙皇帝正是这样，他的统治受到来自过去的阻碍。他是清朝入关后的第二个皇帝。他来自北方马背上的民族——满族。他们入侵中原，推翻了大明王朝。他们建立了自己的王朝，并命名为"清"。出于让臣民接纳的考虑，他们采用了被征服者的传统。他们学习汉族精英的知识和审美品位，模仿明朝的风格，但是马背上的八旗制度被强制执行到中国的所有角落。明朝的反抗势力被残酷镇压，汉族的官员被清朝的满族官员取代。

耶稣会信徒最早在明朝末年就来到中国，他们带来了西方的科学知识，并很乐意将他们所知道的东西传授给中国人。他们对同化毫不抗拒，将精力投入到学习中国的语言和习俗中，并在朝廷中得到一席之地。

康熙将耶稣会信徒提拔到很高的品阶。你明白的，这主要是因为他们确实很有才干。康熙皇帝并没有被基督教信仰所打动，但是耶稣会信徒的知识——数学、工程学、制图学都有助于呈现皇帝自身神圣的光环。

光阴似箭，耶稣会信徒开始在罗马失去影响。1704 年，教皇派遣多明我会修士来到中国[1]，试图劝说康熙皇帝用多明我会修士代替耶稣会信使。虽然康熙还护着他喜爱的耶稣会信徒，但他在逐渐失去耐心。对于外国人之间发生的争吵，康熙非常恼怒。他派人送信给教皇表示，如果教皇真的想要改革耶稣教会，他就砍下这些修士的脑袋。

这就是我所知道的这个故事发生时世界的局势。我不知道这个故事中的人物是否真实存在，但是黄昏时分，他们与我一起在花园里散步，一起坐在书房里。我想知道在我简陋的收藏中，是否有任何一本中文书被这个故事里的藏书室编修阅读过。在英国东印度公司带给中国皇帝的不可思议的物品中，我没有发现任何相关的记录。

——引自书商保罗-亨利·德奥比尼写给他侄子阿曼德·巴托的信，由"决心"号船长下一周到广州后转交。

---

[1] 亦有史料记载，1631年即有多明我会修士抵达中国，正式开始对中国传教。为尊重文学创作，下文中存在史实争议的内容将不一一标注。——编者注（以下注释若无特别说明，均为译注。）

离日食还有六天

第一章

初春一个清冷的早晨,李杜来到小山之上,俯瞰大研城[1]。太阳还没有触到山谷,轻轻飘动的白烟模糊了瓦片和木制屋顶僵硬的曲线。

大研城北边,一座高山在黎明中缓慢显现,底部是平淡无奇的蓝色,衬着逐渐变亮的天空,仿佛山是平面的一般。在远处山的顶端,冰雪发出的金粉色微光预示着太阳即将升起。

李杜看见能让他越过高山下到另一边河谷的小路,但他与山脊之间不可避免地横亘着大研城。李杜向着寒冷的空气发出一声叹息,起身去往小溪冲洗他的碗。这条小溪从他曾经驻足喝茶的山顶寺庙中流出。他熄灭了升起的火,下到山谷之中。

---

[1] 即现在的丽江。

一个多小时后，李杜来到镇子边缘。此时太阳已经升起，路上挤满了旅客、农夫和马车。李杜越往城市里面走，狭窄的街道就变得越拥挤。不一会儿，他就陷入了混乱，周围围满了人、牛和马，相互推搡着发出很大的声音。地上满是粪便、果皮、甘蔗渣、鸡骨，以及丢弃的米饭。李杜试着尽量不踩到瓷杯，不撞上挂起来的铜壶，不被正在奔跑、睡觉或寻找食物的狗绊倒。

李杜是一个中年男人，他穿着整洁但带有补丁的旧衣服，头上戴的丝绒帽已经走了形，由黑色褪成灰蓝色，他背着一个粗糙的编织袋，手里拿着一本书，食指插在读到的那一页里。

小贩误解了李杜出于礼貌的微笑，请他看自己卖的东西。每次被招呼时李杜就停下来，扬起眉毛，皱着额头，很配合地注意着那些货物。当商贩们发现他并不打算买什么时，他们就会将注意力转移到其他客人身上，李杜就继续走他的路。

在喧闹中，李杜并没有听到官话，仅有混杂着几种不同语言和方言的声音，大部分对他来说都是陌生的。"这个帝国太大了，"李杜想，"住在京城的居民竟无法理解边境居民的语言，就像人不能感知他自己的手指一样。"李杜摘下帽子挠挠头——要是他记得整理头发就好了——他的头发像刷子一样向上冲着，需要剪了。他想象着站在角落里的面色苍白的士兵向他投来诘责的目光。常言说："留发不留头，留头不留发。"李杜戴上帽子，决定等会儿再去问路。

李杜来到"茶街"，许多布满灰尘的廉价茶叶堆在一起。一个月前李杜经过的炎热丛林正是采摘这些茶叶的地方。他隐约记得,它们生长在郁郁葱葱的山中,那里繁花微动,就好像鱼在薄雾中缓缓游动。这些茶叶被烤干后用布系住,装入竹筒,等待被绑在马鞍上,由商队带去北方。

旅途中,这些茶叶将会保持它们产地的味道、花的味道、烤制它们的烟火的味道。它们也会带着商队的气味:马汗味、草香味,以及北方森林冻土的味道。优秀的茶叶品鉴家仅仅抿一小口就能在心中勾勒出茶叶的整个旅程——一张味道与芳香的地图。

另一条街上,装饰着精致铃铛的缰绳悬挂在钩子上,光滑的木质马鞍堆在一起,摇摇欲坠。积得厚厚的霜掩盖了檀香、茉莉和玫瑰的气味,使地面和空气依旧寒气逼人。燃香的烟气让路变得朦胧,然后这放肆的香味又被咸的金属气味压倒。转过拐角,李杜发现自己来到鱼摊前。

这里,每个经过的人都小心避开像泡沫一样在桶边溢出的内脏,桶被血水混合的湿滑小坑围绕着。当李杜经过一个满是鲤鱼的浅水槽时,一条鱼跳了出来,落在地面上。鱼在尘土里拼命地拍打身体,李杜把书夹在腋下,弯腰捧起鱼,把它放回水中。

"你是什么人,和尚吗?"鱼贩问,"干吗这么做?"

面对这个粗暴的鱼贩,李杜不知该如何回答。他正要开口说些什么,小贩耸耸肩,说道:"好吧,我还以为你要偷我的鱼。"

"瓜田李下。"李杜想,然后问:"你能告诉我知府大人住在哪儿吗?"

"顺着这条路一直走,"鱼贩用手指着,他的手因为寒冷而变红开裂,沾满发光的鱼鳞,"被墙围起来的一大片地方就是,你出了市场就能看见了。"

"我没想到会这么挤,"李杜说,"今天是赶集日吗?"

鱼贩咕哝着:"普通的赶集日也没这么多人。已经一个礼拜了,以后人还会更多。你知道吗?是——"

在周围喧闹的讨价还价声中,鱼贩的声音听不到了。李杜疑惑地摇摇头,鱼贩又重复了一遍,但这时他被一个客人分了心。他含糊地向刚才指的方向挥挥手,就忙他的生意去了。李杜表示了感谢便离开了。

出了市场,街道变得安静起来。李杜经过几家茶室、几家伪装成茶室的妓院,以及一家堆满酒罐的酒馆。他突然觉得,某种程度上,一杯热酒会让这趟差事变得没那么糟糕。

墙上张贴的鲜艳告示让李杜猛然停住脚步,他看见告示上用大红色写着:皇帝驾临。确定他没有误读之后,李杜看到告示最上方写着:春节演出。

李杜迅速地一张张查看其他告示:正午"龙"广场,著名吴氏歌女。下面写着:知名剧目《离魂》《游园》《惊梦》。还用金字写着:皇帝召唤日食。

怪不得市场这么拥挤、杂乱,李杜也明白了鱼贩刚才的话。康熙皇帝将来到大研。李杜再一次脱掉自己的帽子,若有所思地揉揉头,把帽子又重新戴上。看来他选择了一个不走运的时间来到大研。

第二章

知府宅院雄伟的大门外,发生了一点小状况。一个外国商人站在三驾马车的旁边,马车上高高堆着用稻草捆绑好的木箱子。几个箱子被放到地上,已经被打开了。五个穿着蓝底白龙黄色火焰刺绣缎面制服的八旗守卫,在检查箱中盒子里的东西,而外国商人正在斥责第六个守卫。

这个商人是个秃顶的男人,面色红润,衣着光鲜。他用一卷文书拍打着那个守卫的胸膛,用干脆而流利的中国话说:"我是大使,我的货物是不需要检查的。如果你们再继续开箱,你们就必须为货物遭受的任何损失承担责任。让你们的人走开,马上带我去见知府大人。"

守卫尽量避开商人的视线,但仍然在检查木箱中的货物。"所有商队的马车都必须检查,没有例外。"

"这让人无法接受,我不应该被这样对待。知府大人将会知晓这一切,皇上也会。我是皇上请来的客人。你们意识到自己的错误没有?你们知道如果你们再把我当成一般的商人对待,会给自己带来多大的麻烦吗?"

这个守卫窘迫不安地站着,空气中充满了令人不快的尴尬。外国商人不够庄重的行为让在场的每一个人都感觉受到了羞辱。守卫们根本不知道如何是好,直到商人说了些什么并将手中的文书递给守卫。这时候,没有人注意到李杜,他远远地站在门楼外,等着看究竟会发生什么事情。

一位年轻官员的出现缓和了气氛,官员将红脸商人手中的文书接过来,打开,浏览了一下文书的内容。"尼古拉斯·格雷先生。"他说,将商人的名字念得分外清晰。接着,他又用汉语说:"知府大人一直在等您,知道您来了他一定会很高兴的。您先在客厅等候一下,我们会负责安排将您的货物存放进知府大人的私人收藏室。请您接受我的道歉——毕竟这个城市从来没有接待过这么多贵客。我们更没有接待过外国的客人。守卫们本应该知道您是谁的。请跟我来。"

"我坚持等确认货物完好无损后才让它们离开我的视线。"

"当然可以,我们带所有的盒子一起进去。"

年轻的官员给其中的一个守卫下达命令,守卫很快从门楼里带出来一群仆人。他们别扭地聚在一起,直到这位官员告诉他们将盒子从箱子里取出来并搬到宅子里。

外国商人帮着搬盒子,这让那些仆人感到很紧张。其中一个仆人笨手笨脚，几乎摔了一个箱子，商人大声斥责他。"这里面的东西都是易碎的，"他说，又对年轻的官员说，"吩咐他们动作不要这么粗暴，我不能每一件东西都自己搬。"

"但是你经过非常颠簸的路才来到大研，你确定所有的箱子都打包得很好吗？"

商人面色严峻地点点头，说："我可不想看到整个欧洲最好的水晶在一个蠢笨的仆人手中被摔得粉碎。"

李杜看着这群人穿过高大的朱门进入内宅。他们走后，李杜迟疑了一会儿，然后走向守卫。这些守卫佩戴着擦得锃亮的弓和配套的绣着金色葡萄的绿色箭袋，正互相低声抱怨刚才发生的事情。

"打扰，我想求见你们知府大人图利申。"李杜对守卫的头领说。怒气冲冲的外国人走后，这位头领现在才平静下来。

"你有引见的信吗？"

李杜将夹在书中的文书递了过去。多年来，文书的纸张被多次淋湿又晒干，变得又旧又皱。守卫接过文书，走进了内宅。几分钟后，这个守卫又出来了，还带来了一个仆人，仆人领着李杜进入内宅。

当李杜来到宅子入口处的阴影里，他能够感觉到四周高墙的压力。弧形屋顶上面绘着明亮的蓝绿色轮廓的云彩，模仿天空的样子，目的是让宅子显得雄伟、阔大，但李杜只感受到一大堆灰泥与石头。那些绘制的云纹如此呆板与单调，李杜从它们下面离开后才感觉轻松。

内宅不是单独的一间房子，而是一个被厚重石墙包围、与世隔绝的复杂空间。富丽堂皇的亭子沿着中轴线一座接一座地排开，旁边是一些精巧的建筑物、花园和庭院，由小道和回廊连接。内宅最远处立着一座树木葱郁的山，山上点缀着古雅的塔，山顶种着柏树。

在离大门不远一个安静的客厅里，李杜喝着茶等待传唤。李杜续了七次热水，直到茶叶没了颜色，仆人才出现。李杜站起身，感到在寒冷的石头房间里等了太长的时间，自己的后背和膝盖已经完全僵硬。李杜跟着仆人来到一个充满香气的大厅。大厅里面装饰着大幅的画轴，书柜里陈列着许多玉雕与古瓷。

知府图利申坐在华丽书案后的一张红木雕花椅子上，他穿着有鲜艳刺绣的丝绸袍子，袍子的领口、肩膀、袖口和袍子的边缘都用松鼠皮毛仔细地装点过。他的眼睛浮肿，看起来很疲劳。在李杜看来，他脸上写满了成功度过官僚生涯所需的谋略。他微微点头，以此回应李杜的叩头。有那么一瞬间，李杜满怀希望地想，知府大人也许不会提及他们之间的关系，只是简单地在他的文书上盖一个章，同意他继续赶路。

图利申尽量表现出他的热情："表弟，我们有很长时间没有见面了。一日似已三秋，我几乎认不出你了。你身体是否抱恙？"

"没有，我一直在旅行，所以可能有点累。"

图利申轻轻挥手，似乎已经接受了李杜本不存在的歉意。"你离开京城之后，"他说，"我的母亲过世了，如今她和你的母亲在一起，姐妹俩死后终于待在一起了。如果你愿意的话，可以在这里的寺庙祭奠她。"

"谢谢，我对她的去世感到非常难过。"

图利申微微做了一个不屑一顾的手势。"悲伤哀悼的时间已经过去，"他说，"老一辈总是要给年轻一辈让路的。我的儿子在乡试中名列前茅。"

"这太了不起了。"

"他现在在北京准备会试。如果环境不是现在这样，可能你也会是他的导师之一。然而，你我竟在远离家乡的边陲见面。虽然我们是通过完全不同的途径来到这儿的。"

"一个是进阶，一个是流放。"李杜想，但他什么也没有说。图利申打开李杜起皱的文书开始浏览，李杜在一旁沉默等候。

李杜记得，最初图利申被委任为东部一个小城的小官时，他还叫李尔丰。那时候李杜只是一个孩子，便听说了他这位年长的堂兄很多成功的故事，分享着他的家族因为李尔丰的升迁而带来的荣耀。在李杜的想象中，李尔丰是一个英俊而善谈的冒险家，像许多故事中描写的英雄一样。当李杜看到从东部返家的李尔丰，发现他实际上是一个冷淡、乏味的人，只对和他一起饮宴的豪奢贵族们的生活了如指掌时，他不免感到失望。

因为很好地执行了贡品征集政策，李尔丰在官场不断升迁。他那精明和高效的执法头脑受到了赞赏，并最终获得了满族的荣誉身份，这种荣誉只给予那些最被信任的汉族大臣。为了表明自己的忠心，李尔丰改了满族名字图利申。在图利申的手上很难看到珠宝首饰，他只戴了一枚扳指，这是满族人过去在草原上生活时常佩戴的东西。

李杜很想知道,他的这位表兄怎么看待自己现在的地位:偏远边陲的一个知府。大研的南面是茶林,在那里,昆虫携带来的高热病让人恐惧。大研北面是西藏的高原地带,土匪横行,让人胆寒。在大研这样的地方任知府,可能是展现才华、迅速升迁的好机会,但也得冒着在群山中默默无闻结束官宦生涯的危险,被一些几乎意识不到清朝统治的乡下人围绕着。

李杜等着图利申再次开口问话,他意识到他到大研是例行公事,李杜明白自己的地位是卑下的,需要顺从,起码不能给当地官员带来任何麻烦。他必须安于他的角色,才能继续他的旅程。

图利申一边看着面前的文书一边说:"你曾是紫禁城的图书编修,大约五年前,你因为与叛贼的交情被从京城流放。大家确信你知晓他们的叛变,你本该和他们一起被处死。"图利申等待着李杜的回答,发现李杜默不作声,图利申抬头看了看李杜。"至少我们的家族已经宽恕你了。"他说。

之后是短暂的沉默,他们试图理解对方。李杜非常明白,在他被捕的那一刻,他的家族更多关心的是他们的声誉而非李杜的生命。李杜对此并不吃惊,他也从来没有忽视家族的利益,只是最终,他的学养阻止了他。

"我来这儿,"李杜轻声说,"是执行我的判决,我要去一个新的地方登录名册。"

"那让我们来看看正式的文书,"图利申说,"来大研之前你在哪儿?"

"我一直在南边,在茶林。"

"一个人吗?没有和向导或者翻译在一起吗?"

"没有,我比较喜欢随性的旅行。我带着一些旅行笔记,有书上对这个地区的地理描述作为依靠。"

"你没有染上热病?"

"我读到菊花燃烧时产生的烟雾可以驱逐携带疾病的昆虫,只要条件允许,我就烧一些菊花,并且避免到河边去。"

"没多少人会到这么南边的茶林去,即使在大研也有很多染上热病的人。但现在天气这么冷,旅行也还是安全的。"他稍微停顿一下,接着说,"你打算在大研停留一段时间吗?"

"我不准备留在这里。如果方便的话,我想尽快上路,然后往北,到建塘[1]去。"

图利申的紧张稍微缓和了一些,说:"你为什么要去建塘?"

"仅仅因为我很享受我的旅行,我不习惯在一个城市待太长时间。我想去建塘也仅仅是因为我以前从没有去过那里。"

"建塘都是一些没有教养的人,男人是盗贼,女人不讲体面。大研本地居民几代人都在和他们作战。全是无知的争执。当然,现在情况好一些。我们正在慢慢地教化他们。如果这些野蛮人和他们糟糕的饮食没有吓到你,我会允许你到那里去的。"图利申停顿了一下,李杜在等待会面的结束。

但是图利申并没有马上让李杜离开,他微微靠在椅子上,带

---

[1] 建塘是现云南省迪庆州香格里拉市治地。

着些许好奇看着他的表弟。"我承认,李杜,当我看到你的文书并意识到你是谁时,我想你到这里是为了利用我们之间的关系。我以为你想要请求皇上的宽恕,结束你的流放生活。但是显然这并不是你的目的。"

李杜被刺痛了,他想说如果他知道皇帝会来大研,他就会彻底避免来到云南。他想说他自食其力地活着,独自一人活着,走他自己想走的路,对此他已经非常满意。他再也不想看到皇上。

但他只是说:"直到今天在城里看到告示,我才知道皇上要来大研。"

"那么,你可能是唯一一个不是为了见皇上而到大研的访客。"

"我想皇上出巡的消息一定传遍了周边各地,但我只想独处。"

"你完全不和其他人说话吗?"

"有一段时间不说了。"

"啊,"图利申说,看起来很高兴,好像他终于解决了一个难题,"你成了一个隐士般的学者,是不是?你作诗,像过去的诗人那样与树木交谈。"

李杜微微一笑:"说实话,表兄,我想那样。尽管我的处境算是浪漫,但我没有创作文学作品的才华。"这是实话,李杜虽然通晓大部分的诗歌,但他发现关于云、山和竹林的题材已经没有留给他的创作空间了。

图利申并没有以笑容回应:"你总是那么谦虚。你的会试成绩优异,所以才能管理皇家藏书。"图利申的声音有些尖锐,李杜想起来图利申自己还没有通过会试。他不能想象他的表兄现在居然在嫉妒他。

"你看到了，"图利申说，"我很忙。大研是这次皇上巡访的最南边的一站。春节之后，皇上就会回北方，返回京城。"

李杜感觉到他必须要表现出一些对皇帝巡访的兴趣，于是问："皇上巡访了多长时间？"

"差不多一年。就是为了在这个时间到达我这里。春节是非常重要的庆典，皇上还邀请了外国客人越过西南边境来参加庆典。"

"这是否意味着皇上对在中国的外国人政策有所放松呢？"

图利申摇摇头："这只是一个有时间限制的邀请，春节结束后就会失效。但当这些外国人就在边境附近时，他们为什么不到中国来？这些自大的外国人将会见证皇上控制天象的能力，他们会知道皇上比他们自己的国王要优越很多。我的城市何其有幸能见证真龙之子的神力，这样的盛况在中国其他边陲是无法见到的。"

"皇上控制天象？"李杜记起了他曾经看到的墙上告示，"你是说日食？"

"能主持这样的盛事，真是无比荣耀。"图利申重复着。李杜发现了表兄表情中的恐惧，也理解为什么表兄会这样恐惧。图利申野心勃勃，但他现在也因为李杜的问话感到不安。

自古以来，人们就认为皇帝有预测天象的能力。展现这种能力可以确证皇帝的神圣，所以这件事一直被非常严肃地对待。对天象的预言越精确，神力的展现越有效。像李杜和图利申这样的士人，他们很多年前就认识到，是朝廷的耶稣会信徒提供给皇帝一年的天文现象的日历。耶稣会信徒的计算被证明是可靠的，并能精确到分钟。自然，耶稣会信徒所做的事情是被禁止公开的，因为真相会让皇帝的预测盛况变得黯淡无光。

还有什么比一场壮观的春节和日食庆典更能给动荡不安的云南百姓留下深刻的印象、以更好地维护朝廷的统治呢？如果图利申不能在云南这个因为疾病、野蛮而闻名全国的省份出色地组织这场前所未有的盛事，他会因令皇上失望而被责骂。

"成千上万的人会聚集到大研的东面，"图利申继续说，带着不得不维持的热情，"皇上会在百姓面前，在高耸的金色亭子内，像神祇一样出现。外国客人和云南的化外之民将会知晓皇上的神力。对此他们永远也不会忘记。"

"早些时候，我在门口看到了一位外国客人，是个商人。"

图利申不舒服地动了一下肩膀，说："他是刚到的一位。最早的客人三天前就到了，是一个像平原上死去的树木一样两鬓斑白的老人，他是一个穿着黑色袍子的修士，但他并非来自京城，他说他住在印度。他说的还不仅仅是这些，这个人就没有停止过絮叨。显然，他并不知道说得越多，错的也就越多。这还不是他最愚蠢的地方。他居然和康巴地区的商队一起旅行到这儿。我很奇怪那些人竟没有抢劫并杀掉他和他的朋友。"

"他的朋友？"

"一个来参加春节庆典表演的人，来自阿拉伯半岛的说书人，"图利申露出喜色，"他非常有趣，中国话讲得很好。我今晚请他来这里表演。"

接着,图利申陷入了沉思,回过神来后,他说:"还有一个穿着黑袍的人,他是独自来的。一个年轻人,不怎么起眼。他的中国话很差。他还有胃病,自从他来到大研后就没离开过旅馆的房间。我派医生给他送去草药,现在这个奇怪的人想知道和医生所用草药有关的一切。他对那些草药非常痴迷。你在北京的时候遇到过这些修士吗?"

"耶稣会信徒吗?"李杜问,"有个耶稣会信徒曾经教导过我。"

图利申的表情有了变化。李杜对自己学术上优越的暗示让图利申感到不快,但他现在能有知府的地位,可不是通过放弃利用他人的机会而得来的。"你学过他们的语言吗?"他问。

"我在北京见到的大部分修士中国话都能说得很好的。但是我学习过他们的拉丁文。"

"告诉我有关他们的事情。"

"你想知道些什么呢?"

图利申有些烦躁:"我在京城的时候,从来没花时间结交过外国人。我不关心那些和我们无关的遥远地方。但是现在这些外国人来到大研,我要负责接待他们。告诉我一些有用的东西。"

李杜想了想。他好多年都没有想过有关耶稣会信徒的事情了。"对我而言,"李杜说,"耶稣会信徒与其说是神职人员,不如说更像学者。他们花时间学习我们的语言,阅读我们的书籍,对他们自己的东西却不予理会。我记得这就是为什么他们被自己的教皇放弃,反而赢得了我朝皇上的尊重。我怀疑那些来访的外国人不是想带来麻烦与不便，他们仅仅只是想对世界知道得更多一点罢了。"

"但他们现在已经带来了不便，"图利申打断李杜的话，"他们表现得不得体。那个年纪大的人不明智地讲些禁忌的话题。你不知道我身上承担的责任，我可没有时间处理这些琐事。"

"我想一切都会按照计划进行的。"李杜含糊地说。他在想着越过山路之后的计划，并开始罗列离开此处后他能在集市上买到的必需品清单：一壶能让他觉得暖和的酒、一些腌制的火腿，以及一小袋豆沙点心。

图利申察觉到了李杜的分神："你总是对社会上的事情漠不关心。"

李杜眨了眨眼。"我从自己的家乡被驱逐，"他说，"我是个流放之人，对社会而言，我是不存在的。"

"而且对于一个在山里游荡了三年的人，您所说的宫廷的事情太过高雅了。"

李杜看出图利申在与一个让他自己觉得不快的想法做斗争，伴随着一阵担心，李杜似乎猜到了图利申的想法是什么。"我需要你的帮助，"图利申说，"我想让你在大研留几天。"

李杜小心翼翼地说："我很感谢您的款待，表兄。但是，我在这里，仅仅是因为按照要求，我需要您在文书上记录我的到来。皇上来的时候我不能待在大研城中。我是被皇上下令流放的人。"

图利申轻蔑地摇摇他的手，说："你当然是被流放的人。但是你是被流放出京城，现在我们离京城很远。我需要你留在这里。

我想让你去和那些外国人交谈。我想让你机敏礼貌地询问他们，再告诉我你所知道的。我不想在皇上到来后发生任何意外。如果那个絮叨的老修士要找麻烦，我将是唯一忍受这种羞辱的人。皇上到大研之前你就可以离开了。"

"但是我——"

"任何拒绝都是对我的冒犯，表弟。"

他们俩都知道图利申的请求实际上就是命令。

"那么这事就这样决定了，"图利申满意地说，"你先在客房住下，今天下午在我的藏书室与耶稣会信徒见面。"

"你有一个藏书室？"

"在大研这样一个偏僻的地方，"图利申说，"不断提醒自己还有更多的地方需要进行改善是非常重要的。设立藏书室为当地树立了一个很好的典范。我想你肯定知道，我的父亲和祖父都是有声望的藏书家，我把整个藏书室从我京城的住处搬到这里。藏书室的设计在最有声望的社会阶层中受到赞誉。但令人悲哀的是，这个藏书室在本地并未受到充分的重视。"

"我很高兴可以参观藏书室。"李杜说。实际上，他意识到他表兄感兴趣的只是搜罗书籍，而非阅读它们。"门口那个商人是谁，我是否也要与他会面？"

图利申皱着眉道："他来自一个有势力的外国公司，有一件礼物要呈送给皇上。他们想和我们东部的港口城市通商，但看起来他们无法得到他们想要的东西。多年以来，皇上一直拒绝他们的要求，几盒不值钱的小玩意儿也不可能说服皇上，改变他的主意。但是在皇上正式做决定之前,还是要好好招待这个商人。"

"你的守卫在检查他运来的箱子。"

图利申点点头:"我们必须彻底检查。我认为这是个野蛮的地区。明朝的余孽还在边境潜伏着,我不信任这里。"图利申把手放在前额,似乎这些事情都让他觉得头疼。

一个年轻官员正好走进屋子,李杜认出这个人正是在门口老练地处理了骚乱的那位官员。作为一个年轻的文人,他的外表平淡无奇,但很整洁。他腋下夹着一捆又脏又皱的纸。他恭敬地弯腰行礼,匆忙而好奇地瞥了一眼李杜,然后径直看着前方,等待着图利申的吩咐。

"这是我的书吏,贾环,"图利申说,"他一个月前从北京来,现在已经能很好地处理本省事务了。有了我的指导,有一天他也能当上知府。什么事?"

"从英国东印度公司来的那位商人说收藏室不够安全。他还说他不放心木高的守卫。木高和他的书记员朋友出去喝酒了。"

图利申恼怒地从椅子上站起来,"木高,"他对李杜说,"负责照管我的藏书室。他几乎不认识字,只是他的家族在本省曾经很有势力,就因为这个,他能在这里任职。如果你遇到他,在如何妥善管理书籍方面给他一点建议,他的才干实在是有限。"

图利申转向贾环:"我会打消那商人的疑虑,让他知道收藏室和这座府邸一样非常安全。护卫会看守住院墙的每个角落。他必须信任这些守卫,直到皇上的亲兵到来。你拿的什么东西?"图利申指着那些纸。

"我又发现了一些在集市墙上胡乱张贴的东西。根据皇上的新命令,我把它们撕下来,以便复制与存档。"

"你做得很好,"图利申说,露出了紧张的神色,"当然,在这样一个人多拥挤的城市,有些反对皇上的恶毒诽谤是不可避免的。皇上一定能够理解这些。会有人看到张贴的罪犯并来告发他们的,这是必然的。"

图利申重新把注意力转向李杜:"我还有些别的事情。他们会带你到房间,你还会见到陈氏,她是我的侍妾,现在负责整个宅院的家庭事务。"

"你的夫人们没和你一起来?"

"当然没有,她们都待在北京。陈氏出身自当地家族,自然,是当地名门。她很能适应现在这个艰苦的环境。"

李杜认为,和周围乡下的环境相比,这所宅子绝对不缺少富足与舒适,但他什么也没有说。

"今晚这里将会有个宴会,"图利申接着说,"你也会被邀请。"他停了一下,又加上一句,"不必告诉那些外国人你被流放的身份,他们认为你有权势更好。如果他们不尊敬你,就可能不会和你交流。你会作为一个游学者被介绍给大家。"

一个穿着鲜艳的红白两色长袍的侍女领着李杜沿着有树荫的小路穿过宅子。他们连续走过三座小桥,穿过三个深塘。池塘里还立着去年开败的荷花,呈现出干瘪的深褐色,在长长的花茎上酒醉一般摇摆。金色、白色和红色的鲤鱼,慢慢在桥下游着,穿过密林般的水藻。鲤鱼潮湿的脊背时不时地划过水面,又重新沉入水底。

在第三个池塘边的小庭院里，李杜见到了陈氏。她坐在石头长凳上，背对着他们，面前放着一副画架。一只金银掐丝的钗子插在她盘绕的发间，形状是五只银凤簇拥着一颗象征太阳的金珠。她肩上披着厚厚的皮毛斗篷，寒冷天气中的阳光照亮她抬起的苍白的手。她拿笔在白纸上画出灰色山脉的斜坡，发髻间银色的钗环随之轻轻摇动。

陈氏转向他们，美丽的脸上呈现出平静而威严的表情。这是一张与众不同的脸，有着棱角分明的颧骨和面部线条，让她面前的人无法总结她的外貌特征。她的皮肤苍白得令人吃惊，是很多京城贵妇竭尽全力用脂粉涂抹才能拥有的那种白。

"我是这所宅子的女主人。"她说着，站了起来。看着她走向自己，李杜发现，虽然她模仿京城妇人们轻移莲步，但还是走得很快而有力，这说明她并没有裹脚。她走到李杜面前，低头向李杜行礼："欢迎您的驾临。"

"我是——"李杜停住了，不确定她究竟知道什么。

"您是知府大人的表弟。我是刚刚知道的，"她笑着说，"有您相助真是让我放心不少。您会告诉我应该怎么款待陌生的客人吗？他们的礼节非常……"她在寻找一个合适的词，"令人意外。"

"我记得在京城的一次宴席上，"李杜带着微笑回答说，"一个耶稣会信徒解释说，在他的国家，他们从来不吃米饭。"

陈氏精致的眉毛一耸。"多么特别，"她说，"请务必告诉我更多你所知道的事情，我不能因为怠慢了客人而让知府大人难堪。

可你现在很累了，我妨碍你休息了。"她转向那个带李杜去客房的侍女，说："在这位客人会见其他客人之前，为他准备一些茶点。"

当李杜和侍女离开庭院时，李杜想："一个高贵的侍妾。"一个在家族血统上本不能与知府通婚的女子，在这儿，在远离京城的知府夫人们支配的府邸里，陈氏拥有了权力。在见到陈氏之前，他与图利申的会面结束仅仅几分钟。而她早已知道他是谁，并且知道了他会待在府中。

客房紧贴着大宅最后面的山旁边，李杜和侍女穿进白色矮墙上一个锁眼状的门，来到一个正方形的院子里，院子周围的地面上镶嵌着黑灰两色的鹅卵石，摆成十二生肖动物的形状。院子角落里种着修剪出高雅形态的黄杨木和杜鹃。进门右手边，在靠着墙的远离植物的地方，生着一个小小的火盆，火盆上面的金属架子上用钩子挂着一个熏黑的罐子。

院子的其他三面分成三间客房，每一间客房都对着大理石的走廊，走廊将三间客房连接在一起。倾斜的瓦片屋顶被厚实的彩绘横梁支撑着，一直延伸到走廊。每一排瓦片都由圆形浮雕的瓦当固定。门和窗子都由浅色木头制成，上面精心雕刻了花卉和动物图案，这样阳光就能透过窗户，在房间的墙上投射出不同的图案。

李杜的房间在三间客房的中间，通过墙上的门，可以直接穿过院子。侍女恭敬地将李杜引入房间，行礼后，将他留在房间里。房中的墙壁是绿玉色的，上面绘着金色的孔雀。一面墙边放着装饰华丽的卧榻，遮着绿色的床帘。另一面墙前摆着黑色樱桃木的书桌，上面摆着一个小巧的陈列柜，敞开的门里陈列着书写工具，四支毛笔在笔架上摇晃。桌子上还有放在托盘里的一套茶具，包括两个茶壶，一套小号茶杯，一套随意摆放的大号茶杯，可以让茶叶在杯子里的水中散开。

轻轻的叩门声表明侍女又返回来了，她拿着一个托盘，上面放着装在彩色瓷盘中的刚煮好的饺子和可口的调味料。李杜开心地吮吸着这暗黑色调料的咸咸的香气。另一个仆人进来送茶，请他选择要绿茶、菊花茶还是红茶。李杜选了绿茶，侍女去准备茶水。离开前，侍女向他解释院子里的火盆和罐子是为了方便客人使用而设置的。罐子里的水是烧开的，经常有人补充，并摆放在火盆上保持热度。李杜谢了侍女，在仆人们都走了以后，他终于放松下来。

现在太阳隐到云层之后，天气变冷了，但是茶点和寂静的环境让李杜恢复了精神。他拿下笔架上的一支笔，触着干净的桌面，无所事事地试着毛笔的笔锋。

最后一次待在这样奢华的地方还是在他被流放的初期。当时他被本能地吸引到他曾经最为熟悉的旅舍里，里面装饰着丝绸和雅致的檀木。随着时间推移，他花掉了他的银子，那些旅舍也失去了它们的吸引力。这些房间让他感觉自己像是墙上无法解释的影子，被忽视或被承认都令人不安。一次偶然的机会，他遇到一些文人隐士，听到他们叹息当今读书人的堕落，抱怨一些不开化的省份，这种会面总是带给他沮丧和气馁。这些年来他总是避免去人多的地方。

现在呢？

"只是待几天。"他在心里告诉自己，把笔重新挂到笔架上。

李杜想到将要到来的日食，他不想成为参与庆典的千万人中的一员，他也不想看到皇帝如何假装去召唤日食。他宁愿在山顶上找到一个好地方，在风雪允许他能到达的最高处，独自一人欣赏日食。这样的想法使他得到安慰，之后，他便离开房间，去会见那些比他更愿意到大研来的旅行者。

第三章

　　通向藏书室敞开大门的楼梯由四尊大理石神兽——白虎、青龙、朱雀与玄武——守护着。李杜走进门,来到一个陈设着书柜的大房间,这些书柜呈放射状陈列,就好像车轮的辐条一样。他通过最近的通道走下楼梯。架子上满是用同一种黑色绸子装订的书,被安放在配套的盒子里,像严格按照等级划分的士兵。

　　李杜看看他周围,一个人也没有,于是他从身旁拿起一册书翻开,挺括的、满是文字的白色纸张对他来说是如此熟悉,就像儿时家中庭院里的树木一样。他放下手中的《水浒传》后又急切地去翻看另一本,一时似乎迷失在记忆之中。《艮斋笔记》《包公案》《赵氏孤儿》——一些爱情、冒险和神怪主题的故事。

　　"你好,先生!"

　　李杜忙把拿出来的书放回书架上原来的位置。他转过身,看见一个穿着黑衣的人从另一个通道笑着向自己走来。这是一个年长的外国人，长长的白色胡子在厚厚的袍子上摩挲，他个子非常高，因为上了年纪，他瘦弱的肩膀微微向内收缩着。

"你一定是从京城来的皇家藏书室编修，"他说，带着一种年轻人才有的劲头，"非常荣幸见到你，非常荣幸。我最后一次看到京城的皇家藏书室已经是四十年前了。可是我记忆犹新。我非常幸运地研读了杜甫的手稿，那样的词汇，那样的悲哀。他拥有无与伦比的诗歌技巧，选择的主题都是那样的绝望和孤独。你是皇家藏书室编修吗？"

老人的中文说得很好，李杜一时感到吃惊和无所适从，他努力找到一个合适的回答。"是的。"最后他说。

这个耶稣会信徒仔细看着李杜，蓝色的眼睛闪耀着欢喜的光彩。"我太吃惊了，"他说，"我只是一个刚刚摆脱了孤独处境的隐士。我确信你也是一个隐士，你因为什么离开了和紫禁城一样伟大的皇家藏书室？当然，文人隐士的生活也是值得称赞的。现在你在这里，习惯了寂静的橡树林和孤独的村舍小屋，你见到的人居然是一个步履蹒跚、气喘吁吁的外国老头，我很同情你的处境。但是你们的皇帝走到哪里，我们这些耶稣会信徒就会跟到哪里，对吧？当我听说了皇帝陛下的邀请，当然，不是对我的私人邀请，而是在大研举行春节庆典的消息，我就来了。当然，阿格拉[1]离这里并不遥远，而且我很久没有看到这些山了。你看，我

---

1 Agra，印度北部城市。

像个小孩子似的胡说八道，恐怕这已经是我的习惯了。你觉得这个藏书室怎么样？是不是不算太好？"

这个耶稣会信徒一边点头，一边做着手势与李杜交谈，没有留出半点工夫让李杜回应。李杜预料到自己的话会被打断，只好暂时回应道："我还没有看到这通道里面的东西，但是我觉得这应该是一个不错的藏书室。"

"啊，你没有明白我的意思。我是指这些书架的陈设。作为一个文人，引人入胜的陈列方式才能让你满意。过来，过来，我带你去看。"他的语调带着真诚的热情，就好像他与李杜是多年未见今日重逢的老朋友一样。他做手势让李杜随着他走，像孩子一般热切。

李杜跟随这个修士沿着通道走到房间中心位置的时候，空间已经非常狭窄了，以至于李杜身边的书架几乎触到了他的肩膀。他们来到一张很大的圆桌旁，这是个带着黑色纹路的白色大理石桌子，边缘用金银丝线装饰着。这是那些呈放射状陈列的书柜的中心位置。

"现在，"修士说，"你仔细观察这里的设计，我会耐心等候。"他带着非常明显的兴奋等待着，并期待着李杜的评判。

李杜愉快地呼吸着纸张和干燥柏木的气味，然后他看了一下那些书架。他数了数，一共是二十八个书柜，书籍按照颜色被分成四个部分。大理石桌子的对面是七个书柜，里面的书的封面全是深红色。左边七个书柜，书的封面是青色。右边七个书柜，书的封面是白色。

每个书柜末端对着中心大理石桌方向的木头上都刻着两种符号，其中一个符号在另一个符号的上面。处于上方的符号都类似抽象的动物形状：白虎、青龙、朱雀、玄武。在动物符号下面是文字符号。

"二十八星宿。"李杜说，他想起了藏书室门口动物状的石头守卫。

修士轻轻拍手。"我就知道藏书室编修会了解这些，"他说，"这些动物符号是否对应着四个方位？历史书籍与掌管南方的朱雀相关联；艺术书籍与掌管西方的白虎相关联；哲学书籍与掌管东方的青龙相关联。当然，这边是玄武，与文学书籍相关联，它们像黑曜石一样闪耀。你知道，我们还没有完全知晓四个神兽和二十八星宿的所有秘密。比如这一个，"他指着一个雕刻在书架上、代表空位的符号，"星宿图怎么还会有空位呢？对我来说这非常有趣。我想你很好奇，为什么我对这个藏书室如此着迷。"

"我确实好奇。"李杜承认。

"你要明白，这是我的个人兴趣。我学习天文学，并且，"他谦逊地说，"有时，我也教授天文学。现在我在撰写一本解释天体现象的小册子。你一定见过京城天文台顶上的浑天仪。"

李杜想到浑天仪上黑色铁龙的轮廓，它们用蜿蜒的躯体顶起空中倾斜的圆环。李杜点点头。

修士骄傲地看着李杜，也点了点头。"我设计和校正了浑天仪。当然，那个时候我还是个新手。但是，我向你保证，它完全是我的设计。所以你能明白在这样一个偏远的乡下地方看到如此设计的藏书室，我是多么激动了。它完全把我迷住了。你的表兄一定是一个出色的文人吧。"

修士的问话完全出于无心，但当看到李杜脸上的表情时，他的眼中闪过一丝顽皮的光芒。"我明白了。"他轻声笑着说。

"作为一个天文学家，"李杜说，"你一定非常期待将要到来的日食吧。"

"的确，尽管我期待的不仅仅是日食。我听说会有成千上万的人来这里见证日食。这超乎想象，但是值得期待。当我在北京时，皇上亲自学习天文学，陛下现在还在继续学习吗？"

"我相信皇上的注意力已经转移到其他的爱好上了。他任命了一个钦天监。"

"真令人失望。他在天文学上很有天赋。他可以不依靠天文学家的帮助，自己预测天文现象。这样就可以减少一些虚假的信息了，谁又能说对数学智慧的运用本身不够神圣呢？"

李杜开始理解图利申的担忧了，他谨慎地回答："皇上给予耶稣会学者极大的尊重，但是在某种程度上，他们的工作就是在质疑皇上的神圣，这是不被允许的。"

"极大的尊重，是的，"修士说，好像没有听到，或是有意忽略了李杜委婉的警告，"皇上只尊重我们的钟表和地图，而不是我们的信仰。我必须承认，这并没让我有多难过。是我们的努力让我们到这里的，不是吗？来到这个帝国。当其他许多人被拒之门外时，我很感激我被允许留下来了解这个帝国。"

"来，"他接着说，"我把你介绍给我的朋友。"

他们刚走了两步，修士就停了下来，他被旁边书架上的一本书吸引了。修士拿起那本书打开。"《明史》，"他一面说，一面将红色封面的书靠近自己的脸，凝视着上面的文字，"我记得最初写这本书的作者都被处决了。都是些不幸的人，被他们的征服者命令去写一个已经倾覆的王朝的历史，最后全部被杀掉。这本书好像是后来编纂的。好吧，我们去喝茶吧。"

李杜担心这个老修士的行为会触及禁忌。但是这个耶稣会修士看起来一点也没有意识到自己的过失，他叹息一声，怅然一笑，把书重新放了回去。

离藏书室最远的墙上有两扇门，右边的一扇门关着，门上绘有口中衔珍珠的金银龙纹，光彩夺目。修士看到李杜瞥了一眼门的方向，便说："我听说那里是'藏宝阁'。你们国家的人总是喜欢给你们的房间和花园起一些诱人的名字。"

他一边说着，一边引着李杜穿过左边那扇开着的门，走进一间满是阳光的房间。这个房间被带有窗户的走廊环绕着，从南往下看有一个斜坡。太阳照射进来，房间的石头地面散发出热量。除了堆在角落里的杂乱行李外，整个房间空空荡荡。在房间的中央，有一些低矮的桌椅。

桌边坐着一个宽肩膀的男人，阳光的阴影中显现出有棱有角的脸，留着短短的、打理成束的黑色胡须。李杜猜测他比自己稍微年轻些，但也很难保证猜得对。这人穿着束腰外衣、宽松的裤子，高筒皮靴被马镫和马鞍磨得锃亮。他点头表示欢迎，但还没有开口说话，那位修士就又絮叨起来。

"哈姆扎，这是藏书室编修李杜，知府大人的表弟。我一看就知道他是做什么的——在藏书室里我不会认错一个编修的面孔。恐怕我惊扰到他了，但是茶水可以给他带来些许慰藉。"修士转向李杜，"我特别喜欢云南的茶叶，尤其是红茶。在我看来，没有什么茶叶可以比得上红茶。它可以振奋精神又不会像咖啡那样刺激。我可以喝上一整天。它能激发我更多的幽默感。我每天晚上也喝，它能让我的梦境更加清晰。让我倒一杯红茶给你。我们不用叫侍女来。我不喜欢被过分关心。"修士示意李杜到椅子那儿去。

"坐在这儿。这个屋子是用来晒书的，但现在还不是晒书的季节，现在这个屋子用来喝茶，顺便晒晒我这样的老学究。请坐。我想知道我们以前是否会过面？不，当我在京城的时候，你一定还是个小孩子。你不会超过四十五岁。我才想起来我忘了介绍自己。我的名字叫皮耶特·范·达伦。你可以叫我皮耶特弟兄。"

坐在桌边的那个人用不甚流利却也合格的中国话说："我的名字叫哈姆扎。我是一个专业的旅行说书人。"

"业余也是，"皮耶特加上一句，接着又侃侃而谈，"为了保持他们宗族的传统。就他的行业而言，他是荷马和塔利埃辛[1]的弟兄。为保持传统，他是这个世界的流浪者。"

---

1 塔利埃辛（Taliesin），活跃于 6 世纪罗马-不列颠时期一位有名的威尔士吟游诗人。

皮耶特没有一丝嘲讽，也没有李杜所结识的那些文人的无聊攻讦。他言谈中发自内心的欢喜像阳光一样温暖着这个房间。

皮耶特转向哈姆扎："但我不知道你是主动选择旅行还是因为命中注定不得不这样。也许是精灵们给你施了法术，我的朋友，我想知道我们能否帮助你安抚这些精灵？"

哈姆扎扬起眉毛："你们这些基督教徒总是认为森林中的魔法精灵是伤害你们灵魂的恶魔。我们就明智多了。我们的神灵就像人一样，可能善良也可能邪恶。我知道一个女人一天在里海岸边打鱼，收网时她看到一个闪着蓝光的奇怪的瓶子，其中一条银色的鱼正在挣扎——"

"够啦！"皮耶特打断哈姆扎的话，摇头笑着说，"我们刚和我们的新朋友熟悉。在告诉他一些真实的东西之前不要用虚假的传说扰乱他。"他又对李杜说："你和这个人说话时一定要小心。他是一个演员，就像所有优秀的演员一样，他拥有满足他需要的不同角色。绝对不要认定你在和其中某一个交谈，可能和你交谈的是另外一个。"

哈姆扎轻轻一鞠躬，表示对这个说法认同。

刚刚这五分钟李杜听到了比他过去三年加起来都要多的谈话，他努力也想说点什么。"知府大人告诉我你们是在印度相遇的。"他总算说了一点。

"从印度来的路上遇到的，"皮耶特说，"哈姆扎发现了康巴旅队的大篷车，我也很幸运地加入了他们。这些商人非常好客。哈姆扎告诉我他来自名门望族，但是，是阿勒颇还是伊斯坦布尔？

一个法国人雇用他为《一千零一夜》收集故事。不用说,这些故事是亵渎神明的,在法国贵族中特别流行。"

哈姆扎点点头:"这个法国人用钱来买故事。但我也不知道为什么有人想买这些传说编纂成书。说书人带领听众进入下层社会的生活,没有向导就去那些地方是不明智的。"

"啊,"皮耶特开心地说,"可能这位藏书室编修,无声书册的守卫者,不同意这个观点。我们需要辩论吗?"

哈姆扎笑着站起身:"可能要另找时间了。我约了一位先生教我语言。"

"我们可否假设,"皮耶特说,"这位先生是一位漂亮的年轻女性?"

"我对你们的宗教信仰还所知不多,"哈姆扎说,"但我相信这个问题不在你所知的范围之内。"

"你是正确的,"皮耶特开心地说,"但在穿上这身修士斗篷之前,我也在俗世生活过。你怎样,我的朋友?"他转向李杜。"你结婚了吗?"

李杜犹豫了一下。"结过。"他说。

皮耶特闭上眼睛低下头,过了一会儿他抬起头,李杜在他的表情中看到了真实的悲伤。"我很抱歉,"皮耶特说,"这是一个可怕的损失,最可怕的损失。"

他一定是误会了,李杜考虑来用什么方式纠正皮耶特的误会。他不是一个鳏夫。他和他的妻子在他们各自家族的安排下成婚,彼此之间维持着一种不算热烈却还友好的关系。他们没有孩子。

当李杜被流放时，他的妻子在她父亲的命令下解除了婚姻。因为妻子的父亲觉得被流放太不光彩。李杜的妻子回了娘家，好在对她而言，情况并没有变得更糟。李杜最后一次听说妻子的境况，是她的父亲打算把她嫁给城中一个有钱有势的男人。

在李杜犹豫着是否告诉皮耶特真相之前，皮耶特为了分散李杜伤心的记忆，故意将谈话转到了先前的话题。"但你为什么还需要语言上的老师？"他问哈姆扎，"你的中国话说得已经和我一样好了，请主原谅我的自夸。"

"这倒是真的，"哈姆扎回答，带着坦率的骄傲，"但是知府大人请我今晚为他的客人们讲演故事。如果我想表演得好，我必须知道中国人怎么称呼他们的恶魔。如果这里的人都不认识那些恶棍、英雄和小丑的话，故事就没有力量了。"

"那么，去吧，做你的研究去。"皮耶特高兴地说。

哈姆扎走了以后，皮耶特迷惑地摇了摇头。"一个奇怪的人，"他说，然后将专注的面孔转向李杜，"哈姆扎是幸运的，他能随身带着他的故事。你就困难得多。我们基督教圣徒中有一个叫杰罗姆的人和你很像。他是一个藏书编修，也是一个流浪者。当他流浪的时候，他渴望他的书；当他和书在一起时，他又渴望旅行。你是不是也这样？"

李杜不确定该怎样回答，过了一会儿，他说："我确实怀念藏书室。"他语调平静，盯着矮桌桌面上一块黑色的污渍。"那是溢出的茶叶。"他漫不经心地想着。

皮耶特叹了口气："藏书室就像天空一样，人们应该能够随意查阅图书,就像欣赏夜晚的天空。你知道,我是一个十足的文字爱好者。"

"文字?"

皮耶特将这视作谈话的开场白,他向前斜倚:"我们死去的弟兄阿塔那斯·珂雪,他是耶稣会学者中最有智慧的一个,一个有时显得有些古怪的人。他想为每一个独特的单词分配一个书写符号,并将这些符号教给世界上的每一个人。你考虑一下这样做的影响。口头语言还保持它原有的多样化,但书写符号让每个人都可以相互交流。还是你们的汉字给了他灵感!当一个日本人说'takara'和一个中国人说'bao'时,他们把脑海中的词用书写符号写出来就可以解决彼此的困惑。他们都会写'寶'这个字。"他在桌上用手指快速写出这个汉字。"为什么一个英国人或一个荷兰人,发'treasure'或者'schat'[1]的音之后却做不到这一点?尽管这个理论有些缺陷,但它是个好主意,不是吗?"

皮耶特带着热切的好奇讲述着,这是一个学生刚开始瞥见宇宙无限的可能时的好奇。他很快又被另一个新鲜的主意分了神。之后的几分钟,老修士在说,李杜在听,时间飞快地过去了。

当皮耶特讲述时,李杜感觉到了藏书室的动静。他听见袍子轻柔的沙沙作响声,藤条落在地砖上的咔嗒声,邻屋里的击打声和重物刮擦的声音。他隐约看到影子从门边掠过。出于一种他自己也无法解释的本能,李杜突然对皮耶特说:"你在这里说话要

---

[1] treasure 和 schat 分别是英语和荷兰语的"宝"。

小心些。"

"啊,"皮耶特说,"你认为我不明智?但我是个老人,年纪太大了,说些有权势的人不想让我说的话,也无须担心了。在我的风烛残年里,我不想浪费时间去想我不该说什么。"

李杜继续道:"《明史》,还有皇上利用耶稣会的科学……"

皮耶特做了一个动作,仿佛要用手将李杜的话挥去,然后,他停了下来。"可能,"他说,"可能你是对的。我知道得很清楚,康熙皇帝害怕这个他不熟悉的省份。我也知道明朝的叛乱者们还隐藏在附近的树林里密谋。我担心我的弟兄中就有他们的人。我知道东印度公司派来一个呈送贡品的使者。现在是危险时期。东印度公司不可信,他们比皇上所知道的更加强大。他们很无情。这里没有一个人想让我这样的老修士谈论幕后发生了什么。"

"幕后?"

皮耶特笑着说:"啊,李杜,我是年老昏聩了。现在是年轻人的时代了,他们能更好地理解这个世界,去掌控所有事情。你遇到那个年轻修士了吗?他是个植物学家。等他身体好一点,他希望能查阅卜弥格[1]的《中国植物志》[2]。我正好有一本。"

李杜摇摇头:"我还没见到他。知府告诉我他生病了,待在

---

[1] 卜弥格(Michel Boym,1612—1659),波兰籍耶稣会传教士,参与南明永历王朝的一些重大事件,并作为永历帝的特使出访罗马教廷,也是第一个将中国古代的科学和文化成果系统地介绍给西方的欧洲人,包括中医、中草药和中国地图等。
[2] 是目前所知向西方介绍中国本草学的最早文献,清顺治十三年(1656年)在维也纳出版。书中介绍了31种动植物,包括23种植物和8种动物,附有卜弥格的精美手绘。

旅馆的房间里。"

"没错。在他突然觉得恶心而不得不结束我们的交谈之前，我短暂地和他交谈过。对他所受的苦，我表示同情。真是一件奇怪的事。他自称沃波尔，马丁·沃波尔弟兄……但其实也没什么，只是个巧合。在夜晚到来之前我要休息几小时。你也看到了，我和你说了那么多已经累了。"

第四章

"大清国京城的宫殿曾被一个苏丹统治着。"

"大清国没有苏丹。"一个胖乎乎的盐商声明。他讲话时向上挥动着胳膊，漏出的酒洒在他丝质袍子深红色的袖子上。

观众一边欢呼一边大笑。仆人在观众席间四处奔忙，再次斟满酒杯，用新的盘子换掉旧的。灯笼里的光在剥了壳的荔枝上闪耀，映着塞满松子和碎牛舌的年糕蒸腾出的微小水滴。院子旁边，红嘴唇的妓女摆出优雅的姿势观看演出，毫不在意贵族和士兵们脸上的表情。知府的客人们被美酒、皮毛和灼热的火盆温暖着，在奢华的宴会后放松起来。

哈姆扎在户外有顶的舞台上独自表演。在他的前面布置了几排盆栽山茶，绽放出粉红和大红的花瓣。他头上的屋顶由漆成蓝色的圆柱支撑着。从庭院里听众坐的桌子那儿，正好可以瞥见舞台的后墙，带有胡须的游龙横亘于墙面，从地板一直蜿蜒到屋顶。它们张开嘴，伸出脚爪，显现在闪烁的灯光中，在坐着的说书人身后轻灵地浮动。

哈姆扎穿着金红相间、绣着花朵的蓝绿色外套，蓝色帽子上悬着的黑色珠宝在他前额闪着光。他的黑胡子被打理得十分风雅，他的眼睛隐没在暗影里，只有他在寒夜中说话时呼出的白气显出天气多么寒冷。

"请允许我澄清一下，"他说，"我不是说现在的这个大清国。这个大清国在三生十世，我将要讲的这个故事发生在三生七世，那儿有另一个大清国。我曾经遇到过一个盲人预言家，她知道去那里的路。她告诉我那里的桃树早晨开花，夜里结果。她还告诉我在那个地方，河流是由细小的珠宝汇成，它们相互碰撞，直到碎成弥漫在空气中的彩色薄雾。那个世界的山是天然的磁石，能将沉船外壳的钉子吸走，群山就好像穿着布满尖刺的盔甲。"

李杜好奇地打量身旁的图利申。京城没有一个说书人会说另一个大清国的传说，尤其不会在一个知府家中的正式聚会上说。暗示还有另一个版本的大清，会引发对过去统治者的有害回忆和关于这位人物的危险猜测。另一个比现在这个更美好的大清国吗？这种想法是不允许存在的。

但是图利申并没有意识到这种危险。他坐在堆满丝绸垫子和熊皮、虎皮的台子上，得意扬扬地观察着听众。他的客人都玩得很开心，并恭维着他的好客。皇帝会注意到他在社会上层广受欢迎并且成功建立起权贵间的关系。知府的影响力由受到他恩惠的人的名单所决定。图利申的这个名单因为这次春节庆典而增长。陈氏坐在图利申旁边。

至于客人,他们喝着酒,被哈姆扎的无礼言行所吸引。他们容忍的每一个小小的不敬似乎都提升了他们对另一个小小不敬的胃口。他们欢快的大笑和夸张的惊愕鼓舞了哈姆扎。客人们好像将他们的手指放在蝎子尾巴旁边一样,他们的手在那里待的时间越长,就越是刺激、兴奋。皇帝六天后才会到。现在,客人在庭院里呼吸着异国情调的香气,喝着温暖的美酒,除了身边的事,他们忘记了一切。高悬在黑色天空上的明月像一枚薄片,黎明看起来还十分遥远。

李杜并没有完全分心,他的心思越过哈姆扎的表演,转到宴席中的交谈上来。在房间里稍作休息后,李杜随着锣声来到大厅,被介绍给马丁弟兄。这个年轻的耶稣会修士在知府的坚持下走出病室,带着难为情的表情,用不是很熟练的中文欢迎李杜。像皮耶特一样,他穿着黑色的袍子,黑色的帽子不服帖地戴在金红色的头发上。他的面孔很憔悴,短短的胡须让他干瘪的面颊显得柔和起来。他有一双大大的、海绿色的眼睛,几乎看不到睫毛。当李杜用拉丁文和他说话时,他的表情从窘迫转为如释重负。

李杜和马丁刚坐到自己指定的位子上,皮耶特赶到了,为他的迟到道歉。"我太忙了,"他激动地对李杜说,"我和你在藏书室分开后,还是很愉快的。"他转向马丁弟兄:"啊,很好。见到你好多了,我非常高兴。让我帮你添点米饭,它会让你的胃口好些。"马丁弟兄惊恐地看着一摊红油里一只剥了皮的熊掌放置在一整条鱼旁边,他感激地接过米饭。

"我太忙了,"皮耶特继续说,"一个我从没预料到的发明太让人惊奇了。当然,现在我已经看到它了,我想不出为什么以前就没有人这样思考过。我们有自己的发条装置和星空图。但我高兴得太早了。那个发明叫地球仪。"

李杜没听清这个词。"对不起,"他说,"我没听说——"

"就是这样,"皮耶特打断李杜的话,"没有人做到过,这是一个新的发明。我在东印度公司的贡品中发现的。啊,它让所有其他贵重的小玩意儿都黯然失色。"

皮耶特是那样兴奋,以至于在为李杜盛米饭时,他的手都在抖动。他不耐烦地挥手赶走来侍奉的侍女。"那是一个由发条装置驱动的天空模型,"他接着说,"就像行星的运动一样。天文学家能利用它告诉我们行星和恒星从现在起一天后、几个月后,甚至几年后的排列情况。这不难理解——时间太短我还不能完全掌握它——但是它是非凡的。我并不喜欢东印度公司,但是我必须承认这个发明是一件非常有价值的礼物。"他叹了口气,期待地从李杜看向马丁弟兄。

"但你怎么能看到它呢?"李杜问,想起那位商人在门口拒绝守卫检查他的行李。

"啊,"皮耶特眨着眼说,"这需要一点精明。但是当我偶然听到有关贡品清单的谈论,提到那个有关太阳钟的装置时,我怎么可能克制我的好奇?"

这位苏丹有一个信任的老大臣,他有两个儿子,山姆塞丁和纽拉丁。从孩提时期开始到青年时代,他们一直亲密无间。当他们的父亲去世以后,他们一起担任维齐尔[1]。一个晚上,他们坐在一起,兄弟俩一边喝酒一边计划他们的未来。他们说他们会找一双姐妹与他们结婚。并且,如果真主安拉保佑,请让他们同时得到孩子。然后他们约定,如果真主安拉让他们一个生了儿子另一个生了女儿,就让这两个孩子结婚。

但是当这两个兄弟讨论他们计划的细节时,他们开始争吵。哥哥山姆塞丁说,如果真主安拉保佑他生了一个女儿,而纽拉丁生了一个儿子,纽拉丁的儿子就要至少拿出三个漂亮的花园以换取他女儿的婚姻。纽拉丁被震惊了。"无疑,"他说,"我们的记忆要通过我们的孩子才能保存下来。为什么他要给你这么多东西,而你所有的只是一个女儿而已?"山姆塞丁变得非常生气,他宣布没有和她女儿等重的黄金,他绝不会把女儿嫁给兄弟的儿子。纽拉丁回答他宁愿死也绝不会让他的儿子娶兄弟的女儿。

李杜看了一眼马丁弟兄,他坐在观众席一个低矮的石头凳子上。他看起来不太舒服,长腿向前伸着,看起来他意识到自己在其他客人看来是多么的奇怪。他缩着肩膀,好像在躲避大家的注意。他在紧张地研究着自己苍白手指间剥开的荔枝皮。没有翻译,他根本听不懂哈姆扎的故事。

---

[1] 旧时某些伊斯兰国家的高官、大臣。

尼古拉斯·格雷先生——那个商人——坐在为下围棋设计的矮桌旁——棋盘就刻在石头桌面上。他在灯光几乎照不到的地方，在靠近舞台的一个角落里。像图利申一样，他更多地关注那些听众，而非说书人。此刻他正盯着安排在附近的妓女。他让一枚银币在指间熟练地穿过，从一只手换到另一只手。银币在他指间跳跃，似乎融入了石头桌子，又在他手中悄无声息地重新出现。

李杜看着这闪光的银币，然后被图利申和陈氏简短耳语的声音分散了注意。陈氏站起来，丝绸衣服发出沙沙声。她走向灯笼照着的庭院边缘，身影消失在被浓密的杜鹃包围的小路上。

过了一会儿，贾环从同一个门走进庭院。贾环和图利申小声说话，以免打断哈姆扎的故事，图利申轻轻咕哝着回答他书吏的问题。整个晚上，李杜看到贾环给仆人们传达命令，为知府大人处理各种事务。这个年轻人即使很疲倦，也没有显露出来。离开花园时，贾环的脚步轻快而坚定。

第二天兄弟俩继续生着气。苏丹宣布山姆塞丁将会娶苏丹美丽的女儿为妻（因为苏丹只有一个女儿，兄弟俩不能像分享大臣职务一样分享她）。"你看，"山姆塞丁对他的兄弟说，"我才是那个幸运的人，你永远都是我们当中不太重要的那一个。"纽拉丁感到京城中再也没有什么东西可留恋了，而旅行是唯一寻找新朋友来替代抛弃他的旧朋友的方法，于是他永远离开了这个城市。

纽拉丁旅行了很远，穿过整个王国，经过喀什格尔、塔什干、撒马尔罕和设拉子，一路上经历了许多冒险。最后，他在巴士拉停下来。在那儿他遇到一个老人，是当地地方官员的星象家和顾问。星象家对纽拉丁良好的举止和大方的谈吐印象深刻，他立刻喜欢上了纽拉丁，邀请他到自己的家中。

星象家有一个小女儿，她对这个年轻人的印象也和她父亲一样。第二天，星象家告诉地方官员，纽拉丁是他兄弟的儿子。他曾经答应过他已故去的兄弟，会让他们的孩子成亲。于是纽拉丁娶了星象家的女儿，没多久，他们就有了一个儿子，名叫哈桑。

陈氏返回院子，身后还跟着两个仆人，各自拿着一个由闪亮的蜡纸密封的陶土罐子。

"我知道那些罐子，"一个喝醉的男人靠近李杜轻轻耳语，"那是夫人带来的全省最好的酒。陈夫人家的酒非常有名。梅子酒……充满了诗意。我有没有提过，整个云南没有这样的酒了。"

罐子被打开，陈氏穿过欢呼的人群，将酒倒在杯子里。她深蓝色的袍子掠过地面，好像一摊墨水。

李杜接过一杯酒，抿了一小口。清澈的液体充满了梅子皮提炼出的单宁酸的味道，被浓郁甜美的果香柔化。一点花蜜的味道使人想起山岩上的阳光，暖意散布在李杜胸中。这酒非比寻常。

一阵风吹过庭院，熄灭了几盏灯。仆人准备重新点燃它们，图利申用手势阻止了仆人。天很晚了，变黑的院子让表演接近了尾声。

当巴士拉带给纽拉丁幸运时，让我们回到京城。山姆塞丁对他兄弟的消失痛心不已，他希望他们两人从未争吵过。尽管他悲伤后悔，但他深深爱着他的未婚妻，那位苏丹的女儿。他们结了婚，并有了一个女儿，那女孩十分可爱，他们叫她"美丽"。

皮耶特一心一意听着故事。被劝酒时，他摇摇手，礼貌地拒绝了。陈氏再次劝酒，皮耶特不耐烦地接受了。他没在喝酒，也没有杯子。陈氏唤来侍女去拿一个新的杯子。杯子拿来后，陈氏将它斟满。

李杜看到皮耶特抿了口酒，但当他把酒杯放到面前的桌上时，他的手抖得非常厉害，以至于杯中的酒泼到了陈氏衣服的褶边上。他们很快地交谈了几句，皮耶特道歉，陈氏坚持说并无大碍。陈氏重新斟满杯子，但皮耶特只是盯着酒杯，并没有喝。图利申注意到了这让人心烦的一幕，皱起眉头。陈氏的嘴巴紧紧抿成一线，将酒罐递给仆人，回到知府旁边自己原来的位子。

可能你们这些聪明的听众已经知道我要给你们讲什么了。是的，哈桑和美丽正好生在同一天，但这对相互疏远的兄弟并不知道。哈桑和美丽也不知道许多年前他们父亲的计划。

现在在巴士拉，老星象家去世了，纽拉丁沉浸在忧伤中。他非常想念自己的兄弟，变得如此沮丧，甚至妻子做的那远近闻名的辣石榴也不能让他高兴起来。最后，他告诉他可怜的妻子他会离开家，做一个隐居的僧侣。在他离开之前，他给了他的儿子哈桑一封密封的信，说道："这里写着我一生的故事，以及你身世的真相。在我死后你才能打开这个信封。"说完他就离开了。

皮耶特站起来缓慢地走向知府。他的表情紧张不安，到了图利申跟前，他鞠了一躬，轻声说："恐怕我要告退了，我非常疲倦。"哈姆扎停下他的故事。皮耶特注意到哈姆扎停下来，就抬高了他的声音，说："朋友，继续！不要让你的故事被一个老人打断，他喝了太多酒。将哈桑和美丽带到他们指定的命运中去吧。"皮耶特努力露出微笑，向图利申行了个礼，离开了花园。

李杜感觉酒的温度还留在他的面颊上。他从为他再次斟满的酒杯中又抿了口酒。当他这样做时，他注意到尼古拉斯·格雷坐的桌子边空了，那个商人不见了。他突然感到一阵战栗，并在明亮灯光旁边的黑暗里和拥挤的庭院中寻找格雷先生。

哈姆扎摆正肩膀，抬起手，将他的听众重新召回，继续讲道：

哈桑长成一个善良和文雅的年轻人，他是整个巴士拉最英俊的人。但是，他总觉得他的生命中缺少一点什么，因此心神不宁。一天，哈桑在城外的田野里闲逛，太阳落山了，他在墓地里睡着了。碰巧，这个墓地在闹鬼，那天晚上，金妮——狐仙的远方表妹——来到墓地。

这个精灵看到哈桑睡着了，惊叹于他英俊的外表。不久，另一个精灵伊夫利特[1]也来到墓地，说："今天晚上早些时候，我还

---

[1] 阿拉伯神话里的火之圣兽。

见到一个更美丽的人，睡在很远的另一个城市。"两个精灵争执哪个人更可爱，最后他们决定必须将两个人放在一起加以比较。于是，他们带着熟睡的哈桑越过许多城市、树林和沙漠，最后来到一个年轻女孩的卧室。他们把哈桑放在熟睡的女孩身边，由衷地欣羡，因为这两人的外貌竟是如此般配。

这时候，哈桑和女孩醒了。天太黑了，他们都看不到彼此，但是女孩用手触到哈桑柔软的皮肤以及皮肤下结实的肌肉。作为一个年轻活泼的女性，她为自己触碰到的东西感到欣喜，并把哈桑拉向自己。哈桑并不知道自己在哪，也不知道自己怎么到了这里，他仅仅知道自己和一个女孩在一起，她的头发散发着茉莉花的香气，她的臀部圆润而丰满，就像一个——

一阵齐声喝彩淹没了哈姆扎说出的句子最后几个字。

好，过了一会儿，这对年轻的恋人沉入了梦乡。当地平线上的晓光出现时，金妮和伊夫利特意识到他们必须在女孩的父亲发现之前把哈桑送走。因为女孩的父亲是维齐尔，对他的女儿极为呵护。

"这是美丽！"从观众中立刻传来一些声音，"我知道，这女孩是美丽。"

"安静！"

是的，这个可爱的女孩除了美丽不可能是别人。并且，这个大臣就是山姆塞丁。他处理兄弟关系时带来的愧疚与不幸让他变成了一个严厉的父亲，他小心翼翼地呵护着美丽，以至于美丽只被允许待在王宫里她小小的房间内。

马丁弟兄脸靠在交叉合拢的胳膊上，已经睡着了，但听众的叫喊声将他惊醒。他看看自己的周围，感觉有点困惑。

所以金妮和伊夫利特带着哈桑离开了美丽的房间，却并没有把他送回巴士拉。他们把哈桑留在了城墙的外面。你瞧，这就是精灵们的所为。你不能指望精灵们为凡人着想。他们这么快地把哈桑带走，没有注意到哈桑父亲的信滑到他睡着的床下去了。

哈桑在城堡外醒过来，不知道自己来到了哪个城市，也不知道为什么他会在这里。他告诉每个他遇到的人，他在王宫中和一个公主待了一晚。这些人笑话他，叫他傻子。但是一个厨师可怜哈桑，雇用他作为助手，在他的厨房里帮忙。忘记了自己是谁、自己从哪里来的哈桑，全身心投入到厨房的工作中，自此以后，他经常浑身面粉地见人。

同时，在王宫里，山姆塞丁发现了哈桑遗留在美丽床下的密封的信。他要求美丽告诉他谁曾经在她的房间里待过。美丽说出的事情让山姆塞丁非常生气。但是当山姆塞丁打开信件并读了它的内容后，他开始哭泣。因为这封信正是他的兄弟所写。山姆塞丁决定去找他的兄弟，他请苏丹允许他到巴士拉去。苏丹也对这件事非常好奇，于是答应了他的要求并宣称他自己也会一起去，因为他想看看自己王国的其他地方。

准备出发前，苏丹像往常一样在集市上游历，吃了当地一个厨师做的一盘石榴。苏丹宣布这些配着美味香料的石榴，是他品尝过的最美味的佳肴。

陈氏又一次离开了院子，正在这时，尼古拉斯·格雷重新从黑暗中出现了。他返回原先的围棋桌旁，从衣服里拿出一块方巾，轻轻擦着前额和脖子，虽在寒冷的夜晚，他的前额和脖子上却闪着汗水的光。他回头看了一眼他刚刚经过的黑暗花园。

于是，大臣、苏丹和美丽最终踏上去巴士拉的旅途。当山姆塞丁和他的女儿找寻纽拉丁和哈桑时，苏丹和他的卫队停下来在一个老妇人的小店里吃了一些石榴。苏丹评价说，"这些石榴非常美味，但是在我自己的城市中我曾经吃过更好吃的石榴。"妇人回答，"这绝不可能。我做的石榴是整个王国里最好的。只有一个人做的石榴比我做的更好吃，那就是我的儿子。但我也不知道他现在在哪里。"老妇人接着告诉苏丹她的悲惨生活，她的丈夫是怎样离开她做了一名僧侣，她的儿子是怎样在三个月前的一个晚上失踪不见的。

听了她的故事，苏丹推断这位老妇人正是纽拉丁的妻子，那个在皇宫外做石榴给他吃的年轻人正是哈桑。他告诉老妇人："去你丈夫所在的寺院，告诉他苏丹要召见他，虽然多年前他离开了我的王宫,但他仍然是我的子民。"老妇人只得同意了。

然后苏丹去找山姆塞丁和美丽,说他听到了非常悲惨的消息——纽拉丁几年前就已经去世了,他的儿子也失踪了。山姆塞丁和他的女儿痛哭流涕,甚至对寻找哈桑也感到绝望了。

一行人返回京城,当他们走进城门时,苏丹好像想起来什么,转向山姆塞丁说:"我知道旅程让你很疲倦了,但是在我离开前,我吃到了让人恶心的辣石榴,我决定要将准备这道菜的厨师的助手逮进监狱。你去办吧。"于是山姆塞丁逮捕了哈桑并把他投入监狱,他并不知道这个年轻人就是他自己的亲侄子。

那天晚上,当哈桑在牢房里睡着以后,苏丹告诉山姆塞丁他的犯人实际上就是他们远途跋涉去寻找的哈桑。"但是,"苏丹说,"我们得确认才行。召唤你的女儿过来。"苏丹和大臣让美丽将哈桑的信放在她的床下,然后去休息。万籁俱寂时,苏丹的卫兵将熟睡的哈桑带进了美丽的房间。早晨,当晨光照在金色的丝绸窗帘和绿色的丝绸枕头上时,哈桑醒来了。他看到身边美丽的女孩,她也睁开眼睛看着他。哈桑看起来迷惑不解,然后他去床下找他曾经忘在那里觉得已经丢失的信。"啊哈,"苏丹叫起来,和山姆塞丁一起从窗帘后面走出来,"你是哈桑,我的大臣那走失的侄儿!"山姆塞丁拥抱着哈桑痛哭。"要是我的兄弟也在这里就好了。"他说。"啊,"苏丹说,"这倒提醒我了,一个从巴士拉来的人今天要求觐见。让我们看看他是谁。"这时,觐见室金色的大门打开了。

这时陈氏又回来了。她对图利申耳语了些什么,图利申吃惊地站起来。他举起手示意结束表演。"恐怕,"他用紧张的声音说,"有紧急的事件迫使我不得不结束这个令人愉快的夜晚。感谢你们光临寒舍。今晚的宴会只是接下来一系列娱乐款待的开始。"

客人们开始低语,伸长了他们的脖子,在院子里探寻可能与事件有关的线索。

"请不要担心,"图利申接着说,"不要让我内院的一点不幸减少了你们的兴致。我相信说书人渴望在客栈的客厅里继续他的表演。那儿的火盆很温暖,那儿的酒也很充足。"说完这些,图利申就离开了庭院。

当有些激动的仆人引着客人们在夜间报时钟声下走出庄园时,低语变成了喧闹。透过杂乱穿行的人群,李杜瞥见了陈氏。一个身材矮小的白发男人跟在她旁边。他们匆忙向着图利申离开的方向去了,消失在花园的树荫之下。

李杜从人群中挤出来,随着相同的路跟了过去。他迅速从一个灯笼照着的池塘走到另一个。他经过笼罩在黑暗沉寂柏树丛内的藏书室。寺庙外面的香炉上插着像长钉一样的香,它散发出的烟气使寺庙也模糊不清了。周围看不到一个人。

李杜来到池塘边,踌躇起来,仔细聆听。一开始他只听到鱼划破水面发出的空洞泼溅声。池塘边的灯笼散发出的杂乱的光穿过涟漪。然后李杜听到一个尖锐的声音在斥责和命令别人。这声音来自池塘的另一边,从客房的方向传来。李杜觉得他隐约看到一个人影，是个女人，从客房匆忙离开，但是他不能完全肯定。也许这不过是灯笼的光照到摇曳的柳树树枝而已。

李杜经过步行桥的弯角，来到远处的岸边。当他到达低矮的白色围墙边时，他的心跳得更快了。他穿过锁眼状的门。当他进到院子中，一阵微风穿过，一大团灼热的炭灰从火盆中升腾起来，让挂在钩子上的灯笼摇动不已。透过烟和摇动的阴影，李杜看到陈氏和图利申安静地站在他卧室旁边房间的走廊外面。

图利申呆板地、面无表情地转向李杜，"表弟，"他说，"一个重大的不幸。他突发疾病。医生已经在这儿了，但是什么也做不了了。"

这时一个人从房间里走出来，正是跟随陈氏从舞台离开的那个人。"他一定是医生。"李杜想。李杜看着自己面前的三张面孔，想从他们的表情里发现什么，但是什么也没有找到。陈氏像被冻僵一样地站着。

"是谁？"明明知道答案，李杜还是问道。

图利申确认了答案。

"那个外国修士死了。"

第五章

皮耶特·范·达伦的尸体俯卧着，头转向一边。靠墙的桌上两支蜡烛的光照在他苍白的脸和手上，使它们看起来像是从一摊黑色袍子里生长出来。李杜没有想到这个老人会如此脆弱。李杜的眼睛从尸体转向旁边的椅子，椅子歪斜地离开桌边。病发时，皮耶特肯定是坐在桌边的。"一个学者在他的书桌旁边，"李杜想，"活着，脑中充满各种想法，准备将它们写下来。"现在，虽然所有的文字还继续存活于世，但这个学者的脑子再也不能驱遣这些文字了。

李杜不知道自己站在门外向房间里凝视了多久，图利申的声音将他拉出沉思。"自然的寿命总是难以估量，"图利申说，"死亡会在任何时候发生。"

"是的，"陈氏说，她的声音低沉而冷静，"杨医生，"她说，

"你可以重复一下刚才告诉我们的话吗?"

这位医生,一个留着一小束白胡须、脸上的皱纹像胡桃壳一样的矮小男人,清了清嗓子。"这个人停止了呼吸,"他说,"非常突然。"

"当然,"图利申说,"外国人水土不服。山上的空气太稀薄了。我听说这使得那些对它不适应的人得病、死亡。"

"明智一些的做法,"杨医生说,"是按照惯例对房子进行保护。突然的死亡会扰乱人心。"

图利申皱着眉:"我看没有必要公之于众。我会妥善安排的。你可以走了,医生。"

杨医生鞠躬离开。图利申转向陈氏,说:"你得告诉仆人们,对于这件事,任何的流言蜚语都不能容忍。不要有关于鬼神或者不祥预兆的讨论。我相信你会严加管束。"

李杜觉得自己几乎被遗忘了,他走进修士的房间。房间的后墙摆放着带有隔板的展示柜,好像迷宫一样,形状各异的间隔,放着不同的东西:球形花瓶,黑漆雕塑和油亮、彩色的羽毛花束。蜡烛的火焰从未剪的灯芯里高高蹿起,使这些东西的影子在墙和床帘上跳动。在远处左边的角落,是空着的床,这件豪华的家具带着高高撑起的顶盖,从顶盖的几何形格子上垂下厚重的帘子。

李杜的眼光转向书桌,书桌上摆放着一些普普通通的玩意儿:不同高度的细长瓷瓶,悬挂着四支毛笔的木质笔架,下面还有一个接墨的托盘,玉镇尺,砚台,嵌着珍珠、带着小抽屉的箱子,一罐香料精油,一套常见样式的茶具,和李杜房间中的几乎一模一样。茶具摆在用板条做成的托盘上,包括一个茶叶罐,一个茶壶,四个小号茶杯带着像花瓣一样薄的半透明杯沿,还有四个大一些的、圆柱形的杯子,都装饰着同样的红花蓝底釉色。

李杜又看了一下。这里本应该有四个大号茶杯,但实际上只剩三个。"这不奇怪,"他想,"第四个茶杯一定是被摔碎或者丢了,没有更换新的。"但是在藏书室养成的习惯总让李杜留意没有在原来位置上的东西。他环视房间寻找第四个杯子,但杯子并不在房间里。

李杜将注意力转回茶具,发现了其他一些东西——茶壶的壶嘴流出一线模糊的污渍。李杜摸着圆形的瓷壶,发现它是热的。他弯腰靠近茶壶闻了一下——壶里是热水。皮耶特一定是用火盆上的罐子向茶壶注满热水的。

听到门外的脚步声和说话声,李杜转过身,看到一群男仆走进院子,抬着一个涂满黑漆的棺木。这些男仆由年轻的书吏贾环带着。另一个耶稣会信徒,马丁弟兄,随着他们一起进来。李杜发现仆人们的脸上带着惊恐,虽然他们想极力克制。

只有贾环一个人成功地表现出彻底的镇静。他向图利申行礼。"我已经按照您的吩咐做好了,"他说,"寺中准备好了安置棺木的地方。这是另一位修士。"

图利申点点头,说:"动作快些,这个人的祖先在寻找他。在神圣的地方,焚香会指引他们,让他们更容易发现他。"

李杜在一旁默默地注视着,仆人们在图利申的命令下,将尸体抬入棺木,密封好,然后抬走了棺木。

仆人们走后,图利申转向马丁弟兄。"我想和你说说关于安葬礼仪的事。"他说。

马丁弟兄带着明显的不解盯着知府,他的眼睛困惑地睁大了。他张开嘴想说些什么,又闭上,摇着头。

图利申皱着眉,说:"李杜,你可以给他翻译一下吗?"

"当然可以。"李杜转向马丁弟兄,用拉丁文轻轻地说,"知府想知道有哪些合适的礼仪,能够显示出皮耶特在自己的信仰传统中是被尊重对待的。知府希望你可以在这件事上给他一点建议。"

李杜的话没有安抚到马丁弟兄,反而加深了他的困惑。"当然,我——我很乐意帮忙,但是我才遇到弟兄皮耶特。我不知道他的愿望是什么——假如……"他声音逐渐减弱,李杜把他的话翻译出来。

"他的愿望?"图利申不耐烦地说,"这个人误会了,或者是你没翻译好。解释给他听,客人在这里去世是一个坏兆头。为了我的家宅平安,我要尽力避免厄运,我想知道要遵守什么礼节。我可以请佛教的和尚来超度他去另一个世界。或者道教的道士,他们的信仰与外国的信仰也许比较接近。"

马丁弟兄听了李杜的话,紧握的手说明他仍很激动,他说:"我——我还没有足够的资历和学养——我还没有资格给一个死去的人主持仪式。那将会——"马丁弟兄停下来,好像在找一个适当的词,"那将会不得体。"

李杜再一次转达了马丁弟兄的话,图利申变得恼火起来,说:

"准备把他土葬还是火葬？需不需要雇用送葬者在他的墓前为他死后的生活散发纸钱？还有如果他被土葬，埋葬之前他的棺木需要在寺庙中停多长时间？我仅需要知道最基本的要求。你明白，皇上想确保我们的礼节是合适的。"

马丁弟兄最后终于紧张而温顺地回应："我们的传统是……是土葬，不是火葬。"

"非常好，"图利申说，"我们将会召集和尚和道士。他们会焚烧祭品以祭奠修士的祖先以及修士去世这间屋里的亡灵。如果修士的棺椁不需要停放，我们会很快将他下葬。"

"等等，"李杜说，他非常惊奇地听到自己的声音，但他还是接着说，"你们不能举行这些仪式。基督教徒们会认为这是在亵渎神明。"

图利申扬起眉毛说："你转信基督教了？"

"我不是基督教徒。但是我曾读过一本书，指导如何不对先人失礼而成为一个基督教徒。里奇神父写道，基督教徒不能请另一宗教的修行者到他们的葬礼，并且不能为死者焚烧死后使用的纸钱。我不知道皮耶特弟兄想要什么，但是里奇神父是这方面的权威。"

马丁弟兄一听到里奇的名字，就扬起他苍白的眉毛，匆忙地打断李杜："你说的是里奇神父？当然，里奇神父的指导自然是清楚的。但是我发现身边的许多弟兄都习惯中国的礼仪，认为是可以接受的。我想皮耶特弟兄可能希望按照当地的习俗被安葬。"他的声音微微发抖。

李杜翻译了他的话，图利申毫不掩饰地点头同意。"那么他会在今晚被安葬。我会悄悄地处理。不要吸引太多人的关注，他们会围观和说长道短的。他将会在狮子山伴着木王的地方拥有一个小墓穴。"他指着大宅后面隆起的山的黑色轮廓，"在这个地区我不会想到有比这更加尊贵的优待了。我们不会邀请当地的牧师。"

马丁弟兄转身要离开，但是图利申拦住了他。"我会非常感激，"他说，"如果今晚你能在这儿守夜，净化这个房间。现在是危险时期，对人的灵魂来说很危险，对住在这所宅子里的人来说也很危险。如果你能待在这儿用你的信仰祈祷，我会安心许多。"

李杜看到马丁弟兄想找办法拒绝这个请求，但他失败了。带着惨白的脸和拘谨的动作，马丁弟兄走到皮耶特的房间门口。他走进房间，"我没有随身带着我的祈祷书，"他说，"我将阅读皮耶特的《圣经》，如果它在这儿。"

书正放在桌子上，马丁弟兄坐下来翻开它。

"我会让人送新的蜡烛过来。"贾环说。

图利申点头同意。"贾环，"他说，"去准备写公函用的墨和印章，到书房来见我。李杜，我有话和你说。"李杜跟着图利申走下楼梯来到院中，他们一起沿着小路离开。李杜回头望了一眼自己舒适而孤单的房间，跟随表兄走进令人心神不安的漆黑花园。

现在所有的事都已安排妥当，李杜是他唯一的听众，图利申允许自己显露出一些个人的悲伤，他边紧张地来回走动边说："你知道，这让我所有的计划都处在危险中。为什么这个人要死在这里？处理这个——"他指向马丁弟兄守夜的客房方向——"这些人行事这样不得体，还怎么指望给皇上任何影响？他们如此滑稽可笑，不知道怎么建立了自己的国家！"

"我不认为马丁弟兄是一个愚笨的人，但是我同意你的看法，他的教堂把他当作代表送来中国似乎是一个很奇怪的选择。"

"他在浪费每个人的时间。"

"当他从巨大的震惊中恢复过来时，他可能会好起来的。不要忘了，他还病着。"

"为了保全面子，他应该掩饰他的病。但这是另外一码事了。我告诉你我想让你做什么。明天一早，我想让你和贾环去调查一下死去修士的随身物品。你可以逐条记录他的书和文件——我想要一个他所有东西的清单。"

"但是为什么呢？为什么要冒犯他的隐私呢？"

"是不是流放让你变得这么天真？任何一个外国人都可能是奸细，即使他不是，他们拥有的信件和书籍也会对皇上一些重要的或感兴趣的事情有所启发。"

"你是不是怀疑他的死？他死得那么突然，并且我——"

"这人是因为无法呼吸而死去的，"图利申用尖锐的声音说，"这是不可避免的，并且他是一个老人，我们都看得出。旅行对他来说太累了。"

"是的，但最起码可以做些调查，你是知府。"

"你知道知府的职责是什么？一个客人死在我的府中已经足够不幸了，现在你还用毫无理由的推测让事情变得更糟。你没想过这会对我的宅院、我的名声带来什么样的损害吗？这些干扰是否会给皇上的春节庆典带来不好的影响？想想今晚到这儿的那些客人现在彼此之间的言谈，想想我要付出多大努力才能让他们解除疑虑，让他们觉得这儿没什么好担心的。我已经快被准备、介绍、商谈和担心种种事情压倒了。"

他停下来，大口喘息。

李杜小心地说："如果像你所说的那样，肯定皮耶特弟兄是自然死亡的，那么就不会有流言蜚语来困扰你。"

"如果你相信这个，那就是你离开江湖太长时间了，表弟。始终会有流言蜚语的。生成谣言不需要任何条件，只要人们还会交谈。谣言必须被控制，这是需要优先考虑的问题。"

一阵短暂的沉默后。"是的，"李杜想，"我理解你的优先考虑。"他轻声说："在我列出物品清单之后，我请求你让我明天离开。"

图利申简慢地点头："我没有异议。贾环明天早上会去找你。你办完了事情，会收到你的文书，就可以离开了。"

李杜经过曲折的小路返回房间。他经过藏书室，有一扇窗还露出微弱的灯光。正在他看着的时候，灯光熄灭了。有一个人影走下阶梯，向仆人房间的方向走去。

晚钟声响起，已经是午夜三点钟了。这钟声召唤起李杜二十年前一个清晨的一段回忆。那天，李杜坐等会试的最后一轮。他记得日出前的黑暗中，一群冷得发抖的士子在等候贡院考场开门。他几乎还能感觉到手中紧握的砚台是那样冰冷，以至于他当时不得不两手替换着拿它，好让手指从砚台大理石的寒冷重压中轻松片刻。

在考房里，当李杜答题时，冻雨顺着屋顶瓦檐滴落下来，他要保护自己的试卷不被雨点打湿。李杜知道一个心情不好的主考官宁可误判一个士子的前程，也不愿花时间去辨认被弄脏的字迹。李杜的眼睛变得非常疲劳，眼皮肿胀酸痛，他只能凭借学监报出的题目作答，因为他已经无法阅读书上的问题了。

考完后，在贡院里，李杜仍旧紧抓毯子包住自己的肩膀，在脑海里检查他所写的东西，懊恼那些糟糕的答案。他听到从鼓楼传来的丧钟声。鼓楼藏在迷雾里，空洞的回音好像来自紫禁城边的云朵。钟声继续作响，李杜已经不记得响了多少下。一个重要的人去世了。这个人会是谁呢？一个妃子，或者，一个太妃？

消息很快传开，死去的是皇上的耶稣会信徒朋友，维尔比斯特神父。他在那天清晨去世，并得到一个在中国的外国人所能得到的最隆重的葬礼。皇帝亲自写了悼词，而且不再在人群前露面，以沉思如何更好地表达他的悲痛。随后的几天，有谣言说皇帝冒险夜里独自去天文观测台，维尔比斯特神父正是在那儿教会了他观测星象。人们说，皇上待在那儿，在六分仪和浑天仪之间，哀悼他失去的密友。那是耶稣会信徒作为康熙皇帝的顾问最被信任的时期。

李杜正是在耶稣会信徒在紫禁城的鼎盛时期接受的教育。作为一个小男孩，他和其他的贵族子弟一起，由一批外国人担任老师。他们中的大部分就像皮耶特弟兄一样，年纪很大，有着白胡子。

也有一些是年轻人,李杜经常发现他们更加让人觉得困惑,他们脸上显出投身于某项事业的人的忧郁神情。年纪稍大的外国人更和善些,他们的眼睛看起来更体谅这个世界,也更能理解不得已的妥协。

这些耶稣会信徒最常被见到待在紫禁城的藏书室内,研读一卷卷书,校正青铜和铁的仪器。他们点燃蜡烛,工作到深夜,直到宫殿里只剩下寂静的影子。当李杜长大一些,开始花越来越多的时间在藏书室里,他发现自己有很多机会和耶稣会信徒们聊天,学习他们的拉丁文,帮助他们翻译。他们中有些人对中国很熟悉,其他一些却不。一些人致力于让中国人转信他们的宗教,另一些人却把他们的热情都放在对知识的追求上。一些人有侍妾,一些人有妻子,还有一些人遵守自己独身的誓言。一些人直言不讳,另一些人沉默谨慎。他们都很古怪,但每个人又有各自的奇怪秉性。

李杜重新回到客房,悬着的灯笼已经熄灭了。皮耶特房间的门开着,显现出马丁弟兄在书桌旁的轮廓。他用手撑着头,弯腰看着摊开的书:

他从高座上推下权势者,却举扬了卑微贫困的人;他曾使饥饿的人饱飨美食,反使那富贵者空手而去……[1]

---

[1] 引自《路加福音》1:52;1:53。

李杜爬了四级台阶上到门廊，走进自己的房间，点燃蜡烛，然后拿起外面包着厚布的茶壶，折回，穿过院子来到火盆旁。当他经过怪异、浓密、雕刻般的植物时，他的肩膀紧张起来。他感觉到有人在注视着他。

他来到火盆边，放下蜡烛和茶壶，用布包着滚烫的罐子将它从钩子上取下来。他将沸腾的水小心地倒入茶壶，重新将罐子放回。李杜做完这些后，院子里静悄悄的。马丁弟兄一定是睡着了。

李杜一手拿着茶壶，一手拿着蜡烛，屏住呼吸，回转过身。在他前方有个人挡住去路。李杜举起蜡烛想照亮那人的脸，出乎意料地，那人很快地挥动手臂，蜡烛的火焰熄灭了。

"谁在那里？"李杜对着黑暗问。

"我吓到你了，"一个声音传来，"我可以给你一个打火石。但用火盆会更简单些。"

李杜听出了这个口音。他将蜡烛芯靠近燃着的炭，然后转过身再次把蜡烛举起来，这一次动作很慢。蜡烛的亮光照到尼古拉斯·格雷先生天鹅绒袍子的垂饰上。

即使在微弱的烛光下，格雷先生的脸也显出艰辛的旅程带来的影响。皮肤因为风吹日晒而裂开的地方发炎、剥落。深陷的眼睛在周围青肿的阴影下显得更加凹陷。

"我以为你知道我在这里。"格雷说。

"我不知道。"李杜尽量稳住他的呼吸。

格雷看着院子另一边马丁弟兄的轮廓，这个年轻人的头靠在他交叉的胳膊上。"他在那里做什么呢？"

"知府让他为皮耶特弟兄的灵魂祈祷。"

"知府真是选了一个与众不同的祷告者。"

"你是什么意思?"

"他只是在读圣母赞美诗。"

"那是什么?"

"我对宗教人士也所知不多,据说,午夜时分的祷告是不常见的。这位年轻的弟兄一定是累了。他不是一个很有经验的旅行者。而且这个打击,嗯,我们都震惊了。"

格雷仍站在李杜的面前。满满一茶壶的水很重,李杜努力才能拿稳。他从格雷的肩膀上面看过去,希望格雷能站到一边去。但是格雷纹丝不动。

"一个有趣的人,"格雷说,"我自己没怎么和耶稣会信徒打过交道。他们用他们的方式接近中国,我们有我们的方式。"

"我们?"

"我们公司。东印度公司,我的雇主。"

李杜寻找回应的话。"皮耶特弟兄对你贡品中的天文仪器印象深刻。他说对皇上而言,那真是一件华美的礼物。"

在火光下很难读懂格雷的脸色,但是对李杜来说,格雷的表情看起来变得紧张了。李杜记起,皮耶特没有得到允许就毫不羞愧地进入了收藏室。

但即使有些不快,格雷还是很快控制住。"这是一个非凡的发明,"他说,"我有些建造方面的经验,但是这个仪器已经远远超出我所能理解的范围。它由我们在加尔各答的天文学家和钟表工匠校准。公司请教了各方面的专家,包括耶稣会修士和珠宝商。经过只有猎手可以通过的森林山路,我把它毫无损伤地带到这里,这是一个壮举。光是盒子就需要十四位熟练的木工制造。"

"为什么——"

"为了保护仪器不受到损伤。地球仪当然非常好,但是贡品中还有许多令人惊奇的东西。皮耶特弟兄是一个星象家——我想你一定已经知道了——所以他喜欢这个特别的珍宝我并不奇怪。重要的是,皇帝会喜欢这些贡品。"

"我明白你们公司想得到进入中国进行贸易的许可。"

"就是这个。你看,我认为是生意人,而不是教堂里的人,最应该成为从欧洲来到中国的代表。我们将会是把中国带入世界的人。耶稣会信徒不再受欢迎了。他们是终将消逝的幻觉,就像那些钟表一样,他们用它来买通门路,进入皇帝的宫廷。但是中国从他们那儿获得的东西有限。这个帝国不像那些殖民地,中国拥有英国无法企及的财富和知识。"

李杜听到格雷声音里的兴奋。在发生了皮耶特弟兄的死亡事件之后格雷还能如此激动,李杜有些震惊,并感到不寒而栗。"我已经仔细研究了中国,"格雷继续说,似乎没有注意到李杜的不舒服,"但这是我第一次站到中国的土地上。我在等待,和其他许多人一起——商人、探险家、科学家。我们都在等待,从愿意教我们的中国商人那里学习你们的语言。我们为那个时刻做准备,那时帝国最终会决定与我们所有人分享新的繁荣。"

"这些政治的考虑我不了解。"李杜说,他的胳膊因为茶壶的重量开始疼痛,格雷还是没有走开。

"因为你是一个流放者?"格雷问,执意等着李杜的回答。李杜没有回应,格雷耸耸肩,说:"昨天你在宅子门口等候时我就看到了你。根据我的经验,一个从阴影中观察别人的陌生人是不容忽视的。我问了知府你是谁,现在我知道了,我需要你的建议。流放者的意见对我来说是有价值的。"

"对什么的建议?"

"皇上是否会同意与东印度公司的贸易?"

"我对你来说没有任何用处。我不知道怎么回答你的问题。"

"但是你一定知道一些事情。你知道你们国家的政治博弈。你知道怎么做是有效的。恕我直言,我认为从你的流放中,你会知道什么样的努力注定会失败。"

李杜坚定地回答:"皇上,只有皇上一个人,才能决定是否允许你们的船来到中国。他的意见是你唯一需要考虑的。"

格雷忽略了李杜想要终结谈话的语调,说道:"在我的房间里有一个很小的花瓶,非常漂亮。我问侍女它的价值,她说花瓶根本不算什么。但花瓶的釉是由夹着黄金的玻璃制成的,材料的颜色和质地都是我从来没有见到过的,我们的炼金术士无法复制。如果你能看到我所看到的东西,这可能……"他把话停住。

"耶稣会信徒,"李杜说,"来到大清学习和教授知识,皇上尊重他们的目的。我不认为皇上要与西方商人分享帝国的财富,除非他有很好的理由这样做。"

"如果你认为耶稣会信徒没有他们自己的任务,你就太天真了。但我也不是完全不同意你的说法。不顾一切总是弱点，并且确实有些人不择手段。我离开欧洲前，听说萨克森的弗里德里克亲王将一个炼金术士囚禁在塔里，宣布直到术士找到仿制中国瓷器的方法，才放他出来。"

"然后呢？"

"我的看法是通过外交途径，而非秘密的、过时的方法，让世界上有判断力的人都可以变得富有。我们不想控制中国，中国将和我们一样获得足够的财富。那些控制财富的人将会强大有力。皇帝甚至可以比现在更有权势，他必须跳出大清，考虑到整个世界。"格雷急切地打着手势说。他张开的手映在烛光下，手掌上黑色的伤痕显露出来。

"你弄伤了自己。"李杜指着那个伤口说。

格雷停下来，眼中闪过一道光，他放下受伤的手。"没什么，"他说，"我搬箱子进藏书室大厅时被割伤了，不是很严重。"

李杜利用格雷注意力分散的短暂时间说道："这是一个漫长的夜晚，我要走了。"

格雷终于退向一边，让他走了过去。李杜松了一口气。但是只走了几步，直觉迫使李杜问了一个问题，他停下来，半转过身说："刚才讲故事的时候你去了哪里？"

"什么？"

"我看到你的位子是空着的。我想你可能去找皮耶特说话去了。你离开的时间正好他也离开了。"

"你为什么这么问？"格雷厉声说，"这无关紧要！"

"我只是好奇,并不打算冒犯你。"

像之前一样,格雷很快就控制住了他的脾气。他的眼睛看着李杜,细想了一会儿,笑了:"一个年轻的女孩给了我一个约会的机会。但我总想着我个人的生意问题。"

"是这样。"李杜礼貌地说。格雷微笑着,几乎含着敌意地一瞥,让李杜心有余悸。

李杜走进自己的房间,关上木门。木门被门框刮得很厉害,铁制的把手发出叮当的声音。尼古拉斯·格雷的话一直萦绕在李杜的脑海里。"最重要的是这些贡品皇上会喜欢。"当然,照他的意思,这是东印度公司最看重的事。李杜皱着眉伸开他疲累的腿。这个晚上,一个人死去了。如果真有什么是紧要的,绝不是珠宝、钟表或者皇帝对这些冰冷玩意儿的看法。

离日食还有五天

第六章

李杜从糟糕的睡眠中醒过来,听到门关上的声音。没人在房间里,但桌子上茶壶里升起的水汽告诉他,仆人一定在他睡着的时候悄悄进来过,将茶壶倒满了。这是一种习惯性礼节,但是,这个早晨,它却让李杜心神不安。小缕水蒸气像幽灵一样,弥散在空气中。

李杜站起来,把肩头的袍子裹紧,慢慢移步到桌旁。清晨的天空还带着蓝色的阴影,但透过窗户格子,李杜可以看到一线金黄色的光从院子较远的一端照过来。残夜很快就要褪尽,他却战栗着,感觉自己被这阴暗、安静的房间吞噬了。他饮完茶,开始熟练地整理自己的东西。

李杜准备好一切,离开房间,来到阴暗的走廊。鞋底传来大理石的冰冷触感。皮耶特房间的门敞开着,阳光照进房间。在院子的对面,深深的阴影中,尼古拉斯·格雷的房门紧闭。李杜穿过阴影站到阳光里,一抬头就感到倾泻在屋顶的白光让他几乎什么也看不到了。他从阳光中离开,走进那间到目前为止还属于皮耶特·范·达伦的房间。

房间里一个人也没有,皮耶特的尸体已经被运走了。房间角落放着一小堆鞍囊,桌子上摆着一堆旧书。李杜拿起最上面的一卷书打开,翻到标题页,上面用黑色的墨水画着被天使高高举起的大清国地图。地图中北方边界用锯齿状的城墙勾勒出来。京城附近的区域由稠密的城市和河流组成,这些都被一丝不苟地清楚标注。与此相反,西南省份的广阔区域是空白的,那里没有标示出大研——只有金沙江不确切的踪迹。

他翻到另一页,在这里,作者阿塔那斯·珂雪,用热情的语言阐释这个帝国对于基督教精神的需要。"魔鬼的世界充满着憎恶和谎言,即使将人类摧毁也不能满足……"

走廊传来轻轻的脚步声,是贾环来了。他看起来很疲累,但言谈很有条理,"知府大人,"他说,"希望处理好皇上给他的所有问题。如果你能翻译这些外文书籍的标题,我会列出一个单子。然后,我们把皮耶特的所有东西做成清单。知府大人很感谢你在这件事情上的帮忙。"他一边说,一边走到桌旁坐下,开始熟练地准备纸墨。"你准备好没?"他问。

"好了,"李杜说,眼睛仍看着翻开的书页,"这本是《大清图说》。"

"我没听说过这本书。"贾环说。

"据我所知，这本书还没有被翻译成中文。它是一位耶稣会信徒写的，他将所有在我们这里旅行的耶稣会信徒的笔记和调查报告编辑成册。"

"那么他们的调查精确吗？"贾环问。

"他们的调查精确。作者对这些调查的解释，可能不是完全到位。但是我相信作者是一位拥有非凡智慧的人。"

贾环缄默的表情立刻充满怀疑。李杜扬起眉毛，好奇他是怎么想的。贾环注意到李杜的想法，很快说："抱歉。当皇上对传教士们表示欢迎时，我是没有任何立场去批评这些外国人的。"

李杜发现这位书吏从紧张拘谨的礼节中放松下来，流露出一丝真实的感情。为了与贾环更真诚地交谈，李杜说："你不认为这些耶稣会信徒理应得到优秀学者的名声？"

"我没有立场这样想，"贾环又强调了一遍"立场"，"但是我相信我们自己的学者从对前辈的理解、从根本的哲学思想里已经得到了裨益。没有什么新的东西能够引导大清。所有东西我们都已经拥有了，而且在其他国家形成的很久以前，就已经有了。"

虽然表达得很婉转，李杜还是明白这些话的意思。这些老生常谈，被京城中所有的年轻学子不断学习和重复。李杜叹了口气。

"唉，"他将注意力转向了书本，说，"看起来皮耶特弟兄希望把前人的成就进一步完善和提升。就像我们的修士喜欢调整往日的记载中的错误一样，皮耶特也努力去纠正前辈们的错误。"

李杜翻到有关阿格拉的部分，在书页的边缘有用整洁的手写小字标出的注释。李杜略略读了一下。"这是对原文的修改建议，"

他说,"在这儿,皮耶特纠正了帽蛇毒解药的配方。这种蛇在葡萄牙语里被称作'cobra de capelos'。"

贾环点头回应,礼貌却漠不关心。"下一本书的标题呢?"他询问道。

李杜的眼神又在书页上逗留了一会儿,然后合上《大清图说》,坐下来,拿起另外一卷书。他一本接着一本地给贾环读着书的标题:《汉语字典》《世界地图地理》《中国植物志》《磨镜人的回应》——这是一本有关法律辩论的波斯文书,李杜解释说——以及《地球球体》。

一些未装订的文件是几封被妥善密封的邀请信件和几幅显示从阿格拉到大研路径的地图。另外还有一堆捆着的纸页。李杜解开细绳看了下这些纸页,上面全是有关天文学的图解:同心圆、划分成十二区域的圆环、象限仪和标识着"orizon"和"arcticus"字符的轴线。一页纸上有一个用阿拉伯字母标识的详细的星盘图表。

"那个是什么?"贾环问。

"这是皮耶特弟兄绘制的星盘图草稿,"李杜轻声说,"但是我不能告诉你更多了——我没有研究过天文学。你知道相关的规律吗?"

贾环看了一眼手稿,摇摇头:"我曾在钦天监被指派为初级书吏,但是我不知道这些图是什么意思。"

"你读书时的专长是什么?"

"书法。我的父亲是位杰出的艺术家。我的先辈从唐朝开始就是皇家的学者和顾问。我的愿望是能光宗耀祖。"

"你也期待成为一位知府吗？"

贾环移开视线，但李杜还是捕捉到他眼睛里流露出来的野心。"我只想证明，对于国家来说，我是一个好的官员。"贾环说。

"那你满意这儿的工作吗？我知道许多年轻的官员希望到沿海城市去，而不是待在内地。"

贾环笑了笑："这是真的。官员们不会争着到云南省这个地方来。大多数贵族子弟希望他们不会被送到南方边境来。他们害怕这里的热病，也不喜欢这里的村民。但是我不一样。在荒蛮之地教育无知愚昧的人，对我很有吸引力。他们还未开化，不是真正意义上的大清子民。"

"这是你第一次被指派离开京城？"

"是第二次。第一次我去了澳门。如果这儿没有更多的书，我去把这些纸张装订好，再磨些墨过来，我们可以继续整理清单。"

等候贾环的时候，李杜又把目光放到那套茶具上。他记得自己昨晚留心的事，又数了一下茶杯的数目。这里有四个小号茶杯，但只有三个大号茶杯。没有一个茶杯有用过的痕迹，也没有茶叶散落在托盘上。他拿起小茶叶罐的盖子，和他自己房间里的一样，茶叶罐里装满了上好的茶叶。他拿起茶壶，盛着水的茶壶依然很重，茶壶已经变得冰冷。

李杜烦闷地放下茶壶，走到房间的角落，那里靠墙整齐地摆放着皮耶特的袋子。李杜跪下来，小心地打开其中一个陈旧的布包，其中有一些对旅行学者来说简单却很好用的工具：一套装在皮质封套里的书写用具，一条取暖的褐色羊毛毯子，一口满是划痕和凹痕的锅，一小套刀具，以及几袋水果干和可口的腊肉。只有一个崭新的与众不同的东西，李杜将它拿了起来。

这是一个柔软的褐色皮制手袋，大致是正方形的。其中一面挖出一个巨大的圆形，并补上一块缀满刺绣的织物。织物上绘着清晨蓝色天空背景下，三只越过松枝的狐狸。这个手袋染色精致，厚重的、闪闪发光的丝线色泽明亮。

李杜认得这个款式。这样的手袋都是藏族商人佩戴，用来装茶叶的。当商队歇脚时，骑手可以方便地使用马鞍上悬挂的小搅乳器，很快做好酥油茶。李杜把手袋拿到鼻子下面嗅了一下，惊讶地发现它有强烈的香味。这个香味闻起来像香水——很浓郁的花香，而且似曾相识。他拿出一小撮手袋里的东西，是红茶。

李杜将手指靠近阳光，他看到，有细小的、粉末状的残渣粘在暗色的茶叶缝隙里，它的颜色介于白色和浅绿之间。残渣太细太暗，不是灰尘或沙粒。他试探着舔一下手指，舌头被刺痛而蜷缩回去，嘴巴和喉咙都充满冰冷的感觉。李杜咳嗽、呕吐起来。

贾环回来了，带着迷惑不解的表情加快脚步。"怎么了——"

"我没事。"李杜向桌边移过来说。但他的步子已经不稳了，他到了桌边，不得不伸出一只手扶住桌子，防止跌倒。他闭上眼睛，深呼吸。当他睁开眼睛时，看到贾环正关切地看着他。"我现在觉得好多了，"他说，"真的。"

"是什么让你不舒服？"贾环问。

李杜用还空着的那只手把手袋里的一点茶叶倒在桌子上的一

张纸上。这些茶叶摊开在贾环整洁的书法字迹上,就好像冬天森林里飞过的乌鸦。

"你在做什么?"贾环问。

"这些茶叶上覆有毒药。"李杜说。贾环的眉毛皱在一起,斜着身子凑近了看。对李杜而言,这些茶叶现在看起来扭曲而邪恶,浅色的粉末在阳光里闪耀。

"这不是灰尘,"贾环轻声说,"但是你确信这是毒药?"

"是的。"

"这不是巧合,"贾环说,"毒药肯定是造成修士突然死亡的罪魁祸首。"

李杜没有马上回应。当他开始讲话时,他的语速变缓了。"一定是这样的,"他说,"但有些奇怪。"

"非常奇怪。"贾环随声附和。然后他挺直肩膀,收敛了苍白面容中流露出的情绪。"我必须马上告知知府大人,"他拿起那个手袋说,"我把这个给知府大人带去。"

李杜点头同意。

"我让人去叫医生,你看起来不是很好。"

李杜摇摇头,说:"我在恢复。这还不足以对我造成真正的伤害。我只是需要一些时间休息。谢谢你的关心,但就像你说的,你应该马上通报知府大人。"

当贾环离开以后,李杜慢慢地陷到桌旁的椅子中。他想起皮耶特·范·达伦前一天晚上离开表演时的情形。李杜最后一眼瞥见这个高高的、披着斗篷的人影消失在黑暗中。闭上眼睛,李杜努力超越自己记忆的局限,跟随着皮耶特的脚步。

皮耶特会沿着亮灯笼的花园小路回客房。他会点燃两根蜡烛。如果他想喝茶,他会叫侍女倒给他。但是,李杜想起来,皮耶特喝茶不喜欢被服侍。他更愿意自己亲自倒茶。所以,不是去叫侍女,他会自己走到院子里的火盆旁,从罐子里向他屋里的茶壶倒满沸腾的水。然后,他必定从他的包里拿出那个装满了茶叶的手袋。光线很暗,他没有注意到茶叶里混进了浅色的粉末。然后会发生什么?一小撮茶叶放进杯子,滚烫的水,打着旋儿的茶叶,还有死亡。

李杜举起手,仔细观察粘在他手指尖粉末的光泽。现在,他从发现毒药的震惊和毒素造成的身体反应中恢复过来,他能够更清楚地思考了。他以前在某个地方见过这种粉末。另外,他很肯定自己知道这是什么。但是曾经在哪里见过呢?是在很多年前,另一种不同的生活中,一个被锁了的抽屉里。这种粉末——他想起来了——是鱼藤根。这是磨碎的鱼藤根,他知道自己为什么会对这种粉末如此熟悉了。李杜立刻站起身来,走出门,向藏书室走去。

太阳已经完全升起,浅色石头神兽守卫面无表情地注视着李杜。它们面容模糊,松针晃动的影子在它们身上洒满斑点,李杜穿过这些守卫走进藏书室。他想起皮耶特·范·达伦第一次见到他时的活力——大步跨过陈列着丝绸装订书籍的架子,和李杜交谈,就好像他们已经聊了很久一样。"不幸的人,"皮耶特这样评价《明史》的作者，"被他们的征服者委任写一个已经倾覆的王朝的历史。"他把这个称为什么？李杜皱着眉，想："完全是一个致命的任务。"

听到一阵敲打地板的声音，李杜突然转过身，看到一个老人拄着拐杖从房间遥远角落的光斑中向他走来。

"是谁在那儿？"这个人用低沉沙哑的声音问，"是不是他们说我不再看守这个地方了。谁在那儿？"他的话带着非常明显的口音，像是从喉咙中挤出来的，很难听得懂。

"很抱歉惊扰到你，我们没有见过。我是这所宅子的客人，我叫李杜。你是木高，那个藏书室的编修，对吗？"

这个人停在李杜面前。他背弯得很厉害，以至于很难抬起头观察李杜的脸。他的容貌说明他是本地居民：薄薄的带有皱褶的皮肤，挂在长长的脸上，长着高颧骨和尖尖的鼻子。他若有所思地咬住下嘴唇，用阴沉的眼睛审度着李杜。

"他们不叫我藏书室编修，"他最后说道，"我只是一个看守，负责打扫而已。不需要做更多——这个地方没有多少访客，也不经常来人。"

"我对这个藏书室的印象——"

木高把拐杖轻轻戳向空中打断了李杜："你就是知府说的那个要给我建议的人？皇家的藏书室编修，是吗？看看你的周围，能看到灰尘吗？能闻到霉味吗？不能？那就对了。我的工作没有过错。"

李杜赶紧让这位老人宽心。"你把这里照顾得非常好。"他说。

木高怀疑地看着他,李杜接着说:"我想说,这是很长一段时间里我所能看到的保持得最好的藏书室。这里没有潮气,我看到书都在恰当的环境中保存。我想知道,你是怎样确保不让虫子吃掉糨糊和毁坏书的封面的呢?"

"鱼藤根,"木高立刻说,"用了它之后,我的任务就只剩下把死去的虫子和灰尘清扫出去了。"

"当然,"李杜说,"我曾经也用过鱼藤根。告诉我——你在藏书室里存放鱼藤根吗?"

"那我应该在什么地方存放?其他东西也不需要鱼藤根,是不是?除非用来杀鱼,但是这里也没有鱼。"

"鱼藤根是被锁起来存放的吗?"

木高咕哝着说:"不是。我放在抽屉里,和纸、墨放在同一个地方。为什么你要问我有关鱼藤根的事?这和那个死去的人是不是有什么关系?我什么都不知道,他们告诉我那个人是正常死亡。"

李杜回答得十分谨慎。"我对这些也不懂,"他说,"但是现在看起来,他不像你说的那样是正常死亡。我必须和知府大人谈谈。"

"很明显发生了什么,"图利申关上书房的门,然后说,"你确定在云南旅行时见过类似的东西吗?"他指着放在他面前桌子上的那个刺绣手袋。

"我知道这个手袋是康巴风格的,但是——"

图利申打断他,说:"一定是康巴人和他一起旅行时送给他的。你还记得你来时我跟你说的话。这个修士的命运早在他决定和那些小偷、杀人犯一起旅行时,就已经注定了。"

"但是皮耶特弟兄为什么会随身带着这个手袋,却在那天晚上第一次用手袋中的茶叶呢?他的房间分明已经有为他准备的茶叶。还有,是什么原因让这些康巴的旅客给一个外国人——据我所知,他们并没有什么争执——装有毒茶叶的手袋?这个手袋很容易辨认,是属于康巴的。"

图利申眯起眼睛,说:"你问题的答案并不重要。皮耶特决定那天晚上而不是其他晚上饮茶,这能有什么意义?至于康巴人杀掉他的原因,我提醒你注意那些人绝非良善之辈。也许这个手袋是一个为了惩罚罪过而给予的不洁的礼物。他们的方式对我们来说是难以理解的。去理解他们是难以做到的,也是完全无效的。"图利申点点头,完全同意自己的推断。

李杜坚持说:"但是皮耶特弟兄亲切地谈及他们。他告诉我康巴人热情好客、慷慨大方。他喜欢他们。"

"显然他是被误导了。表弟,我已经非常容忍你了。我明白这个不幸的事让你很难过。但是你一定要明白,关键是我们都要让这件事过去,去关注更为重要的事情。你不再习惯城里的做事方法。行政官员,特别像大研这种地方的行政官员,和京城很不一样,我们被挑选出来,是因为我们的直觉、我们的经验,我们有把握形势和最有效地执行事务的能力。"

"但你一定要做些什么。想必你会派人去审问那些康巴商人,把他们带到这儿来问话，如果他们有罪就惩罚他们。"

图利申给了李杜一个纡尊降贵的怜悯表情，说："有一些需要考虑的事项：策略、与西藏的关系、如何以更加老练和谨慎的眼光看待形势。目前这里的情况非常微妙。如果皇上想冒着开战的风险查明一个外国人的死因，他会下达相应的命令。但是我不能仅仅因为一个外国人死了，就破坏整个春节庆典。"

"那么你不准备调查了？"

"就像我已经说过的，发生的事情已经很清楚明了。"此时图利申的语气包含了一种警告。

"对不起，表兄，但事情并不清楚。有一些前后不一致的地方不容忽视。茶里的毒药——我认出了它，是鱼藤根的粉末，一种存放在你藏书室里的毒药。"

图利申的脸色变得紧张起来，说："如果我藏书室里有鱼藤根，商队就没有理由不会有。"

李杜继续说："皮耶特弟兄房间里的一个茶杯不见了。如果他自己亲自冲泡茶叶，喝了茶，死了，那么他喝过茶的茶杯就应该还在他的房间里。如果茶杯不在，一定是什么人把它拿走了。一个宅子里的人——"

"一个茶杯？"图利申用一只张开的手掌敲着面前的桌子，站起来，看着李杜说，"不要那么愚蠢。如果有人把杯子从房间拿走，只会是去清洗而已。你的目的是不是要破坏庆典？你那么嫉妒我的成功，不惜利用这个人的死来和我作对？你在自取其辱。"

这些话悬在他们之间。李杜意识到如果他回应说自己从来不会嫉妒一个命中注定因心胸狭小而野心不断受挫的人，会显得太冲动，于是他的表情没有任何变化，只简单地说："我关心的是事实。"

"我关心的是皇上的意愿，"图利申厉声道，"真龙天子跋涉一年就为了这一刻。春节庆典必须要和他期望的完全一样。不能有任何轻率。要展现大清团结的力量，要激发代代相传的忠心。"

"如果你错了，康巴人是无辜的。那么这个凶手就在这儿，在这个城市里，在你的宅子里。这会给庆典带来怎样的威胁？"

图利申的声音带着恼怒的震惊说："我不想再从你那里听到任何东西。你的计划是今天离开这座城市，我命令你这样做。你的文书就在这儿。"

"那么，"李杜说，"你的选择是不去寻求答案。"

"你对这个世界的看法太简单，"图利申回答，"你的态度已经给你和我们的家族带来了不幸。现在我必须再次让你离开这宅子。你总有办法让自己在各处都不受欢迎，让我们期待这是你最后一次被如此对待。我们都很尴尬。"

"是的，"李杜轻声说，"确实是这样。"

为避开李杜的眼神，图利申把李杜的文书卷起来重新密封。当他抬起头时，他的注意力被李杜身后的什么吸引住，他带着如释重负的表情点点头。"陈氏。"他说。李杜转过身看着她，陈氏身材修长而又神态镇静。她优雅而顺从地向知府低下头。李杜想知道他们的对话，她听到了多少。

"原谅我打断了您，"她说，"皇上的画像已经送到了。"

"啊，"图利申说，"非常好。但我必须先和你说说盐运使的事。初次宴席时他的位次有一些问题。李杜，这是你的文书，拿着。"他把密封好的一卷文书递过来。李杜接过文书，向陈氏行礼，离开房间。

在走廊尽头，三个仆人正小心翼翼地把皇上画像上的一层布移开。当李杜走近时，最后一层透明的绿色丝绸已经从画像上滑落下来，落在李杜脚边，差点把他绊倒。李杜停下来，其中一个仆人正将布匹捆起，李杜看到了完全揭开的画像。

康熙皇帝坐在一个正方形的桌子后面。他穿着朴素的灰色袍子，带着红色的学士帽，脚上穿着浅黑色鞋子，踏着蒙着深红色罩子的低矮脚凳。其中一只脚支撑着，好像他就要站起身一样。他放松的肩膀显示出沉静与坚毅。他的表情温文尔雅，但在他身后的大理石屏风上，雕刻有一条盘旋而上的龙，它带着鳞片的身体盘绕着被束缚在屏风的框内。皇帝的右手拿着一支毛笔，像是要在空白的纸页上写些什么。

这是一幅为激发忠诚而创作的肖像，它技艺精湛。画像中，皇帝同时具备高不可攀与亲切可靠的气质。皇帝是一个可以接近的学者，一个能够欣赏美感与理解悲伤的富于同情的人。同时他也是降生于世间的真龙，一位强有力的勇士，他征服了各个省份，他的统治被神圣的血统认可。不管他选择在面前空白的纸上写些什么，不管写的是诗歌、命令还是判决，都不容辩驳。

"画像就是一个感知的游戏，"李杜想，"这场庆典和大清国本身也是一样。而且,"——李杜意识到他胸中的冰冷沉闷总是在记忆之前出现——"五年前紫禁城外的杀戮也同出一辙。"正好在皇上决定利用定罪叛徒以儆效尤的关键时刻,死刑就这样被实施了。死刑是残酷的,而且李杜一直认为,它也是不公正的。对皇帝来说,寻找真相是他最少在意的东西,现在的图利申也一样。对那些处在权力中的人而言,为了达到巩固统治的目的,事实只不过是可以被利用、被篡改或被忽略不计的材料。图利申一点都不傻,大研的百姓愿意接受康巴人有罪的说法,因为他们想要如此。庆典将会继续进行,任何不安都会在银钱的响声、灯笼的光芒和表演的奇观中消失。李杜在这里没有任何位置。他转过身,背对画像,离开了宅子。

下午过了一半,带着从市场上买的一大包沉重的补给,李杜想吃一顿热饭。他发现自己来到一间客栈门外。他看着明亮的、有些脱落的庆典告示贴在客栈门两边,象征吉庆的图案绘在门、窗的过梁上。他感到一旦进了客栈,围绕他的就是超乎寻常的喧闹声了。李杜将包裹换到另一边肩膀上,犹豫着要不要进去。然后他闻到新鲜米饭和浓郁肉汤的香味,想到以后将要面对的寒冷夜晚,走进了客栈大门。

小而狭窄的入口只是一个幌子,门里是一个由庭院和客房组成的宽广迷宫。门厅或走廊一个连着一个,尽头是隐蔽的花园,每一处都类似。最后他来到中心休息区,发现那里人满为患。一些找不到座位的人,一起挤在盛食物的盘子旁边,那些盘子被紧张的店小二高高举起。这些客人则举起胳膊索要更多的茶水和酒。店小二疾跑着穿过拥挤的空间，紧紧抓牢满满摆放着高高碗碟的托盘，避开手肘、膝盖和挥动的手。众多的声音带着兴奋喧闹着，谈话的中心话题立刻显现：他们都在谈论知府宅子的凶案。

客栈老板一边在厨房对厨师们发号施令，一边扔一些扁扁的圆形生面团到飞溅着滚油的锅里去。他的手指沾满油，其他地方都是面粉，前额因在火旁工作而闪着汗水的光。任何时候他抬起头，都带着愉悦审视满是主顾的房间。当他看到李杜时，眼睛一闪，他认出了李杜，却马上勉强地试图遮掩。

"请坐这儿，"客栈老板立刻指着桌边一个靠近炉火的狭小空间，对李杜说，"先把您的包裹放下。这儿，您看，还有些空儿。不会靠炉火太近。我想您应该想要一些炖汤。"李杜听从了他的建议，把沉重的包裹从肩上放到地板上，然后坐在板凳上。客栈老板做手势喊来近处的一个店小二，一只碗放到李杜面前，速度之快就像它是变戏法从空气中拿出来的一样。李杜开始吃东西时，他看到客栈老板的目光焦躁不安，又很机警地绕着房间来回巡视。

"我姓霍，"客栈老板说，"你是那个大宅中的客人，对吗？"
"是的。"

霍老板假装把注意力集中在他的工作上。他从身边的碗里取出少量潮湿、油腻的面团放到锅中，锅被放在由一圈硬砖砌成的炉火上。霍老板开始用他的手指关节按压和抻开面团，让它形成一个扁环。李杜能看出霍老板的动作完全是下意识的，老板脑海中的估算与判断，可不是忙乱的手指能显示出来的。

"真是件不幸的事，"霍老板说，"我的客人对这件事非常难过。他们自己也都是走同样的路——那些康巴人走的路。强盗变得更大胆、更危险了。小偷只在意钱财，你知道，有太多的银钱和贵重货物在春节交易。你可能会问为什么，为什么客栈老板在客栈客满时还抱怨？我告诉你——因为我有这么好的房子，我不希望我的客人感到焦虑不安。你肯定很难过，是不是？你住在那个修士隔壁的房间？你可能还和他喝过茶？"霍老板的话充满同情，可他的表情却满是热切的好奇。

李杜还没有回答，客栈老板又接着说下去，当他喋喋不休讲话时，他手里的工作做得更快更灵活了。"他们中的另一个修士住在这儿。那个年轻的修士，他的头发像陈年的干草。除了问些有关植物的问题，他不愿和任何人交流。他对每一种长在地里的杂草都充满热情。我告诉他去找杨医生，他知道有关植物的事。这些外国人好奇怪，比很多经过大研的外国人还要奇怪。我听说你会讲他们的语言。所以那个老修士真的什么也没对你说？为什么他们想要他死？一点也没说？"

"皮耶特弟兄尊敬这些康巴人。如果他们真是杀害修士的凶手，我对此也无法解释。"

霍老板睁大眼睛，丰满的面颊抖动着。"如果？"霍老板向前倾身，将堆满油炸面团的盘子递给一个等着的店小二，用一种高声的耳语说，"那么你不认为是康巴人做的？"

李杜若有所思地看着这个热心的客栈老板。"对那天晚上发生的一切,你怎么知道得这么多?"他问道。

霍老板不屑一顾地挥挥手,说:"哦,我自有我在宅子里的'美丽'耳目。你真以为我不知道你是谁?知府大人的表弟。我知道你以前曾经是一个藏书室编修。你从京城被流放。你看,没什么事能瞒过我。"

"我明白没什么事能瞒过你。"

"好吧,"也许因为李杜的沉默寡言而恼怒,霍老板说,"我确实没有想要冒犯你。每个人都很焦虑,这里有一个凶手,现在讲故事的人也失踪了。他给我的客人们带来了非常棒的表演。如果我的妻子给我钱的话,我想雇他在大研留一段时间。"

"哈姆扎失踪了?"

霍老板用指尖轻轻弹了一下油里的扁面团,几滴油溅到他的围裙上。"我认为一个艺术家绝不会错过在皇上面前演出的机会,但谁知道呢?不要预测人们会做什么,对吗?"霍老板叹了口气,换了一个话题,"我想,没有关于皇上改变行程的说法吧?"李杜第一次在霍老板的声音里听到了真正的焦虑。"因为,"霍老板说,"如果皇上的行程取消了,我的客人会非常失望。整个城里的人都热切期望皇上的到来。"

"据我所知没有。"李杜的盘子空了,但他还是用最后一片面包蘸着最后一点儿美味的炖汤,他的心思转移到了他要面临的旅程上。

"当然,一切全准备好了,"霍老板说,"一旦皇上做出他的预言,那将会是多么吓人的景象——太阳全变成黑的,真龙之子现身。我的客栈再也不会看到这等盛况。是的——再也看不到。"霍老板把面粉擦到围裙上,又加了句:"这不祥的事发生的时机不好。皇上要来的时候,你就不要铤而走险。太多的魂灵在这周围游荡,有些不好的事会发生。我已经把我的玉挂在了门上。"

在霍老板能够打听到更多事情之前,李杜谢了他,离开了客栈。

太阳下山,月亮升起来,像黄色的羊皮纸,月亮表面的印记像是被人努力擦除过的线索的痕迹。李杜一个人走在通往山上的小道上。画家能够很好地捕捉这个画面:沮丧、弯曲的肩膀和与之不相匹配的坚定的步子,后面是一座占满整个天空的高山。

晚上,睡在一间佛寺院落的银杏树下,李杜梦到京城尘埃里闪着红光的灯笼。他的梦总与颜色相关:白色茶碗里的红茶、鼓身猩红色的光泽、京城里刽子手行刑台上的鲜血、用深红色墨水写的判决流放的旨意。朱雀掌管南方,它在图利申的藏书室里闪闪发光。书架上的符号是什么?"虚"。那符号是"虚[1]"。不,

---

[1] 二十八星宿之一,北方七宿之一。

那是北方。南方的星宿是鬼宿。它是藏书室的幽灵。书自动排列，变得毫无秩序，嘲笑着李杜所做的要把它们重新放到恰当位置的努力。

离日食还有四天

第七章

道路像陡峭的梯子，一个半时辰之后，李杜开始出现高原反应。多刺的玫瑰藤和浆果灌木被杜鹃和橡树替代。风变得更猛烈而寒冷，从高山的草地上侵袭下来。空气变得稀薄，大口地深呼吸也不能满足李杜肺部的需要。李杜迈开大步，他开始摇晃，感觉到心脏的吃力。

大研在他身后，他看到前方的道路，多风、空旷，所有的路都通向低矮的山脊，天黑之前到达那里并不困难。他可以在那里宿营，明天再沿着小路下到金沙江岸边。

树影间的阳光像明亮的液体。老橡树带着脆硬的树皮和胡须状的树枝，高高地、平静地矗立着，像是友好的哲学家正享受缓慢、永恒的讨论。石灰岩峭壁从地面突出，形成边缘尖锐的迷宫。李杜脚下，牢固坚硬的泥土间隔着灰色岩屑，在他经过时溅出小石子。

　　正午时分，李杜走到侧面的小路，随着小路到达深涧上一处多岩石的尖角。这里很符合李杜曾在地方志中读到的描写，所以，他确认自己走了正确的路。李杜决定煮一碗小米粥充饥。他把炊具放在岩石上，去小溪装满一壶水。水打回来之后，他在远离干燥灌木的岩石缝里生火，准备他的食物。做完饭以后，他就舒服地坐在一块苔藓地上，一边吃饭，一边看风景。

　　周围非常安静。过了一会儿，一缕云飘进李杜坐着的悬崖下方的峡谷里。云层加厚，变成一条缠绕的、行动缓慢的大蛇。云继续扩展，慢慢充满整个山涧，直到它升到悬崖的高度，吞没了李杜。李杜周围的世界变成了白色，他再也无法认出树木和岩石的形状，也无法识别他要继续走的道路的轮廓。之前还可以看到的南面山巅，现在也消失不见了。

　　安静逐渐变成寂静。李杜没有动，在轻柔的、白色的大片云朵中休息自己的眼睛。等他睁开眼时，云已经散开了。他看到，云中间好像打开了一扇窗户，正对着峡谷边的一棵树。这是一株死去的、中空的橡树，被火烧黑了。只有一杆树枝存留着，从树干垂直地伸出去。烟雾变得更厚，窗户关上，树也不见了。

　　云雾又一次打开，这次通过新的窗口，李杜看到有什么东西在动，他想他认出那是一只小熊圆滚滚的后背，滚过林中的一小块空地，滚进常绿植物的树丛。云雾又动起来，这个景象消失了。下一次云雾破开，框出一帘瀑布，静止的、银色的柱状瀑布离李杜太远，以至于察觉不到它倾泻的力量。这个窗口关上，另一个又打开，李杜看到一棵树。这棵树正在李杜几分钟前看到的那棵大橡树的位置上。不过这棵树不是中空的，还很有生气。它的树枝和树干都很完整，被花环状的青苔覆盖。

李杜想象移动的云涵盖千年岁月，他看到同一棵树在不同时间的样子。假如这棵树存在的每一个时刻，它所有的过去和未来，都同时存在，在这空虚、无限的云雾中存在，将会怎样？

一个关于自身虚幻性的奇怪想法吸引了李杜：他也一样，存在于虚空之中。如果有人站在山涧的另一边通过云雾的窗口看李杜，又会看到些什么？可能李杜会显现为一个孩子、一个老人、一个魂灵，或者一首古诗中的记忆。在这个地方，"现在"无足轻重，他漂浮着。这是李杜流亡多年来一直渴望的感觉。

所有的云开始消散，李杜走到最近的可以远眺的崖边。从这么高的地势，可以看到远处的大研城。李杜勉强能看到长长的、矩形围墙围起的图利申的宅子，以及狮子山顶宝塔的层状屋顶。现在察觉不到街上或是周围人的任何活动。大研城好像一个城市的模型，一个陶瓷和涂料做成的冰冷复制品。"那么，"他想，"今天大研城一定比昨天更拥挤了，客栈更吵闹，集市开始越过它原本的边界，扩展到原本安静的街道。"李杜转身离开。

李杜花了点时间清洗水壶。他把水壶在火上烤干，然后擦拭了一番，以免把他的书弄湿、弄脏。他的包裹被物品尖角挤压的地方已经开始磨损，他稍微整理了一下，把最新磨损的地方保护起来。李杜举起包裹放在岩石边缘，用带子把它绕在自己肩膀上，然后挤过杜鹃花丛，重新上路。

太阳开始下山，它将灰绿色的斜坡与悬崖染成层次丰富的琥珀色。李杜所处的地方足够高，他可以看到山脉像龙的脊柱一样延伸它的险峰到北边。最高峰上全是裸露的岩石，岩石上的积雪显出白色的纹路，不能通行。山峰的西面深深沉浸在阳光之中，颜色变得更深，而与它们相对的东面则在寒冷的阴影中逐渐模糊。

李杜的眼光被山脊的变化吸引，山脊看起来很锐利、很薄，就像被撕开的纸的边缘。一群绵羊间距差不多地待在那里，好像绳子上穿着的白色珠子。它们同时缓慢移动，所以当它们穿过山脊时，它们之间的距离还是保持不变。斜坡再往下，李杜能看到牧羊人，一个戴着帽子、拿着拄杖的小黑点。羊和人都很遥远，以至于如果没有亮白色的绵羊出现在天空和岩石的相接处，李杜根本不会注意到那里还有一个人。

根据李杜读过的地方志中的描述，一旦他到达远处的草场，道路会开始下倾。在那里，他会发现一系列的岩洞，大到足够提供一个舒服的庇护所。地方志作者建议旅行者在白天探索这些山洞，特别是去观察天空通过石头从不同角度照下来的光线。李杜双脚既疲累，又疼痛，但草地上的冷风很大，李杜继续前行。

继续沿着小路往下走，这时，李杜闻到烟火的味道，听到叮当的铃声和马喷鼻息的声音。记起关于大研南部山中有强盗的警告，李杜停下来，不确定该做些什么。在他面前是一条向下的路，正如书上所说，延伸到杜鹃树的灌木丛中。李杜回忆自己在什么地方，并极力去辨别那声音出现的具体方向。李杜仔细看着逐渐变黑的草地，准备寻找另一条替代的路，远离那些陌生人。

左边某处传来撞击岩石的声音，李杜转过身来，向后退了一小步，想避开那个声音。但太晚了，李杜已经被看到了，一个高个子、不苟言笑的男人走向他，用一支火枪直直地指着李杜的胸膛。

毫无疑问，这男人是藏区的一个康巴人。他比李杜高大很多，头发蓬松地垂到肩上，有着高耸的颧骨和高挺的鼻子。尽管他看起来很年轻，但眼睛周围因忍受寒风和大雪而出现了又长又深的皱纹。皮带上叶鞘里的刀柄上缠绕着系着银子和松绿石珠子的明红色纱线。

男人揣度他时，李杜安静地等待着。看到男人的脸色稍微放松后，李杜说："我一个人在旅行。我可以继续走我的路吗？"李杜指向男人身后远离他们安营扎寨之处的地方。

男人摇摇头，用藏语说了些什么。

"你会说汉语吗？"李杜问。

男人又摇了摇头，重复刚才说过的话，用火枪比画着让李杜跟他走。

他们穿过茂密、曲折的杜鹃花丛，走下一条窄道，李杜透过树枝瞥见火光。几分钟后，道路变成一块开阔的空地。

这是个很好的地方——平整，并且远远聚拢在山脊之下，躲过了大风。马和骡子，三四十头牲口，卸下了它们身上的货物和马具，正在吃草。四个互相隔开的火堆在浅坑中发出噼噼啪啪的声音，每个火堆都被一堆整齐的篓子和木质马鞍环绕着。商队里的人正照料马匹、收集木头、调正茶砖上盖着的皮子、准备食物。当李杜和这个守卫的男人经过他们时,他们都好奇地抬起头。

这一小块地远处的边缘有间只用树干、树枝和石头搭建起来的小屋。偶然经过这里的人,不管是照顾牦牛或绵羊的牧人,还是猎人、旅行者或商队,都会利用和维护这些小屋。多年来李杜曾好几次待在这样的小屋里。

小屋里生着火,火光透过木头的缝隙照射出来,温暖着蓝紫色的黄昏。新切的肉放置在屋顶晾干。青烟在肉与屋顶横梁之间缠绕。守卫几乎要把身子弯到对折才能通过小屋斜开的门,李杜跟着他走进屋。

一个男人和一个女人正在一个角落里准备食物,两个男人在火堆两边面对面坐着。起初李杜没认出来那个年轻的男人,因为他身上刺绣的丝绸换成了朴素的衣服,而且他弓着背,盯着火堆。但当他抬起头时,李杜眼中闪出惊奇的神色。

"你不是陌生人。"哈姆扎说。他从火堆旁直起腰,满面笑容地看着李杜,李杜感觉到自己也机械地回应了一个微笑。但在开口说话之前,李杜犹豫了,他看了看房子里的其他人。

坐在哈姆扎对面的男人开始和进来的守卫用藏语交流。当他们交谈时,哈姆扎做手势让李杜坐到他旁边,用刚好比耳语高一点的声音说:"不要担心,这些都是我的朋友,他们只会偶尔做盗匪。但他们想知道为什么你来这儿找他们。或者——"他若有所思地擦了一下蓬乱的胡子,"是不是知府派你来跟踪我?"

李杜也保持着很低的声音,说:"我根本不是来找任何人的。

我昨天离开了大研城，准备在一个洞穴里过夜。"李杜拿出了一本徐霞客写的游记。

哈姆扎拿过书仔细研读了一番。在其中一页上，他停下来，读道："本地皆赞沐英，因其雾气渡水而克敌。怪哉，吾游其河，觉其甚浅。史家述沐英之举尤勇，然渡浅溪而何易哉！由此知书之不实……[1]"

哈姆扎做了个鬼脸，说："你们这些势利文人最擅长破坏故事。我更想多听听这渡河士兵的事。也许这雾霭实际上是一只红宝石眼睛的恶魔在扭动缠绕在他身上的烟雾呢——但现在我得向我的朋友介绍你是谁。"

守卫已离开小屋，毫无疑问，他重新回到他的哨岗上去了，对面的男人在耐心等待着哈姆扎。哈姆扎开始用藏语和他交谈，说完后他转向李杜，说："你的眉毛扬起来了，我让你感到诧异了？我知道这个世界上大部分的语言。这是我的本事。现在我已经告诉他们你是谁，并向他们保证你只是一个旅行者，不是像你表兄那样的官员。这边两个准备为我们炖汤的人是罗布和他的妻子庸珍。客栈霍老板说他的面包是最好的，但庸珍的更好。这位是卡尔登·多吉，这是他的商队。"

卡尔登用一个害羞的点头回应哈姆扎的介绍，但更多像是对

1　此处游记内容根据英文原著直译，疑出自《徐霞客游记》中的《滇游日记三》："由是而西，并翠峰诸洞之流，皆为白兵江上流之源。源短流微，潆带不过数里之内，而沐西平曲靖之捷，夸为冒雾涉江，自上流渡而夹攻之，着之青史，为不世勋，而不知与坳堂水塘无异也。征事考实，书之不足尽信如此！"——编者注

着火堆而不是对着李杜。他的样子一点也不可怕,除了他的手,那是一双巨大的、伤痕累累的、满是厚厚老茧的手。他眼睛斜睨着门外的角落,严肃的嘴、微皱的眉毛显得有些担忧。过了一会儿,他重新调整了一下火堆,看起来正在沉思。

"我汉语说得很糟,"他最终说,"请与我的朋友谈谈,我会听着的。"他透过火堆向哈姆扎做着手势。

"啊,"哈姆扎愉快地说,"那么接下来我要进行一场审问了。我会假装我是一个严厉的政府官员——可能是一位知府。"他虚张声势地挺直了背,手放在膝盖上,表情忽然变得难以捉摸起来。

"那个,"哈姆扎开始了,"你能告诉我们大研城的形势吗?知府是否派了士兵来追捕这些人?"

李杜摇摇头,说:"他没有派人来。但是你知道知府将皮耶特弟兄的死怪罪到了康巴人身上。"

卡尔登的下巴不易察觉地绷紧了。哈姆扎回答说:"我们知道。这个谣言一传到客栈我就离开了大研。卡尔登和我是多年的朋友。我来告诉他发生了什么事。明天我会返回大研。"

"你们已经认识很长时间了?但是在我印象中你是从印度来的呀。"

"你说什么?真是奇怪。我原从埃及来,但在我八岁的时候,我加入了船员成为船上的侍者,这就是我为何去了西藏。"

"但你不可能从埃及航行到西藏。"

"河流改变了他们的航程,"哈姆扎自命不凡地说,"但我有更多问题要问你。为什么知府会怀疑这个商队?"

李杜停顿了一下，意识到自己要为这件事承担部分责任，但他如实说道："知府命令搜查皮耶特的随身物品，让我逐条记录他的拉丁语书。我发现了一个皮制手袋，里面装满有毒的茶叶。那手袋正像这个。"他指着悬挂在墙横梁裂口上的一个手袋。

卡尔登用藏语说了些什么，哈姆扎点点头，说："卡尔登想知道，为什么你仅仅因为发现手袋里的毒药就认为他是凶手，这个手袋可能是任何一个人放在那儿的。"

"你的朋友误会了，"李杜坚定地说，"我并不认为他该对皮耶特弟兄的死负责。很显然宅子中的某个人在那天晚上参与了谋杀。"

"如果是那样的话，究竟为什么康巴人被指控有罪？"

"那是知府从现场的刺绣手袋得出的结论。他相信因为皮耶特的一些冒犯之举，商队的人杀害了他。"

哈姆扎脸色阴沉下来，说："这儿没有一个人会做这样邪恶的事。也没有一个人送给皮耶特任何手袋或茶叶作为礼物。如果有，我肯定会看到的。"

"我去客栈找你，只想问你一个问题。为何康巴人一被指控有罪，你马上就听说了？"

"是客栈老板的侄女。她是知府宅子里的侍女，每次一有什么流言蜚语，她就像伊夫利特[1]一样出现，把流言悄悄告诉她的叔叔。"

---

[1] 阿拉伯神话里的精灵。

李杜想了一下，然后说："在这件事中，我认为流言是被狡猾地利用了。"

"解释一下。"

李杜小心翼翼地选择字眼，说："知府的注意力全集中到皇上的驾临上。他不愿考虑皮耶特弟兄的死更深层的原因，那样会妨碍春节庆典的成功举行。如果重要的客人们不快，或者皇上将罪案看成不祥的预兆，整个庆典就会被取消。"

"但罪案还是发生了。"

李杜摇摇头。"康巴人已经有——"他扫了一眼卡尔登，他正专心听着，"已经有盗贼的名声。知府很聪明。他发现了一个可以推责诿过的解释，让客人们消除疑虑，让他们觉得这个城市没有危险。"

"并且，"哈姆扎心领神会地说，"他确保侍女能尽快知道流言。我总觉得我和官僚们没有什么共同点。但现在我明白了，知府也有讲故事的能力。可能我们竟有相似之处。"

当哈姆扎和卡尔登详细交谈的时候，李杜等候着。卡尔登大部分时间都沉默，间或点点头，低声表示肯定。然后哈姆扎转向李杜。"康巴人能容忍错误指控带来的侮辱，"他说，"但是你确定知府没有派士兵跟在他们后面？"

"我肯定。这儿没有士兵能腾出时间跟着他们。但还有别的需要考虑。"

"什么需要考虑？"

"当皇上听到知府汇报发生了什么事,可能会影响他的判断,对康区及藏区不利。京城与藏区之间的关系已经不稳定了。"

卡尔登摇摇头，哈姆扎微微一笑，说："卡尔登不关心这些。皇上与领主们的争执不会触及商队。他们的村子在高山之上。他们与石头和星星为伴，那里的海拔高到树都无法生长。你再向北走就能看到了。"

卡尔登又开始说话，哈姆扎翻译道："他说杀人凶手会被惩罚的，不是在今生就会在来世。这不是他们关心的事，也不是你关心的。这是那些有权势的阴谋家要烦心的事。最好远离这些事情。他还说今晚你可以分享他们的食物和篝火。"

李杜感谢卡尔登，但这个商队领队只是挥了挥手，没有接受他的谢意。

第八章

　　李杜和哈姆扎交谈时，两位厨师已安静地准备好了一大锅炖汤和一堆热腾腾的咸烤面包。他们往手上包着布，一起拎起那口沉重的锅，把它抬到外面，喊宿营的人吃晚饭。

　　李杜跟着哈姆扎和卡尔登走出歪斜的小屋。夜色已降临，云层的缝隙间挤满了星星。炖汤被放置在最大的火堆旁，骑手们开始享用美餐。李杜用勺子往自己碗里舀了一些炖汤，接过罗布从白色热灰下拿出的一个土豆。他用小刀刮掉土豆深黑色的皮，里面松软且冒着热气。一小口炖汤抚慰了李杜疲惫不堪的筋骨，让他耗尽的精神又复活了。李杜把酸痛的脚伸向火堆，深深地、心满意足地吸了一口气，享受着周围的人声，尽管他根本不懂得他们的语言。

　　后背和肩膀的冷气让李杜即使在火堆旁仍冻得发抖，于是他找到包裹,想拿出毯子。当他把毯子抽出来时,李杜注意到一个装着茶叶的手袋遗落在地上。他寻找手袋的主人,却没有找到。李杜拾起手袋仔细观察,皮制外边里,圆形、刺绣的部分描绘着花朵和飞鸟,不是狐狸。但是丝线的款式和质地都和他在皮耶特房间里发现的手袋完全一样。他闻了一下,手袋上有马匹和上好红茶的味道。

李杜抬起头,哈姆扎和卡尔登向他走来。卡尔登身边带着个小木桶,他示意着要给李杜一杯酒。李杜推辞好意,但卡尔登不接受他的拒绝。他拿过李杜的杯子,斟满清冽的美酒。然后他又将哈姆扎和他自己的酒杯斟满。

"我们喜欢那个外国修士,"卡尔登用他深思熟虑过的、简单的汉语说,"他以前没来过大研,但现在他的灵魂留在了这座城市。你明白我的话吗?"

"是的。"李杜双手握住杯子,恭敬地对卡尔登举杯。他们喝了杯中酒。这酒非常浓烈,李杜感觉到暖意快速流动到他的胸口,然后又流到他的手指和脚趾。他伸手想把杯子放在一块平整的石头上,但中途停下来,把杯子放回嘴边又品尝了一下。

"这是陈氏的酒。"他说。

卡尔登不解地看着哈姆扎,二人短暂地交谈了几句。然后哈姆扎对李杜说:"卡尔登带着他的商队去南方时,他总是从'雪村'买酒。那里有全省最好的酒。"

"雪村?"

"不远。你从大研过去很近。"

"陈氏说这是她家族的酒。那么她来自雪村？"

哈姆扎点点头，越过李杜的肩膀看着小屋的房顶，那儿悬挂的肉还冒着烟气。"我们从雪村一个牧人的手里买了这些羊，她提到陈氏的名字。"

"她怎么说的？"

"我问这位年老的女人是否参加春节庆典——我告诉她我准备去表演节目。她对我非常怀疑，不高兴地斜视着我，告诉我她不喜欢人多，不喜欢故事，也不喜欢城里的食物。但她承认她想看皇上是否真的能命令月亮遮住太阳。后来她夸口说，春节庆典上最美丽的女人将出自雪村。当然，我问了她那女人是谁。我连这个都不知道使她很不高兴。陈氏，她告诉我，是大研最高长官的侍妾。她的地位是整个村庄的骄傲。"

李杜点点头，对一个乡下女孩来说，能得到那样的身份，需要的不仅仅是美丽，还有处理事务的技巧。陈氏必须既聪明又无情。

哈姆扎想了一下说："明天我返回大研后，我要更近地看看她。你知道我曾经见过很多漂亮的女人。公主、皇后，其中一个住在海里，有着彩色的鳞片。我还见过你们中国的一位狐仙。所以我看女人的眼光很高。"

哈姆扎抬头看着天空，那里镶嵌着很多像钻石一样的星星。"很高兴今晚你同我们待在一起。山上夜晚时分有嘈杂声和咆哮声。我想那是怪物把绑住它们的竹竿弄得咯吱作响。和商队待在一起要好得多。起码，比睡在洞穴里和枯燥的旧书待在一起要好。"

哪位旅行家写的那本书?"

"他的名字叫徐霞客,一位明代的学者,痴迷于纠正以前文献中出现的错误。我们下面山谷里的金沙江也是被徐霞客写了之后,才以扬子江源头的身份而知名的。"

卡尔登问了一个问题,哈姆扎将它翻译出来:"卡尔登说明朝时,木姓家族统治这里。卡尔登的祖父与他们打仗——一种还算和善的敌意:康巴人突袭大研,木家突袭康巴村镇。他们之间更多的是货物的交换,而不是争执与不和。他想知道一个汉族的学者,木姓家族统治时期在这儿做什么?"

李杜回忆了一下他所知道的东西,除了徐霞客对木增好客的描述外,他还曾读过杨慎的《木氏宦谱》。木增自己学习中国文学,请徐霞客校订他诗集中的错误和重复,他很欣赏徐霞客。

"木家,"李杜开始说,"在那时已经宣誓效忠明朝的皇帝。按照官方说法,他们是明朝的封臣。但明朝没有真正下力气在这儿设立衙门。"

"所以是康熙真正征服了木家。"

在其他同伴面前,即使被允许谈论,这也是一个很微妙的话题。在这儿,李杜意识到,他几乎可以像在他自己私人的意识中一样坦率。李杜不太适应这种新的自由,他谨慎地开口问道:

"你知道叛臣吴三桂将军吗?"

卡尔登摇摇头,哈姆扎耸耸肩说:"我听说过他。但稍后才轮到我讲他的故事。"

李杜看着火堆,回想起年轻的康熙皇帝和他十六岁时对外宣称掌权的帝国。吴三桂的历史远早于此,当时康熙的父亲还不是清朝的第一个皇帝,只是一个满族的战士,正准备率领他的军队打过长城。

李杜又抿了一口酒,说:"吴三桂是明代朝廷一位有权势的军人。但他背叛了明朝最后一个皇帝,向满族打开了宫殿的大门。所以康熙的父亲——顺治皇帝,占领了京城。吴三桂变成了他最信任的忠仆,被授予名誉上的满族身份。他为顺治打了数不清的战役。

"顺治皇帝驾崩以后,康熙皇帝还不够年长到能统治大清。大清在康熙的叔叔们的掌控中,他们都是年老的满族摄政者,不准备让年轻的太子拥有皇权。但当康熙皇帝十六岁时,他从叔叔那里夺回权力。这是——你懂的——一个可怕的冒险。那些密谋推翻康熙皇帝的人非常有权势,任何时候他都可能被刺杀。

"一完成夺权的壮举,明朝的忠实拥护者聚集在西南省份的流言就传到康熙皇帝那里。那时康熙皇帝还只是个孩子,对他来说,西南是片野蛮的土地,充塞着密林、有毒的昆虫和食人者。他自己没有经验,他生活在北方冰冻高原上的祖先也没有经验在这样的地方进行战斗。

"所以他派来了他最信任的将军——吴三桂——去与叛乱者作战,征服当地百姓。皇上怀疑百姓在帮助他们以前的主人——大明朝。"

卡尔登说:"我现在记起来了。在这儿吴三桂被唤作另一个名字。他被人所仇视。"

李杜点点头,说:"吴三桂用可怕残忍的暴行来完成他的任务。在吴三桂发现明朝最后的皇子和他的支持者们一起躲在树林里之前,许多木姓的人就已经被屠杀了。吴三桂打败这一小队士兵,将皇子带到昆明处死——他在众人面前勒死了这个年轻人。"

四下一片寂静,哈姆扎说:"我告诉过你山间常有鬼魂出没,怪物让竹子咯吱作响。明朝真的被打败了吗?没有一个人留下来?"

"留下来的已不足以威胁康熙皇帝。那些活下来的人退出帝国的边境,到密林里去了。"

"那木家呢?"

"木家因为吴三桂的军事打压而变弱。正像我说的,吴三桂的使命成功完成了。但是他没有得意扬扬地回到京城,他继续留在云南省,宣布自己是新的统治者。他宣称这块土地为他所有,并谴责康熙皇帝是野蛮人的后裔,是不合规矩的、没有教养的人,不应得到权力。

"在当时,清朝几乎因此陷落。但清朝没被打败,康熙皇帝被木家解救了。"

"在他下命令处死他们之后?"

"是的。康熙皇帝寻求木家的帮助,木家也帮助了康熙皇帝。他们恨吴三桂远远多于恨康熙皇帝。木家打败了敌人,康熙皇帝将吴三桂的尸体分散扔到各个地方。为了报答木家,康熙皇帝允许他们暂时保持独立。"这个政策,李杜记得,被京城的战略家们称之为"以蛮治蛮"。

"那个独立时期结束了。"

"因为疾病和厄运，木氏家族逐渐式微。清政府就在此委任了官员，现在图利申掌管大研。仍有一个木氏家族成员还住在他祖先的宅子里，就是那个老仆人，木高。"李杜想了一会儿，被听众的关切，被火光，被高山之上一种新的友情所感动，他又说："你明白为什么皇上巡视大研这么重要。这个省份对他来说不那么容易控制。以前的事情吓到了他。他知道他永远赢不过大研之魂——那些鬼魂——像你说的——仍旧留在山间，他无法让它们在那里安息。这就是为什么春节庆典必须举办，而且要办成云南省以前从不曾见过的奇观。这也是为什么皇上选择在日食发生时到达大研。他想让这个省变成他的，他想让这个省忘掉大宅中木氏家族的统治时期。我不愿待在这儿，当百姓都被戏剧化场面说服，转移注意力——"李杜停下来，对自己的情绪感到意外，他沉默了。

再次开口时，他声音平和，语调从容不迫。"我不会待在这儿，"他说，"皇上不会欢迎流放的人到场。我的表兄会尽力避免皇上不快。我的目的一直是向北旅行，利用我的流放这一机会，追寻文人的脚步，亲自去看看那些我仅在书本上读到的东西。在大研我什么也做不了。"

李杜讲话时，哈姆扎凝视着他。李杜讲完了，哈姆扎报以微笑。"真实的故事，"他说，"它们太悲伤。也许你能丢开讲故事的角色，把它让给专业的人。"他举起手，将听众的眼光从李杜身上集中到他自己身上。"现在，"他宣布，"轮到我讲故事了。"

"但很不幸,故事必须用汉语讲,因为我们这位伟大的学者[1]没有将康区语言算作他众多学问中的一门。"听众中传来友好的抗议和反对声,但在兴高采烈的氛围中,那些不会汉语的人去了其他火堆,留下的人仍旧注意听着。李杜感激地坐在阴影处,准备欣赏哈姆扎将要讲的故事。

哈姆扎又笑了一下,开始讲:

埃及曾有位苏丹,是那块土地的统治者中最最残忍的一个。

他宫殿周围总有脑袋被放在柱子上,这些脑袋在腐烂之前,就会不断被新的脑袋替代:男人的头、女人的头,甚至是宫殿旁被剥了皮的狗头。

效忠苏丹的人中有位维齐尔,苏丹有多么残暴专横,他就有多么聪明和善。他的名字叫加法尔,只有他能缓和苏丹的狂怒。因为从孩提时代,在苏丹还没有变成一个残忍的人、他也没有变成一个善良的人之前,他们就是很好的朋友。无论何时,只要可能,加法尔就劝说苏丹显示仁慈。地牢里那些可怜的灵魂都把他们的希望寄托在加法尔身上。

除了加法尔,宫墙之内还有些低级别的谋臣,这些人每天都希望苏丹不要问他们任何问题。因为他们知道,如果他们的答案不合苏丹的意,他们的妻子就会在日落时成为寡妇,他们的脑袋就会被展示给所有人看。

---

[1] 指李杜。

故事发生时，一位谋臣家中来了位访客。这位客人——谋臣妻子的亲戚——是从遥远中国来的法官。这人聪明的声名已远播到埃及甚至更远的地方。他的名字叫"德公"。

德公很享受与他表妹及其一家共度的惬意时光，也被这个城市中的阳光和砂岩迷住了。但在他来到后的第三天早晨，苏丹召集所有的谋臣去觐见室，招待德公的谋臣流着泪与他的妻女告别。他正要去宫殿，苏丹那儿又传来了消息。谋臣读了苏丹的命令，眼中含着热泪转向德公，说："我尊贵的客人，很抱歉我的热情好客给你带来了危险。苏丹传话说他听闻你的名声，要求你也去他的觐见室。"

德公虽然讶异于谋臣叙述中的悲伤情绪，但还是好奇地鼓起勇气，陪着谋臣一起去了苏丹那儿。

他们和其他谋臣一起聚集到皇家觐见室，在那儿，苏丹穿着金红两色的袍子，戴着银和丝绸做成的皇冠，悲伤地踱着步。聚在一起的谋臣们跪着，在伟大的国王面前，他们的头弯曲如弓，眼睛盯着地板，似乎是法令规定如此。

苏丹用嘶哑而悲伤的声音说："你们这些自认聪明的人都知道，这个国家只有一个真正聪明的人——我的维齐尔加法尔。他被谋杀了，以想象不到的方式。我一知道发生在他身上的事，就无法休息。你们中间有一个从遥远地方来的，因睿智而著名的人。请站出来。"

德公很清楚自己的天分不需要谦虚，他站出来说："苏丹，我来拜访您的领土。在我自己的城市，我正因为解决了这类不可能解决的事情而知名。请允许我用我的智识解决您的问题。"

苏丹遣走了其他谋臣，他们眼睛依旧盯着地板，如释重负地离开了觐见室。他们可怜这个外国人，认为肯定会看到他的脑袋被割掉，眼睛瞪着，在今天结束时被放在宫殿的墙上。

只剩下他们两人，苏丹对德公说："这座宫殿的底层有一座塔，那是一个独立的地方，用来隐居和冥思。加法尔是唯一拥有那座塔钥匙的人。昨天，他进了塔，锁上门，就没有再出来。过了些时候，我让仆人和我到塔里去，要是加法尔只是悄悄离开了塔，我也就安心了，但我害怕已经发生了什么事情。"

一边说，苏丹一边领着德公来到塔下，那里只有一个小门。苏丹打开门，和德公一起走上螺旋上升的石头台阶，来到塔顶的一间单人房。在那简陋房间的中心，有个死去的男人，穿着朴素的白色棉布袍子。这个男人是被勒死的，他的面孔肿胀，看起来非常可怕，以至于跟随他们俩的仆人惊骇地扭头看向别处。

"正像我说的，仅有的门是锁上的，"苏丹重复道。

"而且墙都太光滑，攀不上去。"德公沉思说，"可能他让袭击者进到了塔中？"

"不会，"苏丹回答，"因为袭击者离开时还需要钥匙才能锁上他身后的门。看——钥匙还在维齐尔的脖子上——那一直是他保存钥匙的地方。"苏丹指着用金色链子系在死者脖子上的钥匙。

"我明白了。"德公颇为困惑地说。他需要一些时间去思考。

他开始排除每个可能进入塔内的方法。没有任何人能爬进、飞进或挖地道进入塔中。塔门一定是被钥匙打开，然后又被钥匙锁上的。苏丹告诉过他,只有加法尔有一把钥匙。但这不是最精准的事实,德公亲眼看到苏丹用他自己的钥匙打开了塔门。当苏丹发现尸体时,他一定也是这样开的门。

但为什么一个全国皆知的以处决和当众折磨人为乐的苏丹,会一个人静静地在塔中杀害一个男人?以德公在自己国家和其他国家的经验,凶手一般是为了获得财富或权势又害怕被抓住,才会这样杀人。苏丹不需要借口,他可以按照他的意愿杀掉任何人而不被惩罚。

"一个主人,"德公想,"秘密谋杀一个仆人,什么也得不到。"他越是仔细思考这个问题,越是迷惑。

夕阳照进装饰着珠宝的皇宫,到了德公允诺给出答案的时间了。他慢慢来到苏丹的觐见室,担心这是他生命中第一次遇到一个他不能解决的问题。

他即将走进大厅时,旁边一个仆人对他耳语说:"今天你看到苏丹时,表现出了极大的不敬。根据本地的法令,苏丹出现时,你的眼睛必须看着地面。我给你这个建议是希望它能救你一命,因为在这儿你是一个陌生人,不了解我们的规矩。"

德公深深叹息一声,平和地走进觐见室。

苏丹坐在王座上,德公跪下说:"苏丹,关于谋杀一事我有真正的答案了。您确定您要听吗?"

"我要听,要你在这儿的原因就是这个。"

"苏丹,您亲自告诉我除非通过那扇门,否则无论如何都不可能进到塔内。"

"是的。"苏丹说。

"但是苏丹，在您的宫殿里没有一扇门对您来说是锁住的。因此，一定是您杀了这个人。"

"你的无礼会被惩以死刑，"苏丹回答，"是什么原因，令我要杀死我最亲近的朋友？"

"请饶恕我，苏丹，但是您在这块土地上有着可怕的名声。您根本可以毫无理由地杀人。我不明白的是，为什么您要秘密杀人。甚至到现在您还用三百个人头装饰着您宫殿的围墙。"

"你的话自相矛盾，德公。问题看起来依然没有解决。"

哈姆扎停下来，他的听众们都全神贯注。哈姆扎笑着打破沉寂，问道："那么德公说了什么？"

一个声音从一小群人中传来："是不是一只特别厉害的鸟，它飞进窗子，杀死了维齐尔？"

哈姆扎严肃地摇摇头。

"是不是从地上射进去的箭？"

"不是！"说话人旁边一个声音叫道，"他是被勒死的，记得吗？"

德公深深吸了口气，说："正像您说的，确实自相矛盾。我相信只可能是您杀了那个塔中的人，但您却没有任何理由像这样杀死您的维齐尔。直到今天晚上我即将进入觐见室时才知道真相。一个仆人提醒我在您面前要向下看，这是本地的法律。"

"是啊。"苏丹说。

"然后我记起今天早上您对谋臣说话时声音嘶哑,好像您很伤心。"德公停顿一下,说,"或者这只是您假装的声音。我记得仆人无法靠近看那死去人的脸,它可怕地扭曲着。"

"您穿着苏丹的华服,塔里的尸体穿着加法尔每天穿的朴素袍子。"

"您,哦,苏丹——不是苏丹,而是加法尔,那个暴君的朋友,躺在塔里死去的是苏丹,穿着简单的白色袍子。"

德公抬头看着坐在王座上男人的脸,在他悲伤的眼睛中,德公看到了真相。

"现在你知道真相了,德公,那么审判我吧。"加法尔说。

"我会宣布我的判断。您声音里的悲伤是真实的,因为您杀死了自己的朋友,一个您像兄弟一样爱着的人,尽管他行为可怖。苏丹是一个真正的暴君,踩蹦着他的领土。您杀了他,因为您不忍心看着他杀害这么多生命。我的表妹告诉我,面对暴君的疯狂,您总发出忠告和劝导的声音。好好统治,苏丹,不要让您统治的开始限定了它的发展。[1]"

德公离开了沉默的苏丹,回到他表妹家,大家对他的平安归来非常高兴。但德公拒绝泄露事情的真相。第二天早晨,带着对表妹热情款待的浓浓谢意,德公离开这个王国,从海上出发,开始他的下一段冒险。

---

[1] 指加法尔通过谋杀获得了苏丹的位子,这样的开始是有罪的。

卡尔登轻轻皱眉,他问了哈姆扎一个问题,得到了一个简短的回答。

"他问了什么?"李杜很好奇。

"他问维齐尔知道自己犯下的罪行,为什么还请德公去调查。我回答说,好的说书人不解释所有的事。现在是时候休息了。明天我返回大研城,在这周结束前,我会在大清皇帝面前为他讲故事。我得承认——这是我以前从来没有做过的事。"

晚上云散了,月亮发出银色的光辉,在地面投下阴影。李杜醒着,惊讶于这明亮的景色。月光下的影子比日光下的还要清晰——每一颗尘土中的砾石都有它完美的、像双重墨水渲染的影子围在旁边。

一卷古老的书册中,一行诗句涌出来,李杜熟知这卷书,以至于他能想到藏书室书架上它的确切位置:永结无情游……

"李白,"李杜对着月亮说话,好像它白色的面庞就是诗人本人,"千年后你在群星之间,有没有在这个世界上目睹过一件让你想回来的事情?"月亮白色的面庞伤感地回望着李杜。

李杜已经离开了大研城,那里的凶手现在能得意地轻松下来了。想要皮耶特死的男人或女人成功了。那儿将不会有调查。罪行会悄悄溜走,就像一片树叶落入溪水,被遗忘在春节庆典制造的光辉中。李杜听到竹子在风中的噼啪声和守夜者火堆的啪嗒声。他下定决心,明天一早就回大研,他要找到那件事的真相。

离日食还有三天

第九章

当地有个故事说,一天,一个有钱人从溪水里看到他的倒影,于是他意识到,即使他拥有很多金币和银币,他拥有的时间却非常少了。

从黎明离开商队时,哈姆扎就在练习他的说书艺术,他不需要李杜的关注,满足于对着沙沙作响的树叶和安静的骡子发表演说。他们俩是一对奇怪的旅伴:穿着蓝灰色补丁衣服的瘦小文人,在自己的思考中失神;与他并排骑行的、后背挺直的说书人,又穿上了他的绣花绸缎衣服,黑曜石般的胡子修整成束,他一手握着缰绳,另一只手在他说话时优雅地举起做着手势。两匹骡子几乎一模一样,灰底白色斑点,长着平静的黑色眼睛,大大的耳朵不停地颤动着。

感谢两匹骡子，正午过去没多久他们就赶到了大研城郊。接近城中心时，他俩从骡子背上下来，以便牵着有些受惊的骡子通过人群。哈姆扎提高了声音以盖过越来越厉害的喧闹：

有钱人到他村庄的集市，为他自己买些年岁。但他被告知没有"年岁"出售。所以他旅行来到了大研。可大研也没有"年岁"出售。他从一个城市旅行到另一个城市，一次又一次地被告知没有"年岁"这东西出售。最后，他来到北京，寻遍每个大集市的每个货摊，还是没找到"年岁"。最后他停下来，回过头看，他看到所有的河流都干涸了，所有的岩石都碎成粉尘。这个故事说的是懊恼的起源。

哈姆扎的声音几乎完全消失在大研市集的喧闹中。李杜只离开了大研一天，这个城市已发生了变化。表演者们开始到达，庆典的氛围遍及各条街道。欢快的戏曲吟唱混合着小贩重复的叫卖声。变戏法和演杂技的占据空地，围在表演圈外的观众使很多小巷无法通行。

他们牵着两匹骡子，在人群中走得更缓慢了。两匹骡子和他们并肩走着，耳朵因为刺耳的声音焦虑地扭动。哈姆扎除了用稍显好胜的目光不友好地看了看其他表演者，并没有被这些混乱干扰。"如果我在市场上看到'年岁'，"他说，"我也不会买它们。酒是另外一回事了。"

哈姆扎停下来，透过一排临时货摊看到一个繁忙的小店，小店沿墙摆着一架架闪闪发光的酒瓶。李杜六个月前最后一次从一个贵州的有钱亲戚那儿收到钱，他觉得自己的钱包开始变轻。但李杜对自己说："接下来的日子，每天晚上一杯酒几乎就是必需的药。"于是李杜拿出一块银子，让哈姆扎去买两瓶酒，他留下来照看骡子。

几分钟后哈姆扎返回来，一只手上拿着一个酒瓶。"这个是我的，"他说，举起一个密封的瓶子，瓶子带着深绿的釉色，上面雕刻着野鹅，"这个瓶子使我想起，年轻的公主将刺人的荆棘纺成披肩，去救她因受到女巫诅咒而变成鸟的兄弟们。这个是给你的。"他骄傲地向前伸出手，展示一个明朝风格的蓝白瓷瓶子。

李杜接过瓶子仔细端详，瓶身绘制着简单的蓝色图案，透出令人愉悦的光亮，白瓷透过图案闪闪发光。瓶子上用质朴的书法从瓶颈处分两竖行书写着诗句：长河渐落晓星沉[1]。

"是不是那个卖酒的告诉你这是好酒？"

哈姆扎做了一个不屑一顾的手势，说："我可没时间从他那里听到实话。我选它们只是因为我喜欢这两个瓶子。"

他们将酒小心地放好，继续前行。"所以，"李杜说，"你不买'年岁'了？如果可以，你不想延长你的生命？"

哈姆扎摇摇头，说："这样的交易通常都隐藏着陷阱，结束并不总是悲伤的。你们恰恰也是这样想的，因为你们所有的故事

---

[1] 句出李商隐《嫦娥》一诗：云母屏风烛影深，长河渐落晓星沉。嫦娥应悔偷灵药，碧海青天夜夜心。

都是以恋人的自杀结束的——小心辣椒。"

李杜的脚碰到一个编织篮子的边缘，一堆辣椒中有几个滚落在地上，它们发出的光就像西沉的太阳一样。李杜赶快在没有踩到之前把它们放回篮子里，很庆幸小贩的注意力在别处。盛辣椒的篮子旁放着满是蜂巢的桶，半桶都是蜂蜜，浸着蜂窝。

骡子驯服地候着，李杜直起腰，他们继续向前走。在他们前面，一个年老的妇人在背上篮子的重压下，腰好像要对折了。她篮子里有两个硕大的猪头，半睁着浑浊的眼睛。猪头摇晃着，向后盯着李杜，直到它们消失在布匹中。布匹是丝绸做的，缠绕在卷轴上，方便购买者挑选。这些光亮的彩色缎带阻隔了道路，并在那些弯腰从它下面经过的人身上投下浅色阴影。

为了找到一条不那么拥挤的街道，他们向右拐进一条小巷，李杜觉得这条小巷和他第一次来大研到过的小巷很相似。他认出那悬挂、缠绕着的缰绳，装饰着闪着微光的铃铛；还有粗糙马鞍上的一堆毛毯。那个鱼贩可能就在前面的某个地方，发着脾气。李杜闻到了烟熏玫瑰和晚茉莉的香味，突然停住脚步。

哈姆扎也模仿李杜，嗅着空气的味道，充满怀疑地扬起眉毛。"你想买些香料？"他问。

李杜的视线越过摆在小巷两边杂乱的市集货摊，仔细地打量人群，他看到薄薄的烟雾将人群右前方一块地方弄得模糊不清，于是牵着骡子朝那儿走去，哈姆扎紧紧跟在后面。

有香味的烟雾来自一个倾斜、摇晃的桌子，桌子上盖着布，桌布上洒着条状的香灰。点燃的盘状、圆锥状和柱状香料，都向空中散发着浓烟，再混合或者扩散。香气是性感、浓重的花香味混合：玫瑰、茉莉、桂花。

但是，这个卖熏香的并没有引起李杜的注意。熏香摊旁边有一个低矮的桌子，这个桌子是如此简陋和微不足道，在混乱的小贩中间，很容易会被忽略。桌子后面的凳子上，一个村妇坐着，她头上裹着粉红色的羊毛围巾，在一片刺绣织品前俯下身。她从布料里拉出一段蓝色粗线。透过刺绣的毯子可以隐约看到，她背上有一个用襁褓包裹的婴儿在睡觉，婴儿的头靠在她肩膀上。另一个孩子站在她旁边，穿着暖和的衣服，有着红润的面颊和严肃的眼神。在令人窒息的香味中，香薰的烟气像云一样笼罩着这块地方。

"这是什么？"哈姆扎问，努力想透过喧闹看出些端倪。

李杜指了一下，在村妇前面的桌子上，整齐地摆放着两排货品——十个绣着狐狸和松柏图案的皮制手袋。

李杜弯下腰拿起其中一个手袋时，村妇旁边的孩子推了一下村妇的肩膀，她马上抬起头。

"你想买点什么吗？"她带着浓重的口音用响亮的声音问。

"我想问问你关于这些手袋的事。"李杜说。

"你是个当官的吗？"

李杜开始说他不是，但哈姆扎打断他，说："他是知府大人的表弟。"

村妇看起来很惊讶，说："知府大人的表弟？我不知道还要做什么。我告诉过一个守卫了，但他说在这么挤的人群里，总会有扒手的,我该多留意。他说没可能抓到小偷了,所以我最好不要再去烦他。"

"你的意思是,"李杜最后明白了,说,"这其中的一个手袋被偷走了。"

"我刚才说的不就是这个吗?"背上的婴儿醒过来,开始摆弄村妇的头发。

李杜再一次看着手袋,问:"什么时候丢的手袋?"

"三天前,下午的时候。"

"究竟发生了什么?"

"那天像现在这样挤,人山人海。我等客人的时候忙着缝东西,没看到小偷拿走了一个手袋。当我数手袋时,才发现丢了一个。这就是为什么我女儿现在守在这儿——当我缝东西的时候,她看着摊子。"

"那么,那个被偷的手袋上绣的是什么图案?"

"它们的图案都一样——跟这些一样。"

"你都按照康巴的风格来做这些手袋?"

她脸上的表情变得柔和了一些。"我母亲教给我的,"她说,"她来自康区,她也像这样卖手袋。"

"你知道在大研还有其他人卖这种手袋吗?"

"没有人卖,你看这是多好的刺绣。这个丝线是用我母亲的秘方染制的。颜色多亮。我不经常把它们制出来出售的,这次我是为了庆典而来的。村子里其他人告诉我这儿生意很好做。"

"香薰在你桌子旁边燃着——一直是这样吗?"

她点点头，说："是的，我把桌子放在这儿，因为我喜欢这个香味，有什么问题吗？"

"主要是，"哈姆扎说，"他是一个非常聪明的侦探。"

村妇怀疑地看着哈姆扎，不确定哈姆扎是否是认真的。

"很抱歉你的手袋被偷了，"李杜说，"我将会尽一切所能找到小偷。请允许我也为自己买一个手袋。"

村妇第一次笑了，说："好——你真是太好了。四钱银子——你看质量多好。"

李杜没有讨价还价，在哈姆扎沉默的注视下付钱给了那个村妇。

他们终于走出拥挤的市场，来到通往知府大宅的一条安静点的街道，哈姆扎说："你怎么知道那妇人在那儿？"

李杜从沉思中惊醒，说："我在皮耶特弟兄的房间找到这个手袋时，它闻起来不像是商队常有的味道。它上面是香料的味道。我当时不以为奇，但当我在香料市场闻到同样的味道时，我才意识到它的重要性。丝线吸收了香味。"

"那么从市集上偷手袋的人就是凶手。"

"我想可能是这样。手袋被偷正好发生在皮耶特弟兄死去的那天下午。"

李杜在犹豫。他们快到客栈了，霍老板已站在客栈外面，毫无疑问他被告知他们要来。这个客栈老板挥着手，示意他们快一点，并指着他的厨房，他面颊红润，微笑着，手上沾满了面粉。

"不要太大声，"哈姆扎压低嗓音说，"不要相信客栈老板会保守秘密。"

李杜点点头,说:"太阳落山前还有很长一段时间,如果可以,你照看下骡子,问问老板客栈是否还有房间,我去和知府谈谈。"

"你要告诉他什么?他听到你发现的东西是不会高兴的。"

李杜回头看看远处静默的山,好像它可以给这问题一个答案似的。然后李杜叹了口气,带着微笑说:"不管怎样,我要让他相信真相很重要,但我担心只有手袋作为证据还不够。"

"因为,"哈姆扎压低了声音说,"你的表兄会选择安全和方便,而非真相。你们大清的官僚不喜欢承担责任,你表兄就是一个真正的官僚——他只是链条上的一环。"

李杜同意这个直率的评价,在官僚体系中,对失败的惩罚通常要比对成功的奖赏重。图利申会尽他所能避免再次遇到凶手。

李杜调正帽子,微微抬高下巴,说:"他是一个执法的人,我必须相信他,他不会离公正太远。"

"我也这样希望,"哈姆扎慷慨地说,"你走了以后,我会确保好心的客栈老板给你一个房间。今晚我们一起吃饭。"说完,哈姆扎拿着缰绳,去见霍老板。李杜则穿过铺着鹅卵石的广场向知府大宅走去。

图利申在一个建在池塘中间的亭子里会见李杜。有一座高高的拱形石桥通往亭子,拱桥的栏杆上镶着白色大理石狮子。亭子是圆的,修长的柱子支撑着它高高的顶。石头和冰冻的水散发出冷气,被荫蔽的亭子里寒气逼人。穿过水面,透过岸上的李树和垂柳，李杜看到藏书室后面的晒书房。

知府穿了一件深蓝色的丝质袍子和黑色毛皮镶边的短上衣，他衣服的褶皱让投在他身上的柱子阴影扭曲变形。图利申看起来恼怒而焦躁。

"我写了一个回呈给大理总督，"图利申说，"他今晚会到大研。他的信使正在我书房等候。我几乎不敢相信，守卫说我的表弟又折返回来，想和我商谈一件紧急的事件。你为什么又回到大研？你现在终于想请求皇上的宽恕了？皇上是金口玉言。你是无法得到他的宽恕的。"

"我回来并不是因为这个，而是因为我要找出是谁杀了皮耶特弟兄。"

李杜等待着，但图利申的脸转向别处，他的手放在亭子栏杆上，眼睛盯着轻拍着大理石的水面。在半冰冻的冰面之下，一条白色的鱼缓慢、笨重地一圈圈游着，从紧紧贴在石头上的植物里寻觅食物。

图利申依旧没看李杜，开始讲话："当你还是个男孩时，整个家族都认为你会是我们中最有前途的一个。你是那么聪明，母辈们想象你会成为一个口岸城市的知府，甚至总督。在某种程度上，你肩负着所有人的希望。你通过了最高的会试，赢得了荣誉。然后你做了什么？被任命为藏书室编修，你表现得再也没有野心去做其他事了。在那个卑微的职务上，你和一些文人成了朋友，因为你的愚昧无知，你根本没有识别出这些文人是叛徒。你的流亡让我们蒙受耻辱，其程度远超过你自身的默默无名。因为你的所作所为，我也没能逃过惩处。"

"你是一个知府。"

图利申笑了——用一种微弱、痛苦的声音说："是的，我是一个知府——在一个离京城有一年路程、充满瘴气的村庄里。我，本应和总督、亲王甚至皇上一桌吃饭应酬，却在这儿被携带病菌的昆虫和无知的农人环绕。"

李杜轻声回答："我从没想过你有这些烦恼。"

图利申收敛情绪，把脸转向李杜。"现在，"他说，"你在这里给我带来了更多麻烦——给我的城市、我的客人、我的前景带来更多麻烦。"

"是杀害皮耶特弟兄的凶手在威胁你。"

图利申做了个手势，好像挥去盘旋的苍蝇一样要把李杜的话清除干净。"我已经听过这些了，"他厉声说，"你的看法两天前我不感兴趣，现在我还是不感兴趣。这个事情已经解决了。在死去的修士的房间，有一个装满毒药的康巴人制作的手袋，你自己发现的东西你无法辩驳。这个修士和康巴人一起旅行，这就是解释。如果你还想回来让我相信别的什么，你就是在浪费你自己的时间。"

李杜从他的包裹里拿出一个小小的刺绣手袋，把它递给知府："你认得这个吗？"

图利申从李杜手里夺过手袋，把它放在自己手中翻看，李杜看到他咽了下口水。图利申抬头看着李杜，问："你怎么得到这个的？它被锁在我的书房里。我知道它在那儿。你怎么得到这个的？"

李杜很平静地说："你拿着的这个手袋不是在皮耶特房间发现的那一个。"

"这不过是个花招，你做了什么？这是同一个手袋。"

"这是同一个工匠做的手袋。这位工匠是康区的一个妇人，这会儿，她正在大研的集市卖这些手袋。她因为春节庆典才来到这儿。而且在皮耶特弟兄死去的那天，她也在市集卖这些手袋。我一小时前刚和她谈过话，她告诉我，在皮耶特弟兄死去的那天丢了一个手袋。"

图利申抓住栏杆，他手上关节处的皮肤被撑开。他沉默了。

"康巴人并没有给皮耶特弟兄有毒药的茶叶，"李杜说，"在大研，有人从集市偷了手袋，然后用它来嫁祸给康巴人。"

"不，"图利申说，"这没道理，我从没听说过这个。"

"这是事实。"

"你是个傻瓜。春节庆典——皇上要来——这就是所有的事。你根本不知道最后几天必须完成什么事——微妙的局面、决定、责任和代价。住宿、饮食、娱乐、安全。城里的商人必须被监督，要调查商队，会见陌生人。成千上万的人、武器、被俘获的暴徒，还有外交人员，必须用恰当的礼仪欢迎他们。春节庆典的场地还在准备中。离皇上到的时间越来越近。三天，表弟，只有三天了。城里不会有凶手，现在不会有。如果这件事发生在春节庆典之后，我会更进一步地调查此事。但在春节庆典之前，不可能发生什么事情。"

"但是你能看出皮耶特的死和皇上的到来有关系。有太多的巧合了——"

"仅仅一桩谋杀案是不会对皇上构成威胁的,这事可以等等再说。"

亭子边传来一声咳嗽,李杜和图利申转过头去看。贾环不知什么时候已穿过拱桥来到这里,等着知府召见。贾环的出现使图利申平静下来,他用一种非常信赖的眼光看着这位镇静的年轻官员。

"信使还在等候吗?"图利申问。

"是的,但我不是为这个而来。"

"那是为什么?"

"我很抱歉,知府大人,但是我不得不马上向您通报,城里有一些奇怪的言论。"

"什么言论?"

"每个人都在说康巴人不是杀害耶稣会信徒的凶手。他们说会调查找出真正的凶手是谁。还有——"贾环看了一眼李杜。

"还有什么?"图利申询问道。

"他们说知府大人被流放的表弟将会解决这个案子,他会告诉皇上真相并求得皇上的宽恕。"

李杜和图利申都盯着贾环。然后图利申转向李杜,问:"这是你做的吗?"

这一刻李杜意识到是谁做了这一切。他忽然很想笑,但他克制住了,他严肃地说:"我对此一无所知。但之前你曾对我说过,表兄,流言能没有任何预警地出现,它们充满力量。很明显有人对被流放者的自我救赎充满幻想。并且,人们喜欢这些想法。"

"但这不能被容许。贾环——你一定是夸张了。是谁告诉你这个流言在城里流传的?"

贾环抱歉地说:"是霍老板的侄女,宝儿。她听到流言后马上来告诉我。我不相信她,所以亲自去了客栈。她说的都是真的,整个客栈充斥着这些消息。商人和贵族们——所有的客人都在谈论它。"

李杜几乎开始可怜他的表兄了。图利申面无血色。"应该做些什么?我的前程——我的财产——每件事都指望着春节庆典的成功。"他支支吾吾地说。

李杜默默感谢哈姆扎的帮助,他明白,对他来说,是时候做他重返大研时想做的事了。"表兄,"他坚定地说,"你不能再无视这些了。我很抱歉,但形势已经发展到不受你掌控的地步了。无论以何种方式,皇上都会听说这些,知道发生了什么。我很愿意负起责任,我会帮助你——"

图利申举起手示意李杜停下。李杜看着他年长、有为的表兄站在阴影的斑纹之下。他斜倚在栏杆上,手指上的扳指轻轻敲击着冰冷的大理石栏杆。

"我不蠢,"图利申疲倦地说,"我明白现在这个闹剧是不可避免了。"

李杜想回答,但图利申打断他:"你要向我报告你的发现。你要在皇上来到之前给我一个答案。如果你做不到,我会做我认为必要的一切去降低你所带来的损害。"

"你认为必要的一切——"

"到这儿来，带给我这个，"图利申举起已经在他手里弄皱的手袋，"你告诉我你想承担这个重担。我把它给你。可能你已经在官场外待得太久，以至于你不记得选择必然伴随着危险。但现在已经太晚了。"

"我明白。"

"之后我会知会陈氏，你会得到你所需要的一切帮助，能在宅子里来去自由，你将如何开始呢？"

"我希望能再次查看皮耶特的东西。但在做这件事之前，我还有几个问题想问。"

"什么问题？"

"我想知道在你正式会见皮耶特弟兄时他说了什么。你说他来自阿格拉。关于他自己，他还告诉了你什么？"

"我想，没什么重要的事。"

"你抱怨他说得太多了。你一定还记得，他说了些什么？"

图利申作思考状，说："我想，那个时候我不太关注他。我确实不记得所有细节了。"

"但是一些事……"

"是的，是的，"图利申不耐烦地说，"他详细描述了他对大清有多着迷。"

"他告诉我他四十年前在京城。"李杜说。

"是的，他想来这里，但他还是一个学生，一个见习修士。

显然送一个没有经验的修士出远门是不寻常的，除非他们将要去的是他们的圣地。这也是为什么对一个外国人来说，他汉语讲得不错。"

"所以他们允许他到中国来。"

"是的，正像你说的，在四十年前。他向我吹嘘他在钦天监工作。告诉我他造了其中的一个仪器。贾环，你记得他说了什么。他对你说的和对我说的一样多。当然他没有意识到，当知府在场时和一个书吏说话是多么无礼的行为。贾环，告诉我的表弟那个修士说了什么。"

贾环的回答清楚简明："因为我上个月才从京城来到这儿，而且对钦天监有些了解。他想让我告诉他哪位修士还待在京城，还有在他走了以后钦天监是否又添置了新的仪器。"

"这些事情毫无关联，"图利申说，"他的话没有主旨。"

李杜忽略了图利申想结束谈话的明显企图，说："当皮耶特说他决定来大研参加庆典时，他说他很多年都没有见过这些山了。你知道他是什么意思吗？"

图利申扬起眉毛。"啊，"他说，"我没想到你不知道，这个老修士以前曾来过大研。"

李杜没想到会得到这样的答案，他隐藏起自己的吃惊："为什么之前你没有提到过这个？"

"为什么要提起这个？那是很久以前的事了。三十年前，那时木家还统治着这里。"

"但是他来这么遥远的地方的边陲做什么呢？"

"他告诉我为了探究大清国他还没有看到的部分，他是旅行到这儿的。他在靠近大研的一个村庄里待了两年，然后他的上级要求他去了西藏。这是我知道的所有事情。"

"有没有可能他在这里有一个敌人？某个他一直怀恨在心的人？"

图利申嗤之以鼻道："我想不会是这样，这个地方和三十年前已经大不相同了。清政府现在驻守这里，旧的家族已不复存在。"

"不是所有人都不存在了。"

图利申的耐心已经耗尽："如果你想知道那个时候的事，那么我建议你去问木高或者他的表兄老木，他在文书书房。但我怀疑他们也帮不到你。你知道的，当地人，没有多少头脑。我没时间在这儿浪费了，贾环会带你去放着死去的修士的东西那里。"

图利申正准备向外走，又停下来转身对李杜说："依我看，表弟，如果你有机会发现你所谓的凶手——虽然我还是觉得不太可能——你最好去那些外国人中寻找。"

"你为什么会这么想？"

图利申皱着眉说："死去的修士自大而轻率，他的犹豫不决和含沙射影令人厌烦，有时非常无礼。但这都不能成为谋杀的动机。不管他带了什么样的秘密来我家，这些秘密都来自外国城市，外国人都有他们自己的动机。有可能是那个年轻的耶稣会信徒——他不想让这位老修士窃取皇上的信任。"

"还有那个商人，格雷先生。"

图利申的眉头皱得更深了："我希望你慎重对待格雷先生。

不要问他无礼的问题。这些商人和他们的商务已经超过了我的管辖范围。如果皇上打算与东印度公司合作，我们不能担上妨碍他们的罪名。圆滑一点。明天你能在庆典广场上找到他。他贡品中的某些东西让他在这儿拥有些特权。"

说完这些，图利申转过身去。

第十章

　　李杜低头看着桌子上他摆放得像马赛克拼图似的旧书。他和贾环在一个空闲的书房内,这个房间是给知府儿子回家住时预备的。房间的角落有张床,覆有花朵与昆虫图案刺绣的绿色帷幔。书架上只有薄薄几卷散文和一叠著名书法家的集子。贾环按着大理石桌子的边缘,桌上有五个罐子,里面放着白色的玉磬和一些干净的毛笔。

　　这些书正是李杜在宴会第二天早晨看到的那些书。他拿起那本《中国植物志》,记起皮耶特想把它给马丁弟兄。李杜几年前就知道,这本书有一段奇特的历史。它的作者——耶稣教会的传教士卜弥格神父,在满族开始入侵时,已做了好多年明朝的座上客。他看到了明朝的衰落,因为害怕中国智识和精神的发展走向终结而伤心欲绝。他匆忙赶回欧洲寻求援手帮助这个即将倾覆的王朝。卜弥格出版了《中国植物志》以劝说他的国王保护脆弱、濒死的帝国，但他的努力没有说服别人。

李杜很欣赏书中有关杧果的插图说明，它精心描绘了杧果的整个科属和交叉种类。棕褐色墨水画成的树干顺着书页的左边攀缘而上，高高的树枝被累累果实压弯了。

"你想找什么？"贾环问。

"我以前看过这些书，那时我还不知道皮耶特弟兄是被谋杀的。我想我们需要用新的眼光，重新看一次所有的东西。"

贾环低头看着书上的插图。"画得不好，"他说，"没有平衡感。"

李杜重新检视了图画，它确实不是按照中国风格画的。另外，从字迹笔墨的浓淡看得出，卜弥格抄写的中文，没有遵循正确的笔画顺序。但对植物本身的描绘还是非常写实的。

"这是京城里的一个耶稣会画家，"贾环说，"他画人物肖像。我们的宫廷画师也在模仿他的风格。他们认为透视线条是创作令人信服的摹本的根本要素。"

"你不同意吗？"

"如果耶稣会画师从我们这儿学习，他们会画得更好。我们的艺术家更精细。一幅画不仅仅只是现实的复制品而已。"

"你讲话很像一个艺术家，绘画和书法关系密切。"

"是的。"

"你是否真的那么不喜欢外国人？"李杜温和地问。

即使贾环意识到这个问题的重要性，也无法控制他的不满。"你在皇上的藏书室供职，"他说，"所以你看到的情形一定和我看到的一样。他们丑陋的语言污染了我们的诗歌，他们的画笔从来没有表现出对我们山脉的崇敬。他们学习我们窑炉的温度和碾碎矿物的方法，以努力复制我们的瓷器。但他们却一点也不懂我们的艺术。"贾环的表情变得越来越激动，他原本安静的声音因为信念而变得尖锐："一个耶稣会信徒说我们中国人看待西方牧师，就像他们是从天而降的天才；我们抛弃自己的过人之处，承认他们的优越。这都不让你生气？"

李杜努力让自己站在身旁年轻骄傲的书吏的立场上思考——全心全意地致力于大清。李杜有过如此坚定的信念吗？或者这些话从来就像现在他听到的一样虚伪？李杜说："讲这些话的人有些夸张，不是所有耶稣会信徒都有珂雪修士一样的优越感。但你真对他们教的东西没有一点学习的兴趣吗？"

贾环恢复了他的沉着冷静。"学者戴震，"他平静地说，"提醒我们一整年都学不会一个字。"

李杜点点头，提醒他道："但十年之后，花了一年时间学习这个字的学生，会在剑的弧线和花的凋零中忽然看到它，并领会其意义。"

"外国人是中国进步的负担，他们用廉价的娱乐使我们的学者分心。"

李杜低头看着桌子上的书。"我必须得问，"他轻声说，"你在谋杀发生那晚的行踪。"

贾环似乎很吃惊："我不喜欢外国人，但我向你保证，不是我杀害了那个耶稣会修士。"

"我没有指控你杀人。但在谋杀发生的那晚，表演时你没在庭院。我看到你来了又走了。你看到什么人接近皮耶特弟兄的房间，或者注意到宅子里发生了什么不同寻常的事情吗？"

"我的差事不会让我经过耶稣会修士的房间。至于宅子里发生的不寻常的事，那个时候所有的事都不同寻常。建筑、人群、外国人——没有一样和平常相同。"

"那你的差事是什么？"

贾环眉毛攒在一起，说："这儿有很多琐事。"然后他的脸色开朗起来，"还有些乱涂乱写，"他说，"我下午的时候扯掉了它们，并开始誊抄。然后宴会开始了，我有了另外的任务——接收货物并留心客人们是否舒适。当说书人表演节目时，我回到图书馆继续完成我誊抄的工作。"

"这些乱涂乱画——是不是同一个人所为？"

"我认为不是。书写风格至少有两种。"

"那么内容是什么？"

贾环看起来有点不自在。"就是一些流言，"他说，"不值得复述。"

"可能它们和这个案子有些关联。"

"我不这样认为。这些消息没什么新意，都是同样的邪恶故事，皇上已经证实它们不属实。"

"我不知道这些故事。"

贾环很快地说："张贴的人说皇上名不正言不顺。他们说十四皇子计划推翻他父皇的统治，明朝最后的皇帝是被谋杀的。

还有清风不能驱散明月的比喻。就像我说的,这些拙劣的东西不值得复述。"

"清风虽细难吹我,明月何尝不照人。"李杜很清楚地记得这句诗。在其他的语言表达中,它并不包含冒犯之意。但"清风"的"清"和"明月"的"明","清""明"二字揭示出诗句真正的含意。诗人忠于大明王朝,他因为他的诗作而死,这些诗在那些失去权势、仍不接受清朝统治的人中间还保持着影响力。

"你不知道谁张贴的?"

贾环摇摇头,说:"没人看到罪魁祸首。但找到罪犯行踪只是时间问题。知府大人是不会宽大仁慈的,特别是在这个时候。"

李杜平静下来,然后说:"凶手是那天晚上宅子中的某个人,他知道皮耶特弟兄待的地方,还知道他和康巴人一起旅行过。每一个符合这个描述的人都是嫌犯。"

"我明白,"贾环看起来像是要说些什么,但这时他们被后面传来的一个声音打断了谈话。他们转过身看到一个小侍女站在午后的阳光下。

她恭敬地低着头,向贾环道:"知府大人找您。"

贾环抱歉地向李杜鞠了一躬:"很遗憾我不能再帮你了,如果你还需要什么请告诉我。"

"我会的。谢谢你。"

贾环离开时,李杜看到他的表情马上变成那个有效率的书吏的样子,他个人的观点则消失在聪明、奴性的面具之下。

书的标题并没有告诉李杜更多。皮耶特弟兄中文和拉丁文都很流利。他是个天文学家，在手稿里写了有关天文台构造的内容。像李杜一样，他也总带着前辈学者的书；像徐霞客一样，他也喜欢纠正以前记述中的错误。

李杜重新捆好这些没完成的手稿，忽然注意到其中几页和其他的书页不一样。这几页的内容和手稿的其他部分吻合，但是纸张不同。大部分的书页都很干净，这几页左边页面边缘却很粗糙。这些书页是从一本书，或者同一本日志上撕下来的。但在皮耶特的随身物品里并没有被扯掉书页的书或日志。

李杜笨手笨脚地重新捆这些手稿时，几张纸掉在地板上。他跪下拾起这些纸，发现其中一张纸上不是皮耶特的笔迹。这是一封寄给皮耶特的信，李杜读到：

非常荣幸在阿格拉受到耶稣会的款待。我已经安全回到加尔各答，而且有机会查询与我们在那晚非常棒的晚宴上讨论的话题相关的书籍。你地窖里酿造的啤酒比加尔各答所有商人提供的都好，他们老是自认在烹饪和商业方面比别人优越。

正像你猜测的那样，加尔各答这儿的抄本是神父迈克尔·卜弥格翻译的，内容包括你想要的有关占星术祭司的细节，这些记录在神父阿塔那斯·珂雪翻译的那本《科普特文绪论》中没有记载。我把卜弥格的抄本附在信中，希望它对你的研究有所帮助。

这儿玫瑰花开了，当这个城市不被下水道的恶臭淹没时，花朵的芬芳很美妙。我希望这封信能在你去中国旅行之前到你手中，这次旅行将会取得巨大的成功。你知道我只曾到过京城，但我没有一天不在回忆在那里所见到的一些细节。我担心我太常说到中国，会给我的朋友带来巨大的烦扰。我希望我能尝试着亲自航行，用自己的眼睛去看珂雪插图中的那些植物和奇怪的飞行生物。我好奇它们是否真实存在。我期待你的报告，希望自己这把老骨头不至于太虚弱，意识不会太恍惚。如果我能重获年轻，我将会游览世界上每一个角落，每一座乡村和高山。

最后，至于你离开之前我们的谈话，我必须承认我内心深处是赞同你的。我们的目的，异教徒的转变，也困扰着我。但是我们一定不能让自己与我们的规则偏离过远。多明我教会在逐步壮大，他们会更加坚决地妨碍我们的弟兄在中国传教，我劝你要小心。他们到处诋毁我们，不过除了澳门地区，他们被禁止进入中国的任何地方。虽然隔着一定的距离，他们仍然竭尽全力地对我们施加伤害。你知道他们有一艘耶稣会的船只在澳门搜寻吗？他们造谣说这艘船上满是金条，上面涂着巧克力。多么有想象力！他们说我们是堕落、颓废、腐败的，他们总是图谋针对我们。每当想到我们在中国的未来我就觉得担忧。

我渴望读到你有关"基于天文现象研究的小型观测台构造"的草稿，你在这方面的灵感和知识无人能及。你不在罗马开展研究可能会更好，在那里，为了开始论述新的论点，你需要先白费一番口舌。

你最谦卑的仆人
马丁·沃波尔神父
1707年12月8日，加尔各答

李杜看着署名，两个神父宣称他们之前从未见过彼此。这封信的写信日期仅仅在几个月之前，这意味着他们见过面。是他误会了？李杜极力回想他们在宴会上的谈话，他们当时的确表现得像是陌生人。李杜又读了一遍信件，然后把它放进自己的口袋里。

李杜检查了其他书，但没有更多的发现。最后他拿起皮耶特的《圣经》。稍踌躇一下，他把《圣经》夹在腋下，离开了房间。外面天还亮着，但太阳已在释放最后的光芒，快要落山。宅子里正在忙乱地准备晚餐，李杜花上片刻考虑自己的处境。等他想清楚，就坚定地向着藏书室的方向走去。

木高在藏书室里，独自坐在角落里一张小桌子旁，小口喝着一碗汤。他带着满足的笑容放下碗，当他注意到有人走进来时，立刻又变得满面愁容。

"你已经回来了？"他看到李杜时说。

"我回来了，在调查谋杀案。"

木高咕哝着。"不奇怪。"他说。

"你知道康巴人是无辜的？"

"无辜？他们不无辜。这些马的情人和小偷的老婆。"

"但你不认为他们毒害了皮耶特弟兄。"

"不像他们做事的方式。我年轻时，和他们打过架。他们从不对客人下毒。我不是说他们不混账。"木高浓重的口音中，出现一串黏结的字词，单调的、加强肯定或否定语气的音节轰鸣着。

"我可以问你些问题吗？"

木高看起来有些疑惑,李杜做好了因为打断木高的晚饭而被责怪的准备。但这个老人并没有责备他,相反,他低头看着碗里的汤。"可我没为你准备食物,"他用遗憾的语气说,"如果你饿了,我们就不能坐下来谈话了。"

李杜坚持说自己才是有错的一方,让木高继续吃晚饭。在多次确认李杜会马上去客栈吃晚饭之后,木高才同意在李杜在场的情况下继续他的晚餐。

"我想问,"李杜说,"你认识死去的这个人吗?"

"认识像他那样从陌生地方来的人?如果我以前见过他,我会认出来的——他看起来和这儿的人不一样。你是什么意思呢?"

"他三十年前到访过大研。"

木高吃惊地张大了嘴巴,露出他仅剩的四颗牙齿。

"你不记得了?"

"三十年前?"木高的表达含糊而充满困惑。然后一丝想起皮耶特的迹象闪过他的眼睛,他开始在耳边摇动他的手指,思考着:"也许我听说过他。大研城这一带年轻的外国人。想起来了,大约是在三十年前。"

"但你并没有见过他。"

"没有。我那时跟随商队去了茶林——我爱上了一个南方女孩,所以在那儿待了一阵子。那是个美丽的南方姑娘。茶农和养牦牛的农户一样有钱,我的妻子拥有牦牛——没有什么事比娶到拥有牦牛的漂亮妻子更好的了。"木高的目光变得辽远而涣散。

李杜意识到自己已经让这个老人感到疲倦,于是说:"我要走了,你吃饭去吧。明天我可能还会来和你再多聊一些。"

木高含糊地点点头。但是当李杜起身离开时,木高举起筷子敲了一下,以引起李杜的注意。"等一下,"他说,"你不想知道关于争吵的事吗?"

"争吵?"

木高用力点点头:"那个死去的修士,他和另一个人争吵。秃顶的那个人。"

"什么时候?"

"当然是在他死去的那天。那是一个非常重要的日子,是不是?如果争吵不是在那天发生的,我们还讨论什么?"

"你能否告诉我发生了什么?"

木高低头看着他的那碗汤,有一刻,李杜觉得他的注意力已经开始游离。但当他从肉汤中夹出一个饺子并吃下去后,木高又开始说:"是的,我告诉你,这发生在你和那位修士在晒书室谈话之后。你离开了藏书室,我回来的时候正好遇到你。"

"你从哪儿回来?"

"我和我的朋友喝茶去了。那个秃顶的商人把他的箱子搬进藏书室时,我不想待在那儿。他训斥了我们每个人,我可不想被他训。我回来时,看到你离开。另一个人,那个死去的修士,进到收藏室中,在那儿待了很长一段时间,盒子在沙沙作响,我都听到了。"

"那么争吵是什么时候发生的?"

"大概在宴会的时候。钟正敲响,死去的那个修士走出收藏室,秃顶的商人正好进去看到他,然后争吵开始了。"

"他们为什么争吵?"

"我怎么知道?他们说的话我从没听过,也一个字都听不懂。贾环——他在这里誊抄那些胡乱张贴的东西。我们都很不舒服。他和我互相看着,但我们能做什么呢?不关我们的事呀。"

李杜不知道,刚才贾环被侍女叫走之前是不是也想提及这场争吵。

"所以你对他们为什么相互大动肝火毫不知情?"

木高嘟囔着:"也不是真正的互相发火。是秃顶的商人冲着那个死去的修士发火。看起来他不想让修士进收藏室,可能以为他在偷东西。另一个人——死去的修士——声音并没有提高。他很有礼貌。但秃顶商人的脸、头,都红得像辣椒一样。他几乎要因抽搐而摔倒了。"

"那争吵是怎么结束的?"

"死去的修士先离开。秃顶商人走进收藏室,然后出来,去参加宴会了。"木高用舌头舔舔干燥的嘴唇,"这是我知道的所有事,"他说,"但是你为什么要让我说这么多?看看我的汤,它快凉透了。"

"我不会再占用你的时间了。"李杜说。

木高嗤之以鼻:"最起码你比大部分人都礼貌得多。但这不意味着你可以从藏书室里拿走书。"他指着李杜一直夹在腋下的那本《圣经》。李杜花了好几分钟才让木高相信,书并非来自知府的藏书室。木高相信了他,李杜很快和他道别,离开了藏书室。

李杜沿着小路往宅子后面走，一直走到长满树木的山脚。他开始上山，向着从前木家首领"木王"的墓冢走去。道路上铺着鹅卵石，经过高高的柏树，陡峭的道路从一个描画鲜艳的佛塔通向另一个佛塔。每一个佛塔都安置在人造的岩石上面，被小型瀑布和花园围绕。佛塔基座上浪漫地镌刻着古代的诗歌。佛塔中，洁净的坐垫闪着柔软丝绸那金绿蜥蛇色的光泽。

差不多在半山腰，李杜透过树木看到一些白色大理石墓冢，他沿着一条小径通过浓密的灌木和玫瑰藤走向它们。李杜来到墓旁，这些墓冢被安置在山上，白色的大理石表面，就像进入倾斜土坡的精雕细琢的大门。一些低矮的桌子和石凳分散在墓冢旁边，是为探访者休息或是祭拜祖先用的。

皮耶特的墓很明显。墓旁的土很新，大理石上还没有任何划痕或是裂缝。墓碑上也没有刻任何字。白色墓冢两侧立着两条常见的粗壮的龙作为守卫。几串纸钱在微风中飘动，好像透明的树叶一样。

李杜的书滑落在墓冢石头守卫的一只脚爪上，给这表情冷淡的龙增加了一点温情。李杜想象在没有人的时候，这对龙可以阅读厚厚书页中的寓言和诗歌。

太阳正沉下去，日光褪成蓝紫色。声音隐隐约约地从山下宅子中传过来：说话声、席间的歌声、砰地关门声。李杜用一只手撑着膝盖挺直腰，当他拂去袍子上的灰尘时，看到地面上有东西在闪闪发光。

落下的橡树树叶之中有一件小小的银首饰——一件叶子形

状,不,羽毛形状的首饰——表面刻着精致的花纹,一端圆环上带着银链,上面悬挂着三颗珍珠。

这是凤凰尾巴上的羽毛,李杜最后一次看到它时,它正悬挂在陈氏发髻的发插上。

李杜在一个小型宴客厅找到陈氏。她正和一个专心受教的侍女说话,当李杜走近时,她还在继续说着:

"……为房里的女眷准备更多香粉。确保不是那种铅白粉,是另一种,用牵牛花种子制成的香粉。夫人们更喜欢这个——铅白粉太黏了。你还要买些加了香精油的红花胭脂。选那种颜色深些的。我们要满足姬妾们出席宴会的特别需要。她们可能自己没有脂粉,但她们必须看起来打扮精致,否则会显得我们家中很寒酸。你能记住吗?到了早上我就没时间再重新告诉你一遍了。"

侍女点着头,慌张地行礼离开,陈氏转向李杜。"知府大人给我说了现在的情形,"她说,"当然,家务由你处置。"

她的脸镇静沉着,悬在褐红色缎子长袍之上,像月亮一样白。她让李杜想起了生长在极高的阿尔卑斯山脉泥板岩斜坡之上的高耸的大黄,众所周知,它是山上植物中的贵族。这个女人现在正打量着李杜,在她身上,李杜看到的疏离与韧性,和她装束上故意表现的完美截然相反。她的发髻上佩戴着绿松石和珍珠。

李杜说:"我为这些事给你带来的烦扰表示歉意。"

"多谢您的好意,"陈氏带着少许的不耐烦回答,"但您不用这么委婉。春节庆典的成功对我和对知府大人一样重要。我想知道我的家中正发生什么，我也想知道我需要做什么。我没有空闲沉溺于不幸。您有问题问我吗？"

她的姿态是僵硬的，在她固执的表情中，李杜看出她要保证对谈话的掌控。李杜想知道在给她看那个银色的羽毛饰物之前，是否先要使她放松戒备。

"我确实有问题，"他说，"你能给我描述一下客房里的茶具吗？它们都是一样的吗？"

"款式上是一样的，花纹不一样，但它们都是从同一个窑口被烧制出来的。为什么问这个？"

"据你所知，所有的成套茶具都是完整的吗？有没有丢了什么？"

"茶具的质地都非常好，我不会给知府大人的客人用廉价的瓷器或有瑕疵的茶具，那让知府大人丢脸。我会定期严格清查我们所有的贵重物品——纸张、毯子、铸像、软垫，当然还有瓷器。我最后一次检查客房的茶具时，它们都是完整的。"

"那是什么时候？"

陈氏不慌不忙地在记忆中搜寻，沉默没有让她慌张，她十分确定地说："那是十天前，我清查了茶具、软垫、纸张和毛笔。"

"但在皮耶特弟兄死去的那天晚上，我发现他的房间中只有三个茶杯。"

陈氏耸起眉毛说："你介意我边聊边叠好这些桌巾吗？"

李杜做手势示意她继续，陈氏拿起一块绿色的缎子，一边把它折好一边说："如果有茶杯在房间里不见了，那一定是最近才消失的。负责清扫房间的侍女应该会注意到。但对仆人们来说，这一周非常特殊，外国修士的死把他们吓坏了，厨师也吓坏了，她做的食物难吃极了。"

"我明白。如果茶杯被发现，请告诉我一声。"

"好的。我会问问侍女她们知道些什么。这是否意味着毒药在一杯茶里？"她带着假装的漠不关心，飞快地问出这个问题，表情难以捉摸。

"我不能回答你，"李杜回答，"因为我也不知道。但我还有另一个问题——一个有点微妙的问题。"

"是什么？"陈氏把折好的桌巾放下，拿起另外一块。

"你是否知道，在谋杀发生当晚和那位叫格雷的商人秘密幽会的妓女叫什么名字？"

陈氏看起来被逗乐了，说："他没有和这间屋里请来的妓女幽会。"

"听起来你很确定。这些会面是私下秘密进行的。你肯定它没有发生？"

一丝诙谐、明亮的笑容使陈氏变得迷人而高傲："在晚上的宴席中，有很多好借口去打听哪个男人接受了妓女或侍女的邀约。我将这些女人盘问得非常彻底，她们也都知道，向我撒谎结果会很严重。我想你不需要再核实这些信息了。虽然像你说的，这涉及私隐，但是我能向你保证，他没有和任何女人在一起。"

陈氏还是带着嘲笑地看着他，李杜决定是时候扳回一城了。他从口袋中拿出那件饰物。

"我发现了这个，"他说，"我相信这是你的东西。"

看到陈氏的镇静出现一丝波动，李杜如释重负。一道细微的皱纹出现在她眉间，她伸出手从李杜那儿接过缀着珍珠的银羽毛。李杜将首饰轻轻放在她打开的手掌中。

"是的，"她说，"这是我的首饰上的一部分。它一定是从我发髻上掉下来的。谢谢你把它还给我。"她避免正视李杜的目光。

"我是在皮耶特弟兄的墓前发现它的。你能告诉我它是怎么遗落在那儿的吗？我知道葬礼并没有举行仪式，甚至连知府都没有到场。"

陈氏合上拳头将首饰攥紧，冷冷地说："我当然不在葬礼现场。我从没去过那个修士的墓。"

"那你发髻上的首饰怎么会出现在那儿？"

"我去的是另外一个墓冢。我去那儿祭奠我自己的祖先——我的母亲是曾经统治过这个省份的家族的远房表亲。我不常提到这个——中国的贵族并不崇尚地方血脉。我现在尽量不谈及它。"

她毫无困难地给出了解释，但李杜发现她的眼神一直停留在她正在折的桌巾上，并且说完之后的沉寂扰乱了她的心神，而在这之前却没有这样。

李杜说："谋杀发生的那天晚上，是你给皮耶特弟兄斟的酒？"

陈氏吸了一口冷气，说："如果你暗示毒药在酒里，那是不可能的。我用同一把壶给所有的客人都斟了酒。你自己也喝了里面倒出来的酒。"

李杜紧紧追问："那你能告诉我是什么让皮耶特的酒洒了出

来吗？是不是在花园的边缘他看到了什么，或是听到了什么，使他心烦意乱？"

"你记错了。他是太累了，才会洒出一点酒。这就是当时发生的一切。"

"他离开不久，为什么你也马上跟着离开了呢？"

陈氏的目光匆匆迎上李杜的目光，她非常肯定地说："我没有跟随他，我是去再多取些酒来。"

"但你没让任何一个仆人和你一起去拿酒。"

"仆人们都有事在忙。必要时，没人帮忙我也能拿动一壶酒。"

"还有，回来时，你没有拿着酒。"

"没有——我准备去拿酒。我恰好经过客房，好像听到了声响。我继续走，客房传来什么东西掉落的声音。这就是为什么我去了客房。"

"你在那儿发现了什么？"

"就是那个死去的修士。我喊人帮忙，当宝儿——那个侍女——来到时，我立刻让她去叫医生过来。我知道我们在那儿什么也做不了，修士已经没有了呼吸。"

"那么之后呢？"

"你知道之后发生了什么。我去了表演庭院，告诉知府大人出了什么事。"

"在你去拿酒的路上或是你从客房出来的路上，都没有看到什么人？"

"没有。但我走在主路上，那儿还有一条更隐蔽的小路，在柳树下面。但那里晚上没有火把照亮。如果有人从客房离开，又不想被别人看到，那他一定会选择那条隐蔽的小路。"

"谢谢你，陈夫人。你非常有耐心。很晚了，我知道你还有很多事情要忙。"

低头表示谢意后，李杜转身离开了，陈氏还在原地，看着李杜远去。

天黑了，李杜从开着门的贮藏室拿了一盏灯笼，将它举在面前，李杜盯着灯笼边缘若隐若现的黑色暗影，由这一小束光引着慢慢前行。当他穿过池塘上的"之"字形平桥时，一阵冷风吹过荷花枯萎的花茎。水面上的花茎缓慢旋转，好像转头看着李杜一样。李杜颤抖着加快步伐，仔细地走过每一个转弯。恶魔是直线穿行的，桥上的急弯都是为了避开恶魔而设计的。

当经过他居住的客房时，李杜看到通往藏书室方向的柳树下的小路。那条小路正像陈氏所说的那样，被垂下的树枝遮得晦暗不明。李杜沿着小路，很小心地走在石头台阶上。

李杜经过垂着厚重葡萄藤的月洞门，发现自己处在藏书室后面的一个石头花园中。花园的角落里生长着一棵李树，它的树枝衬着天空，就像黑色的血管。花园里的岩石形状和大小都不一样，它们因为与小型山脉、城堡和城市样子类似而被挑选出来。

李杜以前从没留意过这个石头花园，现在它在瘦骨嶙峋的李树的映衬下，显得颇为怪异。从山上搬来的石头隐约可见，它们有种奇特的、引人不安的气息。

李杜能看到小路一直穿过花园，皮耶特死去时所在客房的灯光就在不远处。陈氏是对的，如果一个人想在夜里不被发现地靠近或离开客房，他或她，将会选择这条小路。

　　李杜转身看着这些岩石，它们几乎都超过一人高，但起码有三块岩石是小到可以被举起来的。李杜把手中的灯笼放下，跪在其中一块岩石旁，缓慢地将手指插入冰冷的泥土中。他抬起一块岩石，看到上面只有湿泥和难以辨识的、爬着的昆虫。他又抬起另一块岩石，发现了同样的东西。李杜抬起第三块岩石，觉得自己这样做真有些傻气。但就在第三块岩石下面，在一窝慌忙逃开的甲虫中间，是压碎的明蓝色瓷茶杯碎片，上面装饰着红色花朵图案。

第十一章

　　哈姆扎把筷子伸进他和李杜之间的铜锅，从鸡汤底下夹出一根青椒，就好像发现了一件珍宝。在他开始讲述一个有关魔法辣椒或者黄油硬币的故事之前——李杜能辨认出哈姆扎将要去往另一个虚构世界的征兆——李杜说话了。

　　"你注意到没有，"李杜说，"从我们开始吃饭的时候起，这个屋子里的每个人都在看着我们。"

　　哈姆扎把青椒放进嘴巴，若有所思地咀嚼着。他咽下青椒，说："这是因为我出众的外表。但我已经习惯了被钦慕，我不觉得有什么不舒服。"

　　"你不觉得他们看我们，是因为你告诉每个人我将在三天时间内找到谋杀凶手吗？"

　　"我没有告诉每个人，"哈姆扎愤愤不平地说，"我很小心地选择我的听众。告诉我——在流言到达知府大宅之前,你是否成功地说服了知府大人去查找真凶?"

"没有。"李杜稍稍朝炖汤斜过身,补了一句,"你应该知道,是你的努力产生了立竿见影的效果。"

哈姆扎嘟囔着:"我很高兴看到这个成效。"

"我想你会的。"

想象着事情的发展,哈姆扎露出满意的微笑。然后他捏着自己胡子的末端,将它们整理成一束。"如果你失败了,"他说,"对你来说会很糟糕。"他像是在谈论夏夜将至的一场小雨,"是的——情况会变得很糟糕。你的表兄会毫不犹豫地牺牲你去救他自己。你是个流放者,他是个知府。对你,他可以任意评说,其他官员也都会相信他。"

对李杜来说,这种情形已经发生了:"你是否在暗示他可能指控我是凶手?我猜他还不会做得这样过分。但是如果你已预料到了危险,为什么还拼命把我置于现在的境地?"

有那么一刻,离他们最近的灯笼中的火光静止了,它透过厚厚的丝绸灯罩,投下灼热的光。在这样的光线下,哈姆扎看起来像书中的一幅插图,他那像是一笔画出的胡子发出墨水般的光泽,他明亮的脸和黑色的眼睛纹丝不动。然后他开始说话,刚才的魔法被打破了。

"我无法忘记和我一起旅行的那个人躺在地上死去了。我们穿越的山路关口如此危险,即使是商队的骑手在马鞍上都不敢说话也不敢动。我看到皮耶特的骨头都在抖,他承受着巨大的疼痛。

我看到他嘴唇嗫嚅在默默祈祷。但不管什么时候，他都在表达感谢或给予帮助。他体面地完成了许多生长在那些群山之中的人都感到害怕的旅行。然后他到了大研，到了这个山谷里的城市，这个让人想到黄金、麝香和装腔作势的旅行者的城市，在这儿他被杀了，就在这个地方。"

李杜什么也没有说。哈姆扎的肩膀放松下来，他说："你寻找真相，所以我在帮助你。"

"谢谢你。"

哈姆扎优雅地用筷子在炖汤中寻找着，夹出一块浸在油和肉汤中的软糯萝卜，萝卜热气腾腾的。他专注地看着萝卜，等着它变凉，说："但我希望你不要忘记把我列入你的怀疑名单。这个说书人编造黑暗传说，还与强盗商队结伴……"

"——他还没透露他从哪里来的。"李杜接着说。

哈姆扎带着无辜的惊讶，睁大了眼睛："我已经告诉你了。我的家族最初来自土耳其。"

"啊，不是来自莫卧儿或者埃及？像你之前告诉过我的？"

"你一定听错了。人们向你撒谎时，如果你要识别出来，就需要听得再仔细一些。"

李杜垂下目光，用筷子将他碗底剩下的米饭聚集到一起。"如果你坚持你是嫌犯，"他说，"那么告诉我是什么原因让你不得不杀掉皮耶特弟兄？"

这个问题看起来让哈姆扎很高兴。他微笑着说："可能我是一个如此有野心的魔术师，以至于我不能抵抗这个传说——魔鬼从它狭窄的世界向我眨眼示意,它需要尸体和鲜血,它想要活得比一个晚上更长,不想消失在灯笼里熄灭的烟火中。角色都已经到位:商人、智者、妓女、知府、皇帝……"

"流亡者呢?"

"所需要的就是躺在他们中间的一具尸体。"

李杜从不浪费食物,但还是把最后一口米饭从碗的一边拨到另一边。他轻声说:"我不相信你的供词,也不会参与你的游戏。之前你告诉我为什么你想让杀害皮耶特的凶手伏法。你是由衷的吗?"

李杜非常严肃地看着哈姆扎。过了一会儿,哈姆扎低下头:"你知道为什么你才是那个调查事件的人,"他说,"真相和我相处得并不融洽。我们发生了口角——她告诉我,我不了解她。我回答她,她不了解她自己。所以我们从一个城市到另一个城市,延续着分歧。她并不总是喜欢我的故事。我有时也在她的身旁迷失,并且她——"哈姆扎说了一半停下来,李杜瞥了一眼这个疲倦的年轻旅行者。他在山上遇到哈姆扎,后者当时正和他的朋友待在火堆旁。这足以让李杜消除对他的疑虑。

在李杜和哈姆扎之间有一阵短暂的沉寂,然后哈姆扎问:"你第一步要做什么?"

李杜正好也在问自己同样的问题。"我现在还不知道是怎样投毒的,"他说,"手袋可能早已被放在皮耶特的房中了,也可能在其他任何时候被交给皮耶特。皮耶特可能从手袋里拿出有毒药的茶叶,也可能通过其他方式服下了毒药。茶杯被拿走说明毒药就在那个茶杯里,所以直到皮耶特从茶杯中喝了有毒药的茶之后,茶杯才被拿走。陈氏说她在皮耶特死后的几分钟就到了皮耶特的房间。她告诉我们,她后来直接去了庭院,告诉知府大人。知府大人几分钟后来到皮耶特的房间,我也跟着他到了那儿。"

"所以……"哈姆扎慢慢地说,"茶杯不是在陈氏来到之前被取走,就是在她去叫医生和知府到现场来的这段时间内被取走的。"

"或者,"李杜说,"茶杯是被陈氏取走的。当我离开庭院时你还在舞台上表演,这意味着不可能是你拿走了茶杯。"

"这是自然。"哈姆扎默默对自己做着手势,好像他在脑海中演完了一幕戏似的。然后他皱着眉说:"凶手拿走茶杯是因为茶杯里有毒药。"

李杜向前倾身,说:"这是很明显的。但是设想一下——为什么凶手拿走茶杯,却在房间里留下手袋?如果凶手想让皮耶特看起来是自然死亡,他就不会在皮耶特的行李中放一个装满了毒药的手袋。或者,正相反:如果凶手打算陷害康巴人,那么他就不会拿走那个茶杯。拿走茶杯,凶手就留下了那天晚上他曾在大宅出现的线索。"

"或者是她曾出现的线索。"

李杜点点头:"或者是她曾出现。这两个举动互相矛盾。"

哈姆扎思考时,用他的筷子无所事事地敲打着铜锅旁边的黑色烟灰:"你说你是在一块岩石下发现这个茶杯的?"

李杜再次点点头:"陈氏向我描述了一条没有灯光的小路,它从客房通向藏书室和你表演节目的庭院。我沿着小路,勾画凶手在那天晚上的行踪,揣测他紧抓茶杯、寻找尽快处理它而不引起注意的方法。"

"要是我就会把茶杯扔进其中一个深塘。它会沉到淤泥和荷花根茎中,再也不会被发现。"

"凶手可能想这么做,却做不到。那天很冷——连树上都有一些冰柱。水面被冻住了,所以瓷器可能会落在冰面上。然后,石头花园显然是另一个可供选择的地方。"

哈姆扎看起来很赞赏李杜的分析,但很快他的表情就变得困惑:"我还是不理解手袋和茶杯之间的矛盾。"他说。

"我也不明白——还是说不通。现在,我们要问问我们自己,谁会从皮耶特弟兄的死中得到好处。那天晚上宅子里有很多人,但只有几个人和皮耶特有关联,或是知道他是谁。"

"我想不出任何人可以从他的死中获利。"

"有很多的理由实施谋杀:报仇、灭口,或者,如果凶手是疯子,那么就可以不需要任何理由地去杀人。"

"但谁恨皮耶特弟兄?他知道了什么危险的事吗?"

李杜扬起眉毛温和地说:"目前我还不知道。我们不能只讨论这些问题的答案——我们要去寻找答案。那天晚上当你表演节目时,你有没有在观众当中看到什么奇怪的事?你是唯一一个可以看到所有人的面部表情的人。"

"啊——我看着我的观众,但不是以那种方式。我被他们的表情牵引。我知道他们什么时候需要被唤醒、想要听更多对胸脯和绑在树上的女郎的描写;我知道什么时候他们进入倾听浪漫故事的情绪,我要给他们星星和月光做成的礼服;我知道什么时候孩子们感到疲倦,需要讲一些海怪和飞毯的故事——"他似乎又回想起那个时刻,"但我不记得其他了。"

李杜点头表示理解:"那么让我们考虑一下可能性。那个商人——尼古拉斯·格雷。我们从木高那里知道,他和皮耶特弟兄争吵过。我们不知道他们争吵的内容,但我猜想,从皮耶特向我提到的他对东印度公司的不信任来看,争吵是有关格雷的雇主的。我会去询问格雷——利用格雷还不知道木高和贾环听到他和皮耶特的争吵,但他们却听不懂拉丁语这件事。还有,格雷在演出期间离开过庭院,如果我们相信陈氏提供的消息,那么格雷对于他去了哪儿这件事就撒了谎。"

哈姆扎发出一种态度不明的声音,李杜又接着说:"然后是陈氏。她是一个强势的女人,她不允许自己在没有深思熟虑之前就有所行动。但当我给她看我在皮耶特墓前发现的首饰时,她强忍住不做出强烈的反应,在她想把这感情隐藏之前我就看到了。"

"什么样的感情呢?"

李杜用手指轻敲桌子,泄气地说:"我还分辨不出来。但我很肯定她没有把她知道的一切都告诉我们。"

"可能她只是在为知府隐藏秘密。她是知府的侍妾——他一定信赖她。"

"是的——我没忘记我的表兄,"李杜将声音放低到耳语一般,"皮耶特的死看起来只给他带来焦虑和不便。但他拒绝调查案件,可能还有更阴暗的动机。"

李杜放下筷子想了一会儿,然后说:"我们还知道皮耶特三十年前来过这个省份。你没有向我提及这件事情。在你们的旅程中,皮耶特有没有告诉你那时的事情?"

"我为我的健忘向你道歉,"哈姆扎非常热切地说,"他确实说过这一点。他有着非常好的记性。当他指出他第一次穿越那些小路,那儿还不曾有滑坡时,骑手都很吃惊。在我看来他经常在思考这些——但他通常是独自行走在记忆的长廊里。"

李杜细细想着。"这个城市也变了,"他说,"皮耶特在印度安顿下来之后,知府图利申和他的家眷来到大研。许多当地人死去,或者搬离了大研。但我们无法忽略一个可能性,有人一直对皮耶特怀恨在心。可能木高知道的东西比他说出来的要多。我明天会回去,调查一下鱼藤根是否来自藏书室。如果是,木高肯定能接触到毒药。"

哈姆扎发出哼哼的声音沉思着,然后说:"还有那个高效的书吏——贾环呢?他对自己非常自信。"

"那天晚上,他有机会去皮耶特的房间,他不喜欢在中国的外国人。但他是个聪明人,是知府手下野心勃勃的官员。他对外国人的不喜欢是理性的——很难想象他会杀掉一个外国人。"

"我同意你的看法。"

"还有一个年轻的耶稣会信徒——马丁弟兄。"

哈姆扎向着迷宫一样的客栈内部摆摆手:"那个紧张的学者

几乎没有离开过他的房间。他可能是神秘的,如果他不是那么一个——你们是怎么说的?——井底之蛙。他显然对他所做的一切都没有什么想法。"

"我明天会和他谈谈。"李杜告诉哈姆扎他在手稿中发现的信。

"这很可疑,但马丁弟兄看起来不可能是凶手,"哈姆扎说,"他对待种子和虫子就像助产士对待婴儿一样。我会把我的注意力放在格雷先生那儿,他让我想起覆盖着坚硬外壳的螃蟹。"

李杜看看他们周围。大厅里已然人头攒动,穿着不同颜色丝绸的客人,像甲壳虫一样在桌边蜷缩成一团,谈话、做着手势、喝着酒,不时伸长脖子向哈姆扎和李杜轻声交谈的桌子瞥过来。

霍老板穿过人群向他们走来,手里拿着一个盛着两杯酒的托盘。他对自己的重要性很自信,这能从他红红的面颊和明亮的眼睛中看出来。霍老板来到他们身边,俯身靠近桌子。他把酒端上来,用很低的声音和他们说话。李杜看到角落里的客人们都在盯着他们。

霍老板激动地轻轻摆着手。"所以,"他说,"你们取得了什么进展?"

李杜很耐心地向他保证,他们没有什么要公之于众的结论,李杜夸奖肉汤很美味,并且感谢客栈老板给他提供的房间。霍老板热情地点头,看起来就好像李杜在征求他的意见、而他也给了李杜建议一样。然后霍老板把李杜他们的空盘子摆在托盘上,他不慌不忙地摆放着那些碗和碟子,带着一种知晓一切的笑容转过身,灵敏地退回厨房。

李杜拿起酒杯喝酒，但当他端起酒杯时，感觉杯底粘着一张纸条。他把杯子放下，将纸条塞进袖子。哈姆扎好奇地看着他，李杜看了一下纸条，又将纸条放下。纸条上用干净、女性化的字体写着：我有消息，在棋园见。

客栈的棋园是一处隐蔽的庭院，距离大厅有些远。棋园里有五个矮桌，旁边环绕着石头长凳。从庭院一边到另一边的空中悬挂着摇晃的灯笼。院子中央的桌旁有个火盆。花园看起来空荡荡的，李杜和哈姆扎坐在火盆旁边等待着。

他们刚坐下不久，一个女孩就从花园一个角落出现，快步走向他们。她四下观察，动作轻巧得像只鸟一样。她来到李杜和哈姆扎面前，气喘吁吁地说："我的名字叫宝儿。客栈老板是我的叔叔。"

李杜记得这个名字。"请坐到火堆旁，"李杜说，"你是知府大宅里的侍女？"

宝儿点点头，她坐下时，露出一丝神秘的笑容。她显然精心打扮过，脸擦着带点青白色的香粉，嘴唇和面颊涂着胭脂，眉毛描画过，头发涂着一层厚厚的头油。相对于娇小、瘦削的外形，她脸上浓浓的妆容带给她一种费力打造出来的老练圆熟。

"你有事要告诉我们？"李杜问。

宝儿的声音带着焦虑，但李杜从她的眼睛看出，她对能引起别人注意感到很高兴。"刚才在这儿等待我很害怕，这里太黑了，我老觉得凶手会突然现身。"

"在这儿你不需要害怕,"李杜说,"我们是唯一的听众。"

宝儿小巧的面庞立刻变得严肃起来。"夫人教导我,永远不要表现出你知道谁在倾听。"宝儿又朝她周围瞥了一眼,吞了一下口水,舔舔嘴唇说,"我知道知府大人和夫人陈氏的一个秘密。知府大人的少爷去年来过大研,之后,我的好友月儿和少爷一起去了京城,现在她回来了。她告诉我,少爷告诉她京城中的一个知府去世了。那位大人姓刘,他是知府图利申——我的主人——在求学时的良师益友。月儿说皇上在考虑让图利申知府大人接替刘大人的职位。这将是一个很大的提拔,知府大人非常想得到这个职位。"

"那么陈氏呢?"

宝儿情绪激动地向前倾斜着身子,在慌乱地一吐为快之前,她又环顾了一下整个庭院。"陈氏,"她耳语道,"是一个绵里藏针的人。一次一个侍女想勾引知府大人,陈氏折磨她,后来她吞下自己的首饰自杀了。另一个侍女——她失踪了——陈氏找到后,让她跑向一面石墙,她撞墙身亡。"

哈姆扎小声吹了声口哨。

"你认识那些侍女?"李杜问。

宝儿眨了一下眼睛,说:"不认识——我在大宅做侍女时,她们已经死了。但是月儿和明儿,还有小华都说她们是从娜儿那儿听到的。娜儿已经嫁人,去了她丈夫的村庄。这些事就是那样发生的。"

"那么陈氏支持知府去争取在京城的职位吗?"

宝儿在座位上变得激动起来:"陈氏知道,如果知府大人升迁到京城,他可能不会带她一起去。她变得越来越老了,又没有儿子,而且知府大人有两位新夫人,还有一位旧夫人——我听说她们都非常优雅。"

"所以陈氏不想知府得到升迁。"

宝儿态度不明地耸了耸肩膀说:"她不想失宠,或者被送走,住在小村庄里。她已经没有家了——她表现得高高在上,可一旦知府把她丢在这儿,她就一无所有。这些消息有用,对吗?"

"可能是的,"李杜说,"我还不知道。"

看起来这回答让宝感到很焦虑,她立刻说:"我还知道更多。谋杀发生的那晚我看到一些事情。知府对医生说了些他不喜欢听的话,这正好发生在医生查看尸体之后。知府语调非常严厉,我听不清他说的什么,但是看起来好像是他在命令医生做些什么,而医生不愿意那样做。你想这意味着什么?"

李杜用棍子捅了捅煤块,宝儿的话唤起他的印象,在谋杀发生的那天晚上,一个女人在他到达客房之前刚刚离去。"这很有意思。"他想。

宝儿烦躁起来:"我把这些事告诉我叔叔,他让我告诉你。他说他的客人们都想让你找到凶手,我应该帮你。我还能帮你做什么?我在大宅里能为你打听消息并报告我听到的消息吗?现在你已经知道了什么?"

宝儿微微噘起嘴唇,有点生气。哈姆扎殷勤地说:"你是如此勇敢、乐于助人,你也如此可爱。你使我想起无形大海中翠绿色岛屿上的塞壬[1]。"

李杜带着责备的表情看着哈姆扎,然后对宝儿说:"我非常感谢你带给我们的消息。"

"所以你会和我谈谈案子了?"

哈姆扎张开嘴准备说些什么,但李杜抢先说话了。"很晚了,"他说,"我的朋友和我准备在火堆旁喝点酒。你应该在你被发现之前回到宅子里去,你要分外小心——宅子里可能会有危险。"

宝儿看起来有些失望,她站起来,离开了,留下李杜和哈姆扎。他们等了一会儿,听到宝儿走动时裙子的沙沙声渐渐变弱。

等宝儿消失不见,哈姆扎说:"我们应该让她再多留一会儿。她可能还有话要说。"

"或者,"李杜说,"她会竭尽全力鼓励我们说话,这样她就能把我们的话报告给她叔叔了。"

"啊——所以实际上她来这儿是暗中探查我们。你怎么看她告诉我们的有关陈氏的消息呢?为什么你不接着问她,让她多说一点呢?一个可以让仆人吞下首饰而死的人,也很容易会给一个陌生人下毒。"

李杜用一丝微笑回应哈姆扎的话:"她在撒谎——或者其他侍女中的一个在对她撒谎。"

"是的,"哈姆扎咕哝着,"你怎么突然对你发现真相的能力

---

[1] Siren,又译作西壬,是希腊神话中人首鸟身或鸟首人身,甚至跟美人鱼相类似的怪物,经常飞降海中礁石或船舶之上,又被称为海妖。塞壬用自己的歌喉使过往的水手因迷醉而失神,使航船触礁沉没。

这么自信了。"

李杜笑了笑,说:"很抱歉——我不清楚真相。她的确说得很令人信服。但我知道陈氏实际上没有折磨这些侍女,因为我读过一本小说,这些故事都是从小说里来的。这本小说叫《红楼梦》[1]。"

哈姆扎想到自己的说书技艺,嘟囔着。"我明白,"他说,"所以那些流言对我们毫无帮助吗?或者她到这里来只是为了套话,这样她的叔叔就能用消息换取钱财,去讨好他那急切的宾客?"

李杜正考虑同样的问题:"她告诉我们有关升迁的事给了我一个想法,图利申想得到在京城的知府职位,他家里一个客人的死会影响他得到那个职位。那个凶手的目的可能是阻止图利申升迁。"

"陈氏?"

"我不知道。"

"那么那个医生呢?"

"我会去问他,图利申对他说了什么。"

哈姆扎重新回到忧郁的沉思中。最后他挺直腰,向着黑暗呼唤一位仆人。当仆人到了以后,他要了更多的酒。他和李杜拿了酒,在温暖的火堆旁慢慢抿着,两个人都沉浸在自己的思考中,在他们周围,客栈安静下来。

"有一个晚上,"过了一会儿,哈姆扎说,"皮耶特叫醒大部

---

[1] 作者原文如此,事实上,康熙年间《红楼梦》还没有问世。——编者注

分的商人，给他们上了一堂天文课。"

李杜仿佛看到皮耶特弟兄窸窸作响地穿过帐篷，摇着熟睡中骑手的肩膀，命令他们起来学习功课，他也这样对待过一脸惊奇的李杜。李杜温柔地笑了。哈姆扎被李杜的反应逗乐了，接着说："皮耶特抱怨他没随身带着自己的星图表和仪器，但他说即使没有那些图表，也能教会我们。骑手们没有转身离去，也没有拿被子盖起头让皮耶特走开。他们起身，弯腰看着皮耶特把一根树枝的末端在火上烧成木炭，在一块扁平的石头上画出符号。皮耶特向上指着天空，说从赤星闪亮的地方到地球最少要一千年。"

"因为我们都已经醒了，他说将告诉我们京城中天文学家们互相竞争的故事。你知道发生了什么吗？"

李杜知道。纠纷开始于1659年，在李杜出生之前，但最终的对抗发生在十年之后——李杜还是个孩子的时候。李杜好奇皮耶特会怎样描述这件事情，所以他说自己记得不那么清楚了。于是哈姆扎开始讲："我告诉你的这个传说，就像那个阿格拉的黑袍神职人员告诉我的一样。"

很久以前，那时中国还存在于黑暗与黎明之间的苍白空间中，第一位皇帝说，一线金色的光芒将会在东方出现。他的百姓看着地平线，在皇帝的命令之下，一条生着火焰鳞片的龙在东方出现，接着太阳在整个王国升起。

从那个时刻开始，中国的皇帝就可以预言那些满月的夜晚，那些只有一弯新月的夜晚，还有那些空中没有月亮的夜晚。他们宣告冬至的到来、夏至的到来，还有，他们掌管着日食的出现。

离第一个皇帝召唤龙来到他王国的天空已经过去几千年了。是的，龙的火焰依然燃烧着。还有，山脉也并没有移动。但这个国家发生了很多改变。知识被获取，又被丢失了。皇帝忘记了龙的语言，再也不能和它们交谈了。天文学家发现了天空中的古老图案，他们用新的、只有他们能懂的语言描述这些图案。

所以，中国的皇帝根据天文学家们每年送来的日历完成他们的预测。这件事秘而不宣，所以皇帝的伟大没有在他百姓的眼中有所减弱。许多年过去了，天文学家们的成果被战争、饥荒和叛乱破坏。

当康熙的父亲成为中国的皇帝时，不管是大清的天文学家还是满族的萨满都不具备这方面的知识了。日历变得很不精确。几个月的研究之后还是得到不正确的预测，皇帝不能再依靠他们了。

朝廷来了一位伟大的天文学家——耶稣会信徒沙尔·冯·贝尔神父。他的预测如此准确，皇帝很惊奇。皇帝开始依靠外国牧师，并且很尊敬他们。在其他人都不能接近皇帝的地方，沙尔神父像老朋友一样坐在皇帝身边。他掌管一群新的数学家，他把他的书翻译成中文，教授年轻的学者们。

嫉妒的天文学家和萨满们恨透了这个排挤掉他们的人。皇帝驾崩后，摄政大臣获得了权力，老萨满们看到了机会。他们声称耶稣会信徒轻视神，反对大清统治，并且教授恶行。沙尔神父被投进大狱，宣布处死。

死刑执行时，大地深处传来一阵颤动。地震使紫禁城宫墙破裂，宫殿摇晃，黑暗布满天空。燃烧的巨龙出现在空中，撞击着宫殿——就是在那里宣布了沙尔神父的死刑，宫殿被焚成灰白色的灰烬，这灰烬盘旋着穿过花园，混入掉落的梅花花瓣。

恐惧的摄政大臣推迟了死刑。之后，维尔比斯特神父来到京城。他也和他的同伴一起被投进监牢，无法把握自己的命运。但是在牢房中，在九条锁链的重压下，维尔比斯特神父提出一场挑战。"让我们展开一场比赛吧，"他喊道，"这儿将会出现一场日食。让你们的萨满和天文学家们预测天地无光的时间。如果我比他们预测得更精确，你们就要赦免我的同伴，接受我成为你们的仆人。"

挑战开始了。萨满预测说日食将会在正午出现，朝廷的占星家预测说日食将会在正午过十五分钟之后到来，维尔比斯特神父预测说日食将会在正午过四十五分钟之后到来。

日食这天到了，整个宫殿的人都穿上他们华丽的服饰，在一起等候着。接近正午时分，滴漏一秒接一秒地将水滴进漆桶中，太阳还是闪着耀眼的光。正午到了，又过去了，十五分钟过去了，太阳还是很耀眼。接近四十五分钟了，人群爆发出一阵骚动，黑影吃掉了太阳——正好是维尔比斯特神父预测的那个时间。像圆盘一样的黑影与太阳重叠起来，在黑影的边缘有一圈白色的光。

从那时起，耶稣会信徒开始负责天文历法的制定。公众并不知道他们的角色。日历每年被秘密地送交到皇帝的内殿。皮耶特弟兄来到中国为维尔比斯特神父服务，帮助他建立观象台，观象台的天体观测仪和钢制测量器在飞檐塔和马赛克镶嵌而成的龙的旁边，耸入北方的天空。

哈姆扎说完了，他和李杜坐在沉寂之中，哈姆扎看着黑白两色的网和火盆里炽热的木炭，李杜抬起头透过灯笼看着星星。

"这就是皮耶特告诉你的故事？"李杜问。

哈姆扎诚恳地点点头："我去掉了一些不那么有趣的细节。"

"可能还加上了燃烧着的龙？"

"并没有——在这点上我保持了故事的原貌。"

李杜笑了："那么康巴人怎么会喜欢这个故事？"

"卡尔登·多吉说他村子里的萨满和京城里的萨满不一样。卡尔登村子里的萨满都是些老年人，他们是孩子们的祖父。他们在篝火边分享酥油茶，在谷仓下面听牦牛的吱嘎低语。他们给孩子起名字——他们给人安慰。只有在宫殿里，萨满才变得像是官僚。"

"这很奇怪，"李杜说，"几天以后，皇上将会在这个地方主持一场日食典礼。像你说的那样，因为这场预测，这儿发生了这一切——官僚、谋略、竞争、争论、决议和收买。一整年的深谋远虑只为了这一刻。当它发生时，没有一个人会想到那些事情——一份由外国人在一年前就写好的日历，或是皇上打算再次征服某个省份的谋划。观众们将会看到的只有魔术、空中的烟花、舞龙和杂技。当皇上出现并显示他影响太阳的能力时，百姓都会因此而敬畏他。"

"两天后皇上将会到这儿，"哈姆扎说，"明天你准备做什么？"

李杜喝干最后一杯酒，站起身，掸去落在袍子上的灰尘，说:"明早我会去大宅。我想知道,皮耶特在他去世的那天看到了什么。"

离日食还有两天

第十二章

　　木高在藏书室,正用干燥的芦苇编成的扫帚清扫大理石地板。扫帚替代了他的手杖,木高不断拖拽着扫帚清扫,每次都把细小的灰尘像云一样扬起,在他身后,大部分灰尘又重新飘落地板。

　　李杜轻轻地清了清嗓子,不想吓到这位老人。木高没什么反应,继续清扫着地面,眼睛看着地板。李杜走过去站在他面前,直到这时,木高才意识到身边有人。

　　木高停下来看着李杜。"为什么不出声?"他问,"挺吓人的,一个人不知从什么地方突然出现。"他斜视着李杜说:"我见过你。你是从大地方来的藏书室编修。"

　　"昨天晚上我们谈过话。"木高和李杜站在七排哲学书其中的一排旁边,周围环绕着发出蓝宝石光泽的丝制书盒。木高再一次瞟了一眼李杜。

"你告诉了我发生在死去修士和外国商人之间的一场争吵。"李杜说。

"我记得，"木高粗暴地说，"你以为我不记得了。所以你还在寻找凶手。那么你现在想做什么？我正扫地呢。"

"我来问问你有关藏书室里你收藏的鱼藤根的事。"

木高苍白的眼睛里，眼神变得锐利起来："那就是杀死修士的东西吗？鱼藤根？你想看看我把它收藏在哪里？"

李杜跟随木高来到藏书室大门旁边靠着墙的橱柜前。这个橱柜几乎和李杜一样高，中间一列的下面带着抽屉，两个紧闭着的陈列柜分置两边。橱柜漆成黑色，上面嵌着暗金色图案，最大的一幅图上，一个醉酒的诗人正举着他的酒杯，为一个坐着的君主作诗。

木高拉开其中一个抽屉。抽屉里整齐地排列着几个晒干的完整鱼藤根，它们被擦拭得很干净。抽屉里还有一个小石臼和杵，一个浅浅的碗中装满了细小的粉末。李杜用指尖轻轻地挑起一点粉末，将手举起来，近距离仔细检查这些粉末。

"小心一点！"木高大声叫嚷道，"我用它的时候都会把手包起来。"

"你很明智。这个抽屉你是不是锁起来的？"

"不锁。"

"那么你看到什么人从抽屉里拿这些粉末吗？"

木高摇摇头："我没有看到任何人动过这些粉末。但他们会来拿其他抽屉里的东西。这儿还有糨糊、镇尺、线、毛笔和墨汁。

陈氏负责记录这里所有的存货,她对纸张和墨汁都很小气。"

"这么说,有人能从这里取走鱼藤根粉末而不会被你注意到?"

木高吸了一下嘴唇,耸耸肩:"有时候我会睡着。你认为下毒的人在这所宅子里面?"

"我认为大宅外的人不会知道在这儿的抽屉里能找到鱼藤根粉末。这些鱼藤根是从市场上买来的吗?"

"不是,我告诉你,这是我自己配制的。市场上看不到这些。但我没有杀死那个修士。"

"在他死去的那个晚上,在你告诉我的争吵发生之后,这儿举行了一场宴会。在宴会上我没有看到你。"

木高粗声回答:"我没去宴会。我在镇子上和我的朋友喝酒。"

"你下午的时候就在那里,晚上还待在那儿?"

木高咧开嘴笑着:"下午我们喝茶,晚上我们饮酒。"

"我明白了。你的朋友叫什么名字?"

"老木。"

"是你亲戚?"

"我的堂兄。我曾经有很多亲戚在大研。我们一起喝酒,聊以前的事。"

"那天晚上你什么时候返回宅子的?"

"很晚了。门前的守卫告诉我那个外国老人死了。我回到我的房间,燃上香。那天我和死去的修士讲过话——想到他的灵魂在宅子游荡,我很紧张。但你为什么怀疑我?我没杀他。"

大理石地板上的脚步声让李杜和木高抬起头。藏书室门口的高大人影是马丁弟兄，他的头发在阳光下是金色的。他走进来，绿色的眼睛紧张地从木高看到李杜。像是下定了决心，他进出一长串毫无意义的中文，他重复着，努力纠正自己的发音错误，脸颊变得像发烧一样通红。

"他的汉语太糟糕了。"木高说。

马丁弟兄先是结结巴巴，接着他沉默了，然后他用拉丁文对李杜说："我很抱歉。我想努力学习中文，但我总是记不住声调。"

"一直练习就好，"李杜说，"你做得很好。你来这儿是要和我说些什么吗？"

"说什么？"

"你可能没听说，我正在调查皮耶特弟兄的死。"

"我——什么？我以为皮耶特弟兄——我以为他是被和他一起旅行的人毒死的。格雷先生告诉我那些人都是强盗。"

"他们一开始确实被怀疑过，但是现在我们知道他们是无辜的。"

"啊——好的，如果我能提供任何帮助——我当然很乐意。但是我——实际上我来这里是找一本书——《本草纲目》。"他很缓慢地念出这些词，紧张地看着李杜，等待李杜的回应。李杜扬起眉毛说："当然，我知道那本书。而且我肯定知府藏书室里有一个抄本。木高会帮助我们在图书目录里找到这本书的。"

"哦，谢谢——你太好了。杨医生向我推荐这本书，说对我鉴别植物有帮助。他今天带着我收集草药，我想先参考一下这本书。"

"但你怎么和杨医生交流呢？"

马丁弟兄给出一个自嘲的微笑："他非常有耐心，他对当地植物的知识令我敬畏。我——我特别虚心地去了解某些物种。只要我们把谈话限定在花、浆果和树木上，我们就能交谈。他教我纲目的名称。"

李杜和木高在刻着"毕"[1]状星宿符号的书柜中找出《本草纲目》，将绑在一起微微泛黄的十卷书放到圆桌中间。马丁弟兄打开纸页，李杜看到他脸色发生了变化。以前他的表情总是由羞愧、不安、焦虑和困惑的光谱交错而成。现在李杜看到的马丁弟兄却是聪慧、专注的。他的手指熟练地拂过纸页，轻轻敲着彩色图例中的特定部位——根部、花瓣、果实——他微微点头，对他所见的表示理解与确定。

"这太精美了，"马丁弟兄说，"这段文字——说了什么？"

李杜读了出来："生长于湿地；耐活而味苦；治愈肿疮，需热服。"这段文字印在一幅图旁边，图上画着一种粉白相间的花——长着墨绿色的叶子和白色、脚爪样的根。

"那这个呢？"

"生长于虎跳谷之南，味甘，治愈渴疾，需生食。"

"这个，"——马丁弟兄指着另一幅图例——"这是我想看

---

[1] 二十八星宿之一。

的东西。垦普斐在日本见过它——他称之为银杏。英国的植物学家认为这种树在洪水时代以前就不在地球上生长了,那是几千年前。探险家在欧洲发现了远古银杏树叶的化石标本,但杨医生说他将带我去看这里一棵还存活着的银杏树。我——我不敢相信他的话。"马丁弟兄的眼睛在乞求他人可以理解并分享他的热切。

"银杏吗?"李杜问,"这种树在这儿很常见。它们就生长在寺庙的院子里。杨医生打算带你去看银杏树?"

"我将会在水钟鸣响九次时去见杨医生。我还有些时间来学习《本草纲目》。"

李杜在考虑怎样与这位紧张的年轻人交谈。他决定等会儿再提皮耶特的信,他要先用一种更含蓄的方式接近马丁弟兄。他还不是很清楚马丁弟兄究竟是什么样的人。"我一直还没有机会,"李杜说,"在皮耶特弟兄死去那晚之后,和你好好谈谈。这几天一定非常难熬。"

马丁弟兄的目光还落在他面前翻开的书页上,但李杜看到他的眼睛定住了,不再浏览那些图例。

"你太年轻了,一个人来这么远的地方旅行,"李杜接着说,"你的上级没考虑过找一个对大清比较有经验的人陪你一起来吗?"

"我——我来自一个小教堂,"马丁弟兄说,"我是唯一一个有这个意愿也有这个能力旅行的修士。"

"那么你从哪里来呢?你不是从北方来的。"

"不是。我从加尔各答经由陆路来的。一路上我都雇用了向导。"

"你来这儿有什么特殊目的吗?为了见到皇上?"

马丁弟兄很快回答:"不是,我没什么要同皇上说的。我是说——"他努力想让自己表达得更清楚些,"我没什么值得皇上花时间去听的。我来这儿因为我一直都很想看看中国,主要是看看中国的植物。我——我研究植物,研究它们的药用价值。"他指着面前的书。"在英格兰,"他接着讲,"在我的故乡,一直有很多学者——和其他许多修士,听说在中国的深山里有很多神奇的植物。但没有人被允许到中国来。我在加尔各答等了很长时间,只是希望……"马丁弟兄的声音逐渐减弱。

"接着,皇上的邀请来了。"

"是的。消息传了出去,我想应该是东印度公司的船最早带来了这个消息。我听说了,立刻开始规划行程。我想这么好的机会不能错过,哪怕我必须一个人旅行。我——我不是很喜欢加尔各答。基督徒们——其他一些人,你知道,多明我会修士和方济各会修士,他们彼此之间激烈竞争,也和我们竞争。加尔各答充满拥挤的人群和疾病。那儿唤起人们的敬畏之心——印度教佛塔的对面就是莫卧儿王朝的尖塔,甚至是主教教堂。那儿的人来自我所知道的各个帝国和各个国家。但加尔各答不是一个友好的地方。"

马丁弟兄又把注意力转移到打开的书页上,李杜开始思考他刚才所说的一切。

木高昏昏欲睡地看着李杜和马丁弟兄交谈。李杜对木高说:"我想看看皮耶特弟兄在去世那天看到的货物,你可以帮我把门打开吗？"

"这不会给我带来麻烦，是吧？"

"知府大人说我可以接触我需要的任何东西。"

"好吧，只是——这么做别给我添麻烦。"

他们经过书架缓缓走到藏书室后面并列的两扇门前。和之前一样，晒书室的门敞开着，收藏室的门关着。鲜亮的龙形图案沿木门盘旋而下，像悬挂着的葡萄藤，龙的脚爪中紧紧抱着白色的绘饰珍珠。

马丁弟兄从座位上站起来跟着李杜和木高。"你们要离开吗？"他问道。

李杜快速思考目前的情况，认为马丁弟兄在场会有帮助。"这是东印度公司存放贡品的地方——记得吗？皮耶特曾经在宴会时提起过。"李杜说。

马丁弟兄瞥了一眼窗户："我刚听到水钟只响了八次。我可以和你们一起吗？我很好奇，想看看那个地球仪。"李杜点点头。木高拿出挂在外套衣褶处的钥匙，打开了门。

收藏室比藏书室的其他地方更阴冷、黑暗。这是一个洞穴似的房间，天花板很高，以至于柜子顶端靠墙的部分隐在昏暗的角落高处无法被看到。一面墙上的窗户是细小的长方形，窄到一个人根本无法通过，只有狭窄的光束能照进房间。

房间一个角落的桌子上面和周围堆满了不同尺寸的箱子，大概共十五到二十个，这些用粗糙木板做成的箱子上面还盖着东印度公司的黑色印鉴。一些装饰华丽的盒子已经被从保护它们的箱子中取出，放在桌上，这些盒子有的装着珠宝，有的本身就是珍宝。一个盒子镶嵌着珠母贝，另一个盒子绘制着由黄金、白银花饰环绕的阿拉伯字母，还有一个盒子雕刻着大象，大象身上佩戴着镶嵌有珠宝的鞍具。

其中最大的一个盒子由涂着黑曜石般漆面的木头做成。盒子是个每一面都比一个成年男人肩膀还宽的立方体。四个立面各粘着一条黄金铸成的龙。四条龙爪攀在盒子边上，龙尾巴呈钩状，将盒子上部固定在底座上。龙拱起的脊背成为把手，用把手可以把盒子从底座上抬起。龙的嘴张开，仿佛发出嘶嘶的声音，龙的身体紧绷，像在保护盒子中的珍宝。

"就是这个，"木高说，"当皮耶特打开这个盒子，他就对其他东西再也不感兴趣了。但我瞥见皮耶特时，盒子不是这样关起来的。"

李杜小心翼翼地将龙尾巴上的钩子从扣环中拨出来，他紧紧握住盒子两边的龙身把手，直接将盒盖抬起来移开。李杜的高度刚刚够将盒盖完全揭开。他将盒盖轻轻放下，然后退后仔细看盒子里被盖住的东西。木高自鸣得意地从李杜的脸看到马丁弟兄的脸，作为一个已经看过这件珍宝的人，木高表现出很强的占有欲，好像他自己就是这珍宝的主人一样。

盒子下面是一个圆柱形的黄金底座。从黄金底盘上升腾起整个大清帝国。李杜凝视着玉做成的马赛克状田野和天青石交织着黑色石英做成的山脉，向下蜿蜒着的蓝宝石做成的河流，流向大海，海面上还航行着金色小船——带着红色丝绸的船帆，船帆与苍蝇的翅膀一般大小。

这些闪闪发光的自然景观连接着微型帝国首都的城墙、城门与高塔。李杜看到鼓楼分了层的屋顶、紫禁城的黑曜石城门。他还看到钻石做成的花园、蓝宝石做成的花朵、月长石和虎眼石做成的池塘,樱桃树上满是蛋白石做成的雪,他看到了银色、蓝色和红色的屋顶瓷砖,在那儿,依偎着西侧宫墙的,是皇家藏书室的微小模型,是他的藏书室。

所有这些,难以置信地,都仅仅是装饰。地球仪高耸在紫禁城的中央——在一个长杆与辐条节缝相连的零乱骨架之中。其中的五条长杆被固定住,每个末端都带着一个抛光的金属圆球,每个圆球都有不同的尺寸和颜色。从齿轮和辐条深处,李杜能够听到机器运转发出的轻微滴答声。地球仪中间是第六个天体,也是最大的一个——高过其他五个球体。这个天体由红色玻璃做成,包裹在像是丝线制成的黄金网中,它平缓地、不可思议地发着光。

地球仪是一件珍宝,能让国王和诗人着迷,它是艺术、是科学,也是魔法。看着这个地球仪,李杜觉得颈背一阵刺痛。他想象着这些金属辐条变成钟表怪物的腿,打裂和压碎这座珠宝做成的帝国的山脉与高塔。

李杜想起那些唯有星星陪伴自己的夜晚,当时他从天空那深不可测的永恒中找到了慰藉。他感到在那些时刻——当他站在山顶的云中时——他远离了结束与开始的轮回。地球仪则产生了相反的效果。对他来说,地球仪像是精心雕琢的监狱,压制所有的能量,将世界无限的力量变成冰冷的滴答声。

"那一定是磷。"马丁弟兄说。他完全被地球仪迷住了。

"我以前没听过这个词。"李杜说。

马丁弟兄解释说:"他们都叫它'炽热的夜光虫'——化学反应让它发光。磷是很新的物质——我曾经看过有关它的演示。"

李杜向那天体屈身靠过去,问:"那么它能无限期地发光吗?"

"他们说磷的燃烧需要空气——如果瓶子被塞子塞住,一段时间过后就会暗淡下来。但是——看这里,太阳上有小洞——这个装置一定用了什么方法让空气得以稳定地流入内部。他们一定很细致地规划过,因为——若空气太少,太阳的火焰就会变暗,太多的话……一个炼金术士证实,他在围裙上擦自己沾了磷的刀子,几分钟后他看到围裙着了火。"

"我明白为什么格雷先生那么固执地要求盒子不能被扔下来了。"李杜说着,回忆起当仆人从马车上卸货时,格雷先生狂怒的命令。

"这真是非凡的珍宝,"马丁弟兄说,"看着太阳如何燃烧闪耀,行星围绕着它运行,校准得如此精确,肉眼根本看不出变化。它运行得很慢,这是为天空设计的钟表。"

李杜想起了宴会的那晚,说:"皮耶特也是这么描述地球仪的——好像一个钟表。"

马丁弟兄伸出手非常轻柔地触摸那个发光的球体。"在这个模型中,太阳位于中心位置,正像牛顿宣称的那样。但我们教堂认为地球才是中心。科学家和神学家之间,为此展开了一场声势浩大的辩论。教皇允许出于实用目的而使用科学方程式，但禁止将科学家的假设称为真理。这个词会带来麻烦。这是一个微妙的处境，对一些人来说，甚至是危险的。"马丁弟兄停了一下，盯着那个发光的太阳说，"制造这个地球仪的人知道，没有中心位置的太阳，地球仪就没有什么实际用途。它不会服务于它特定的目的——精确地预测天体如何运行。"

"但是，"李杜说，"作为一位神职人员，你必须听从你教堂的教诲。"

"是的，当然。但这是一个复杂的境况。皮耶特弟兄是一个天文学家。为了他的计算准确，他就必须假定太阳才是宇宙的中心。所有这些都关乎一个人在公共环境中如何发声。"

"现在，我们国家有些事情面临的处境和你们教堂相同。"李杜靠得更近了，努力想看到这些球体方位与天空中行星方位的相似之处，但他失败了。他疑惑地说："你能读懂这个地球仪吗？"

马丁弟兄羞红了脸，说："哦——不——我没说我可以读懂这个。我没有掌握读懂这些符号必需的数字语言。我怀疑除了一个受过良好训练的天文学家，没人能真正使用这个地球仪来预测——了解这个仪器几乎和读懂夜晚的天空一样困难。"

"当然，"李杜说，"但它的美对任何观察者来说都显而易见。甚至连一个对天文学一点兴趣也没有的国王，也会渴望拥有这样一件瑰宝，我想。"

木高一点也不懂李杜和马丁弟兄交谈所使用的拉丁语，他说："当他——那个死去的修士——揭开盒盖之后，他从各个角度看着盒子里的东西。我通过这扇门看到他,他像一位诗人在仔细研究一棵树。他自言自语,笑着,在他的书上写了什么。看起来非常开心。"

李杜记起他在皮耶特的文件中发现有被撕去的纸页。"一本书?"李杜说,"你的意思是一本日记?"

"是的。像旅行者带着的那种,但是是用奇怪的外国式皮革装订的。"

"皮耶特离开时把它带走了?"

木高耸耸肩:"我没看到。一定是带走了。"

李杜看了看地球仪的底座,有数以百计的数字和符号蚀刻在底座之上,还有记号、参照点和箭头,李杜不了解任何一个符号的意义。他努力回想,在宴会上,当皮耶特谈到地球仪时说了什么特别的内容,但他只记得皮耶特的兴奋和热情了。那晚到后来让皮耶特心烦的事,看起来和地球仪没什么关系。

水钟的第九声鸣响通过细小的窗户传进来。李杜和马丁弟兄一起将盒盖放回到地球仪上面,李杜扣住盒盖。他们三个人离开了房间,木高立刻径直走向窗户旁的垫子。

李杜和马丁弟兄一起离开了藏书室,在宅子门口马丁弟兄说:"我和医生的会面已经晚了。我——我肯定不能给你什么帮助了。但是当然——如果你有什么需要我的——我会尽我所能的。"

"我帮你找去杨医生家的路。"李杜说。

"哦——不用了,我可以的。"马丁弟兄笨拙地拒绝。

但李杜坚持要这么做,他们一起快步走向大研城西边的城郊。

"我发现自己对宴会的记忆有些模糊了,"李杜说,"可能我喝了太多酒。你可否唤起我的记忆,你和皮耶特弟兄是在哪里遇到的?"

"我们在哪里遇到的?但——但我们只在我到大研的当天短暂地碰了面。我病得很厉害。我只在宴会当晚第一次真正和他交谈。"

"啊——我是想问,在大研相遇之前,你们在哪里见过?"

马丁弟兄摇摇头。"这里一定有误会,"他说,"在那晚之前,我从没见过他。"

"嗯——那么对不起,是我糊涂了。所以在印度的时候,你们并不认识?"

马丁弟兄坚称他们不认识。他有点激动地说:"他——他没有——他告诉你他认识我吗?"

"不是——正像你说的,我有些误会。"

他们快到医生的家了。马丁弟兄几次试图开口讲话,但每次都停下来,思考一下。最后他终于说:"我知道我是疑犯,但我向你发誓我没有杀害皮耶特弟兄。他——他对我非常友善。我永远不可能杀害任何人……"他的声音越来越小,直到他们来到医生的家门口。

他们被迎进一个有着一个小院子、充满当归甜香气,还有晒干的草药和玉米壳成捆悬挂在门廊周围的屋檐下的房子里。杨医生带着他们从竹子编成的浅盘中间穿过，进到家里的主室。庭院里的竹盘上摊着晾晒的植物种子和根茎。

马丁弟兄无法保持平静，羞怯地询问他可否看一看房间里摊着的植物和混合物。医生点点头，当马丁弟兄查看密封的玻璃坛子时，医生慈祥地看着他。那个坛子里装满了大麦蒸馏后的液体，浸渍的枸杞在坛子底，铺了厚厚一层。

李杜跟着医生在屋子中间凸起的平台的壁炉旁坐下。"今天你要带他去寺庙那儿吗？"李杜问。

医生带着宽容的微笑，剥去他放在火边烘烤的玉米上的穗子。"别光看表面，"医生说，"这个人很聪明。他不知道确切的词，但他知道那些植物。我反正要去寺庙那边——一个和尚要给我一些晒干的苦艾。所以我会带他去看古老的银杏树。"

李杜接过医生递给他的玉米，玉米很烫，李杜拿指尖握着玉米等它凉下来。玉米的外皮被烤黑了，闻起来甜甜的，有烟的味道。李杜满足地吸着香气，几乎不愿意转移话题。但是他来这找医生是有原因的。

"关于大宅里死去的那位修士，我有一个疑问。"

医生立刻收起了他情感丰富的表情，他生硬地、愤愤不平地说："我犯了个错误。那位修士很老了，而且我从来没看过一个死去的外国人。对外国人不可能轻易下结论。他们的皮肤，他们的体温——他们的一切都和我们不一样。"

"但当时你确实相信他是自然死亡。"

"我当然确信。那么是什么害死了他？什么毒药？"

"鱼藤根。他的死是否与中这种毒的症状一致?"

医生咂咂舌,然后防御性地说:"我从来没见过一个死于鱼藤根毒药的人。但那样年纪的一个人,可能会有这些症状。如果鱼藤根毒不被清除,它会使人呼吸停止,很快造成人的死亡,尤其是年纪大的人。"

"有人告诉我在你检查完尸体之后,知府对你说了一些话。根据目击者的说法,那些话似乎给你带来一些忧虑。我可以问问知府对你说了些什么吗?"

杨医生慢慢将水倒进李杜的茶杯里,又倒了一些到自己的茶杯里,医生对倒水表现得过于专心了。马丁弟兄的杯子还是满的,于是医生将水壶挂回悬挂在火堆上的熏黑的钩子上。最后他说:"我不记得了。我们的情绪当时都不高。"

"他没有命令你说是自然死亡,不管你发现了什么?"

杨医生沉默了,他一小撮胡子下的嘴巴抿成了一条直线。

"我不是想给你找麻烦,"李杜说,"但我只有很少时间去发现真相了。即使是很细微的举动对我来说也很重要。知府是否让你说是自然死亡?"

停了一会儿之后,杨医生迅速点了点头,他抬起头看到李杜还拿着变凉的玉米,"吃吧,"他严肃地说,"你看起来太瘦了。"

李杜顺从地咬了一口玉米,很新鲜、很甜的玉米。杨医生赞赏地点了点头:"好的。现在我回答你的问题,因为你已经猜到了。正像你说的那样,知府告诉我那位年老的修士已经死了,这必然会带来一阵恐慌。他说这个人身体已经很虚弱了。他还要我不要对任何人提及非正常死亡的事。"

"那你怎么看？"

"我一辈子都在研究疾病和治疗方法。我告诉知府，修士可能被下了毒。他回答说他会采取他认为必要的措施，他还命令我不要再提这件事情，不管是对他还是对别人。"

李杜点点头。"谢谢你告诉我实情。"他说。

医生再一次示意李杜接着吃玉米，说："我希望这能帮到你。我听说你必须在皇上到来之前查明发生了什么。这是一个很重大的职责。你能做到吗？"

李杜没有直接回答这个问题。相反，他瞥了一眼马丁弟兄。"我还要和这个年轻人谈一谈，"最后李杜说，"你今晚带他回来吗？"

医生吃了一惊。"我认为他知道鱼藤根的功效，但他看起来非常不像一个杀人凶手。"他说。

李杜点点头："我同意。但我们都有秘密，恐怕他也不例外。还有，他和死去的老人是同一座教堂的修士。即使他没参与谋杀，他也可能处在危险之中。"

他们看着马丁弟兄，他还在忙着检查一堆除去外皮的核桃，他的手指被汁液染得漆黑。好像感觉到自己在被人讨论着，马丁弟兄抬起头看着李杜和杨医生，带着紧张的笑容。李杜站起身，谢过医生和他妻子的茶水招待，然后离开了。

对李杜来说，几个小时之后，只有一件事情可以肯定——马丁弟兄的房间空了。[1]自从得知新的调查开始之后,马丁弟兄就没有碰过他曾居住的房间。很有可能马丁弟兄在房间里留下了一些他不想被别人找到的东西。

---

[1] 马丁弟兄被医生带到寺庙里去看银杏树,晚上才回来。

第十三章

霍老板高兴地陪着李杜和哈姆扎经过一个长满竹子的精心打理的花园，来到马丁弟兄的屋门前，当他因为马上要招呼新到的客人而离开时，显得很不情愿。李杜打开雕花大门看到客栈老板匆忙离去，感到如释重负。

李杜第一眼看到马丁弟兄居住房间时的印象是：这像一间被长期弃置的屋子，仿佛已经回归到自然本身的状态。桌子上堆满了飘落的树叶——这些早春绿色的树叶已经卷曲成棕色的硬壳。地板上散落着褐色的树枝、枯萎的花瓣、黄色花粉粉末和被压碎的种子外壳。

过了一会儿，李杜才意识到这是一个井井有条的人所呈现出的凌乱状态。桌边地板上立着三堆着色剂、变脆的纸张。植物被压制成薄片，有些薄片比其他的要厚一些、不规则一些。为了压制这些植物标本,屋子里有重量的东西都被收集来,压在这些薄片上——玉石做成的雕塑、熟铁做成的大蛇、几本书。另外,架在两堆标本之上的,是床上的大理石枕头。

"这个人是魔法师吗?"哈姆扎问。他从椅子上拿起一枝纤细的松枝,仔细检查它,"我没看到神秘符号刻在这儿。"

李杜在检查一个被折叠起来、用线封紧的小块皮子。他打开这块皮子,抽出一捆纸张——是介绍身份的信件和允许通行的文件——都被一丝不苟地翻译过,因此每份文件都有拉丁文和中文两个版本。李杜把这些信件放在桌上,一封接一封地检查着。

他半是对哈姆扎说话,半是自言自语:"这些信件上面全有马丁弟兄的名字。马丁·沃波尔——他的全名。"

"这很正常啊。"

"这封信,"李杜一边说,一边把信举起来以便光线能落在信的笔迹上,"来自另一个耶稣会。这是他们的签名。"他指着围绕在字母"I-H-S"旁边的旭日图案。

"这封信允许持有人为编写世界珍稀植物纲要而收集植物……"李杜浏览了信的其他部分,"这儿是我们大清边界查验机构的印章,证实信件的持有者取得了在云南省旅行和收集标本的许可。"

哈姆扎从李杜的肩膀看过去:"看起来就像其他的信件一样,每个旅行者携带的文件都像这个样子。"

李杜拿起另一页不同的纸,把它放在第一次拿起的文件旁边:"这封信仅仅允许马丁弟兄进入大清的地界。两封信都有相同查验机构的印章，但纸质看起来不同。其中一封信看起来旧些，另一封是新的。"

"你不需要分析纸张，只要看信件上面的日期就可以了。"

"我是这样做的，"李杜说，"这个允许收集植物的信件日期是一个月之前。但这封允许进入大清地界的信件，就是纸张看起来比较旧的那封，上面的日期被弄污了。有人在上面滴了油。你看纸透明成这个样子。"

"嗯，那怎么解释呢？"

李杜想了一会儿。他将信件对着敞开的门，在太阳光下，一张接一张地仔细研究它们。然后，李杜点点头，确信他的分析是正确的："这封新的信件是伪造的。旧的那封信是真实的。"

"你怎么知道的？"

李杜将旧的那封信递给哈姆扎。"看看官方的印章是如何呈现在纸页上的。"他模拟着盖印的动作。然后他又将另一封信递给哈姆扎："这封乍看上去是在相同的地方盖上了相同的印章。但如果你靠近看，你会看到毛笔的笔画。这个印章是画上去的，不是盖上去的。"

李杜再一次看着印章："仿造得不错。熟练的仿造者可以在压皱的纸上模仿印章的样子。在这方面我有些经验。"

"什么经验？"哈姆扎问，他从李杜那里拿过纸页，带着怀疑的表情，从一张纸看到另一张纸。

已被遗忘的记忆重新回到李杜脑海中："在京城，有一次一个人来到藏书室宣称他找到了李白亲手写下的文稿。纸张的年代是正确的,空白处的评注也是相应时期的。但是李白的手书很快,可我能从墨汁的力度看出来,这个仿造者的书写笔画速度很慢,毫无疑问他是在努力仿造李白的手稿。"李杜指着哈姆扎拿着的手稿,总结说:"相较而言,这个仿造只是很业余的水平。"

哈姆扎再次看着手上的纸。"对我来说,它们看起来还是一样,"他说,"但我们不要再在纸张和墨水上花费这么多时间了。这可以解释马丁弟兄隐藏了什么秘密吗?"

"我还无法确定,但我可以告诉你,这封信——这封真实的、允许马丁弟兄进入中国的信,最少也有十年时间了。"

哈姆扎的脸带着恍然大悟的光彩。"啊!"他说,"十年前他不可能是一个耶稣会的旅行者。除非他是个天赋异禀的孩子。"

"我正是这样想的。"

"所以,这封信到底是如何得来的呢?"

"不是他偷了这封信,就是某个人给了他这封信。"李杜若有所思地说,他记起皮耶特对马丁弟兄名字的反应,"他们第一次相互介绍时,皮耶特就注意到马丁·沃波尔的名字有些奇怪。但皮耶特什么也没有说。直到我与皮耶特和他交谈,我同样对这个年轻人有所质疑。"

"皮耶特的沉默是否就是他犯的致命错误?是否因为皮耶特知道伪造的相关事情,所以他在说出一切之前就被杀掉了?"

"我对此持保留态度。"

哈姆扎用手指着沾满花粉粉尘的桌面,说:"除了在茶里下毒或在黑暗中刺杀,还有很多方法可以杀死一个人。你知道吗,在萨马拉沙漠，太阳是那么炽热，你只要用镜子将一束阳光折射到一个人身上，就可以把他烧成灰。"

"我不知道这个，"李杜说，"但有一次我在一本书中读到，一种从牛胃里拿出来的石头可以治愈任何因受伤垂死的人。"

"那是牛黄，"哈姆扎开心地说，"我自己那块治好了一条尾部受伤的美人鱼。为了表示谢意，她给了我一片她身上的鱼鳞作为回报，这片鱼鳞比钻石还要坚硬，比常见的那些白色和黑色的鳞片拥有更多的色彩。作为礼物，我把这片鱼鳞给了撒马尔罕十二位公主中的一位。"

"那你现在还有这块治愈美人鱼的石头吗？"

"哈，没有了。我用它在一个叫沙特兰兹的游戏中做赌注，结果我输了。你见过一个自称狄劳热姆的女人吗？她左手手腕上文着一头大象。千万不要和她打赌。这是个巨大的耻辱——能治愈一切的石头，在这个城市它将会成为一个慰藉物。"

李杜听了这些后点点头："我想我们已经发现了能在这个房间里找到的东西，不要再浪费时间追查马丁弟兄了——我们必须假定医生会像他承诺的那样，今晚把马丁弟兄带回来。我要去春节庆典的表演广场——知府告诉我尼古拉斯·格雷今天会到那儿去。"

哈姆扎用一只手做了一个轻蔑的姿势："我不会和你一起去找他的。大使、贸易、外交——这些词让我感觉我好像陷进了沼泽里，呼吸着淤泥。我要回宅子去，偷听仆人们的谈话。"

他们俩约好晚饭时间再碰面，李杜再一次出发，穿过大研城的街道。当他在街道行走时,他看见好几处贴着春节庆典节目安排的华丽通告。康熙皇帝必然驾临的提醒让李杜稍感畏缩。日期和时辰都在那儿傲慢地展示着,显示调查的最后期限:两天。

城东低矮的墙上,李杜看到新近粉刷的白墙上有灰色的痕迹。他认出这是粘贴纸张后糨糊的印记,于是很好奇这里是张贴过一张反对清政府统治的反动标语,还是一些热心的旅行者偷走了官方的节目单作为纪念品。

接近大研城边缘时,李杜开始听到锤子敲打的回声、滑轮吱吱嘎嘎的响声和卫兵与官员断断续续的吆喝声。在鹅卵石铺成的陡坡顶端,大研城出现一个突兀的隔断,李杜面前的是处在建造最后阶段——一个紧张、忙碌的阶段——的庆典广场。

李杜准备向前走,被两个八旗兵喝住了。这两个八旗兵穿着同样的蓝色袍子,袍子带着被铜纽扣固定在脖子上的高高衣领。他们的帽子是黑色的,帽子上装饰一尾孔雀羽毛,他们的下巴上还系着细丝线绳子。每个八旗兵背后都挂着杂色木头做成的弓和带着黑色与红色羽毛的箭袋。他们纤细的、蓝金色相间的皮带上配着刀,刀在绿色护套里,护套上面还悬挂着蓝色的流苏。他们坚固的黑色靴子在脚趾的地方微微翘起,白色的鞋底沾着从广场上带来的泥。他们站在李杜面前,挡住李杜继续前行的路。

左边的那个八旗兵是个年轻人,长着高高的颧骨和两小撮下垂的胡子——遮住细小、尖锐的下巴,他说:"要一直到庆典的第一天,参观的人才会被允许到这儿来。回城中心去——那儿的市场和茶室够你乐呵了。"他的语调很不耐烦,好像他已经厌倦了一直发出相同的命令。

"我为知府当差。请告诉我哪儿可以找到那位外国使节。"

八旗卫兵怀疑地看着李杜打着补丁的袍子、破旧的鞋子和褪色的衣服："你就是知府委派的那个调查者？"

"正是。"

八旗卫兵迟疑了，但他们的注意力很快被旁边出现的声音转移了。一个建筑工人在指责另一个工人画歪了马赛克瓷砖的线，这会毁了喷泉亭子。另一个工人为自己辩护，他们的争吵眼看就要变成一场打斗。卫兵向着正争吵的两个人走去，挥手让李杜进到广场里更远的地方去。

"走吧，"一个八旗兵在李杜肩膀旁边说，"那个外国人正在皇上召唤日食的高台旁边。注意点脚下——这些乡下人到处乱扔砖块，就好像往田里撒种子似的。昨天我的头差点被砸了。"

李杜抬起手遮住刺眼的阳光，看着广场上离他最远处的建筑。城市边缘向上升起的一段斜坡上，一座三层建筑的轮廓映衬着蓝天，出现在地平线之上。建筑的一半搭着附着梯子和绳子的支架，很多人待在建筑上和建筑周围，远远望去，整个建筑就像聚满麻雀的树。

李杜和高台中间是一条宽阔的深沟，上升的地面和将近完工的台子上绘制着明亮的云朵、龙和鸟。李杜的脚步被一条狭窄的弯曲水道阻隔，它从广场最高处一直流到李杜身边逐渐变窄。水道被装饰了一半，看起来像一条蜿蜒的龙，黄金和铁做成的灯笼挂钩安置在水道的堤岸两边，模仿龙爪。花匠们跪在水道两边，在寒冷的泥土里种植盛开的山茶花，为了装饰地面，同时也勾勒出龙的形状。每隔一段距离，就有一座跨越水道两边、铺着朱红色瓷砖的拱形石桥。

李杜花了十分钟才走到这座雄伟的高台下面，当他到达高台时，空气中浓重的尘土、烟和油漆的味道让他呼吸困难。他缩回伸长的脖子，看着在他面前高耸起来的建筑，这建筑充斥着他的整个视野，比他在城市边缘看到时显得高大了很多。

这个为皇帝建造的高台有三层，带着三个三角形的宽阔屋顶，每层的拐角都显现出彩绘的雕刻，一层叠着一层，好像蘑菇的菌褶一样。每个拐角的屋脊上都排列着泥塑的守卫神兽：龙、猫、狗、狮子和凤凰，每个神兽在颜色和姿态上都是独一无二的。李杜站在建筑的底座上，离得如此之近，可以看到建筑的顶端，那里是皇帝将要站立的地方。他看到通向最高层的台阶被非常精妙地修建在了建筑的背后，这样，广场上的观众就不会看到皇帝是爬阶梯而登上顶层的了。

尼古拉斯·格雷和一个官员一起站在一堆装饰用的木头横梁旁边。这些木材有着不同寻常的色调、纹理、螺纹与抛光。木头堆旁边是布满灰尘、被废弃的布——它们曾被用来保护从加尔各答长途运送而来的木料不受损害。

格雷换掉了他奢侈的外交官长袍，穿上简单的衣服和旧靴子。他晒黑的前额上满是皱纹，不断来回盯着他身边的木质横梁和高台顶层。他生硬地说着中文，身边的官员奉承地点头回应他的话。

李杜开口讲话时，格雷的表情刚开始有些木然，随后他认出了李杜。"啊，"他说，"知府大人的表弟。你会说拉丁文。这下轻松了。我整个早上都在努力说中文，已经耗尽我的所能，快没法清晰地想事情了。你可以帮我向这个人解释一下吗？这些木质横梁要放到高台最顶端我指定的位置，我想让皇上能够看见它们——这些横梁是为了皇上才运来的，不是为了那些老百姓。他们把这些梁木运到上面后，我会演示给他看如何将它们拼合在一起。"格雷说话很大声，好像这样可以让他的话更容易被别人理解一样。他做着一系列夸张的动作——模仿木头被固定在绳子底端和用滑轮将木梁吊起的过程。

李杜将格雷的话翻译给那个官员听，官员肯定说自己理解格雷的意思，并开始按照格雷的指点分配任务——木梁要被捆起来通过滑轮送到高台的顶部平台上。格雷准备帮忙抬起木头，于是他将衣服袖子一直挽到前臂，还跪下去抬起一根横梁的一端。但那个官员挥手请他离开。官员说，这些木头很轻，他们不需要任何帮助就能把它们抬起来。

在明亮而寒冷的日光中，李杜第一次注意到格雷的一只手臂没有毛发，还带着一条烧伤的疤痕。伤口看起来早已痊愈了，但受伤时情况一定非常严重。被毁坏的皮肤拉扯着，现在看起来都让人觉得痛，李杜把视线移开了。

格雷确定那些木梁将会被运到高台的顶部后，拂去手上的灰尘，转向李杜："这批木材非常稀有——我们英国的榆木和你们著名的梨木一样好。那个是黄檀木，还有那个是红木。这儿这个是最好的木头——沼泽中的橡树制成的。你看到它螺纹深处的紫色光晕了吗？这种颜色在整个自然界都找不到相类似的。"

"它的外形很奇怪。"李杜说，并详细查看了这块木料。它是一个圆形柱体，在外国建筑中这种圆形柱子通常由大理石做成。木梁扁平的一头印着大写字母，字母周围有一个大大的凹陷的圆形，圆圈里面衬着天鹅绒。

"哈，"格雷骄傲地说，"那是为了展示贡品而专门设计的。看，它的基座多么适合那儿！"格雷指着圆形的凹陷处，继续说："它确保贡品处在一个适当的高度，以便被人瞻仰。我们想让皇上最大程度享用所有珍宝。我很感激你现在做我的翻译。我希望，在我离开你们国家之前，不仅能掌握你们的语言，还能了解你们神奇的游戏——围棋。也许你可以在这两方面都给我指导。"

"你想学习围棋的规则？"

格雷微笑着说："我始终相信，在我和帝国做生意时，围棋可以帮助我了解那些下棋人的心理。在我的国家，棋盘上的游戏完全是另一套规则，和你们的完全不同。这两种游戏需要不同的能力，它们也都存在不同的局限。你玩围棋吗？"

"当然。"李杜隐藏起他的惊讶。这是一个完全不同的格雷，和谋杀发生当晚他在宅子里与之谈话的格雷完全不同。在那儿，他是一个无情、残忍、只关心公司利益的人，而现在这个人——晒得黝黑、精力充沛——给人高效与热情的印象。李杜不知道是什么让他振奋，但这个改变消除了李杜对他的敌意。李杜更理解为什么格雷被选来做中国的大使了。

"也许，"格雷说，"你能赏脸在我离开大研之前给我上堂围棋课。"

李杜微微点点头:"也许可以。知府告诉过你我在调查皮耶特弟兄的死吗?"

格雷点点头:"当然,我希望你尽快发现那个犯人。我已经确信皇上的行程不会因为你的调查而改变。相信这仍是真的吧?"

"春节庆典计划没变,"李杜看着广场说,"但这个地方能按时完工吗?"

格雷跟随着李杜的目光看过去,笑了:"你们的农民是杰出的劳动者。他们的耐力惊人。是的——这里会完工。建筑师们已经安排好了时间,以便所有的东西都是全新和整洁的——没有东西会被泥巴或踩踏弄脏。今天鲜花会从温室中运来——花匠们不会太早种花,以避免早春的霜冻。"格雷的笑容舒展开,半是对李杜,半是自言自语地补充道:"如果不是在这里亲眼看到这些,我会认为这个帝国的创造只是想象而已。"

不确定该如何回应格雷的话,李杜只好接着注视广场上的景象。对他来说,这个看起来发出叮叮当当、吱吱嘎嘎声音的工地上,毁坏与创造共存。人和马都以最大的强度工作,空气中充满干燥的灰尘。午饭时间,营地锅里的小米粥冒着气泡。在广场的一边,有块扩充的空地,预备用来容纳届时赶来的大批观众。李杜能看到数以百计被砍倒的树只剩下树桩。

格雷转向李杜:"你到这来是问我有关那个死去修士的事吗?我恐怕没有什么可以告诉你。我完全不知道谁会杀他。我只希望没有其他人再处于危险中了。"

记起图利申下达的不许冒犯格雷的命令,李杜小心翼翼地说:"我不想让你中断工作,但我确实有问题要问你。"

格雷的表情没有变化,他耸耸肩,表示同意:"我当然想让这件事能尽快解决。如果我能提供任何帮助……"

"你和皮耶特弟兄在藏书室里争吵些什么呢?"

格雷皱着眉:"我们没有争吵。"

"有人听到那么争吵。"

"啊,"格雷表情坦荡地说,"但那根本就不是争吵。虽然表面看起来像是争吵,但在我们的文化里,人可以激烈地表达自己的意见而不会被认为丢脸,不像在你们国家那么严重。"

"那么这场争论的主题是什么?"

格雷把目光投向上方回忆着:"在皮耶特冒失地查看了公司贡品之后,我走近他。你可以想象我的不安。他对我来说是一个陌生人,而我负责那些货物的安全。他一直向我保证他只对其中的一件贡品感兴趣——就是那个地球仪。你知道他是一个天文学家。"

"是的,我知道。"

"他无意中听到运货清单里有关地球仪的描述,他说,他不能抗拒对它的好奇。我意识到这个老人不会造成危害,我对他很有耐心。"

"你们的谈话就是这些?"

格雷将他的重心从一只脚转移到另一只脚上,看着建筑修建的进展,他似乎对此很满意。"你是什么意思呢,仅仅这些?谁告诉你的，还应该有什么？"

"请你原谅，是我在问你。"

格雷仔细打量着李杜，努力推断他已经知道了什么。"好吧，"格雷最后说，"他说了一些冒犯的话让我感到不快。我很信赖他，作为一个欧洲人，你知道的，我认为他会支持我带着我的使命面见皇帝。但是他对我的雇主显示出一种粗野的误解，这说明我不能像我原先想的那样去信赖他。"

"他感觉东印度公司是危险的。"

"正像我说的那样，他是错误的。但他是一个年老的耶稣会信徒，而我是位绅士。他没有能力去破坏我的任务，所以我尽我所能地耐心对待他。这就是所有发生的事情，我向你保证。你满意了吗？"

"在这方面，是的，现在没什么问题了。但你可以告诉我修士死的那晚你做了什么吗？"

当格雷思索答案时，他的小眼睛似乎在逃避着什么，这是李杜的想象吗？格雷开始说话时，他的语气和往常一样，几乎是漠然的："你的意思不会是说我是嫌犯吧？"

"坦白说——在皮耶特弟兄离开之后，你马上也离开了表演的庭院。"

"是的，但我想关于这件事你已经问过我了。我和一位妓女有约。我们约好在花园的喷泉边见面——就在大门的旁边。我根本不在客房附近。"

"这只是你的说法。"李杜做了一个表示歉意的手势，他的肩膀顺势转向了旁边的另一个人,但是他的话依然清楚和自信:"请你原谅,我知道你说的不是事实。"

格雷红润的脸庞有些激动,涨红的前额和鼻子上凸显出剥落的鳞片一样白色的皮肤。他说:"我一直努力对你保持耐心。但请记得我是一位大使,我所拥有的豁免权必须被尊重。"

"我理解,而且知府特别希望不会给你带来麻烦。但是我要向你指出,如果你真是无辜的,那么为你自己着想也要加快调查速度。你也不希望因为顾虑没解决的罪行,影响到皇上对你的接见吧?"

格雷考虑了一下李杜的话,但没有立刻回答。李杜快速权衡了一下他的几个选择,决定继续用直接的方式询问。那个地球仪还在他的脑海中,还有那个彩色的节目单。当他们交谈时,为皇帝建造的高台的阴影投射到李杜和格雷的身上。李杜不得不冒险更进一步了。

"你的手被割伤了,"李杜说,"现在伤口几乎愈合了,但在谋杀发生的那晚,这个伤口是新的。它是不是一个打碎了的茶杯的锋利碎片造成的?"

"我没有打碎我的茶杯。"

李杜与格雷的视线相遇。"不,"李杜说,"打碎的是皮耶特弟兄的茶杯。那个你藏在石头花园里的茶杯。"

"你怎么敢——"

李杜迅速打断他,说道:"我不是说你是凶手。但我相信当皮耶特弟兄死时,你在他的房间里,而且正是你,拿走了他房间里的茶杯。"

"我根本不知道你在说些什么。我是和一个女人在一起，离开她之后，我就回到演出庭院了。我和你在同一时间得知皮耶特弟兄的死讯。"

李杜摇摇头："我注意到你有把玩银币的习惯，在整个演出过程中，你一直在摆弄银币。"

格雷嘲笑说："这个和皮耶特弟兄的死有什么关系？"

"当你从黑暗的花园回来，你就再也没从口袋掏出过银币。相反，你一直藏着自己的手不让人看见。我想你这样做是因为，那个时候，你刚刚被割到的伤口一直在流血。"

格雷没有马上回答李杜的话。他从口袋掏出一支木质烟斗，专心致志地装满并点燃它。看起来这个习惯能让格雷冷静下来，最后他用平稳的语气说："我没有杀他。"

"那么你承认你从皮耶特弟兄的房间拿走了茶杯？"

格雷从烟斗里深深吸了一口，然后缓缓将烟吐到空气中。他专注地看着李杜。"我没有承认任何事情，"他说，"我怎么知道你不是在努力设置圈套，让我承认我根本就没有犯过的罪行。"

"那不是我的目的。"

格雷举起烟斗做了一个不耐烦的动作："我是这世界上最有权势的公司的一位代表。我一个人待在中国工作，这里的一切我都不是很熟悉。如果我期待这里的每个人都真诚，那我实在是太幼稚了。在那些政治游戏中，谎言也是政治语言的一部分。诚实的人被聪明的人伤害。不要要求我相信你，不要指望我会将自己置于不必要的危险境地。"

李杜考虑了一下格雷所说的话，然后他抬起头，淡淡地说："这只是我的建议——我会告诉你我认为发生了什么，如果我的结论让你相信我不是在试图让你承担你不应承担的罪责，那么，我请你帮助我，告诉我你所知道的事情。"

格雷带着一种老谋深算的表情看着李杜，然后微微点头。"这很公平，"他说，"但我们可以边走边说吗？这里山顶吹来的风很冷，那边有条舒服点的小路，能远离这些噪音和灰尘。"格雷指着专为皇帝营造的高台后面一个向下的宽阔斜坡。

李杜拉平肩膀处的衣服，整理好他的帽子。他们开始步行，李杜深深呼了一口气，开始说："我知道那天晚上在宅子里你没有去见妓女。"

"你怎么知道的？"

"这不重要。可一旦我得知你对你在哪里一事撒谎，我就假定你当时一定在谋杀发生地的附近。你被人看到与皮耶特弟兄争吵。不管他说了什么，他的话让你在那晚尾随他。可能你只是想要和他说话，可能你想要威胁他。总之实际情况是，当他离开表演庭院时，你也跟着他离开了。"

格雷还是继续抽着他的烟斗。李杜接着讲：

"你在皮耶特走后就马上离开了，所以我怀疑在你到他房间时，他还没死。我怀疑当他喝茶时，你已在他身边。而在你反应过来发生了什么事之前，你发现自己面前的已经是一具尸体了。你变得惊慌失措。很明显那杯茶被下了毒。你意识到任何来到犯罪现场的人都会怀疑你有罪。那个时刻你害怕被发现，你意识到没了那个被下毒的杯子，皮耶特的死看起来就不像谋杀了。你想如果你把杯子拿走，也许很侥幸地，事情会被认为是一个不幸——但又不可避免的悲剧。在那个时刻，你根本不关心皮耶特为什么会死，也不关心谁杀死了他。出于自己的利益考虑，你果断地行动了。"

李杜看不出格雷的表情。现在建筑物被抛在他们身后，小路已经变得枝蔓丛生、青苔覆盖。在近旁的树上，乌鸦发出响亮而刺耳的声音，一只挥动着翅膀的松鸡从荆棘中飞出来。

"也许，"李杜说，"你打算将茶杯中的毒药洗掉，然后将它还回皮耶特的房间，但是已经太迟了。当你走出客房时，你看到陈氏正走过来。她已经听到了一些声响，过来看看发生了什么。你慌忙从柳树下面的漆黑小路离开，千方百计想找一个地方把茶杯藏起来。池塘结冰了，你又不想让任何人看到你或听到你的响动。这个时候你来到石头花园。你抬起其中一块石头，把茶杯放到下面。我猜测，当你把石头放回原地时，茶杯的一块碎片仍然清晰可见。你努力想把这块碎片藏好，于是一处锋利的边缘割伤了你的手。"

李杜停下来，将脸转向格雷："是这样的吗？"

格雷给了李杜一个长时间思考的表情。然后，他放弃了争辩，看起来如释重负。格雷将烟斗换到左手，抬起右手看着自己被割伤的伤口，现在它是一条细小、粉色的直线。然后他从口袋里拿出银币，一边说话，一边将银币在指关节间来回穿绕。"这是一枚幸运银币，"他说，"事情确实像你说的那样。你能理解为什么我不承认这些事情。我可能会被不顾礼节地审判和定刑。就像我之前说过的那样，我们这些外国人对你们帝国的办事方式所知甚少。"

格雷用靴子的尖端戳着路上的鹅卵石："我不会威胁一个耶稣会信徒。我仅仅想说服皮耶特弟兄帮助我的事业。我想让他利用他的影响力去支持东印度公司。耶稣会信徒可能不像以前那样拥有那么多的权力，但我需要有个修士站在我这一边，那多少会有帮助。至少我想请他不要在皇帝面前诋毁我们。"

"他曾和我讲过东印度公司，他还是固执地不喜欢它。"

格雷耸耸肩膀。"我还是没什么说服力。"他说，然后很快又加上一句，"但我认为皮耶特是无害的。我不会仅仅因为一个人对做生意没有热情就杀掉他。"

格雷接着说："而且一个圣洁的修士怎么会对这个操纵权势的世界有所了解呢？——耶稣会信徒只对他们的语言、他们的天体观测仪和他们的宗教信仰感兴趣。让一个对当前大势不理解的人评判我的工作，是不公平的。"

"那么当你到了皮耶特的房间，发生了什么？"

格雷微微抬起头来，看着光秃秃的树枝，他呼出的白色冷气和从烟斗里冒出的烟一模一样，难以区分。"我在他刚打算进门的时候追上了他。"他说。

"你有没有注意他的门是否是锁上的？"

"门没有锁，但他看起来对此并不感到奇怪。他很诚恳地欢迎我，我们俩一起走进他的房间。他点亮蜡烛，正在这时他看到了那杯茶。那个杯子被拿出来放在桌上，干燥的茶叶已经放在杯子里，冒着热气的水罐放在杯子旁边。"

"看到杯子时，皮耶特说了什么？"

"他很开心。我记得不确切。大概是'多么体贴……侍女在我之前来到这儿，准备了茶水……太好客了'——感慨当时的情形。不管是谁放的茶水，那个人一定在我们到房间之前就离开了。"

李杜想起自己过了好长时间之后去摸煮水的罐子，还非常温暖。格雷接着说："他将水倒进杯子，然后问我为什么来。"

"那个时候，皮耶特神情如何？"

"他有点心不在焉，我开始说话，但能看出来他在出神，根本没听我说话。我刚开始想，来这里和他说话是浪费我的时间，可怕的事就发生了。他喘息着倒在地板上。一切发生得非常快，在我能做任何事之前，他已经死了。"

"但你没有试图喊人帮忙？"

"根本没有时间！我告诉你他停止了呼吸，然后就死掉了。如果我能做什么帮到他，我会做的。但是根本没法帮他。还有，我被吓到了——我没有能力做任何事了。"

"那么之后你做了什么？"

格雷深吸一口烟斗，看着烟在他面前的空气中盘旋："正像你说的那样，我惊慌失措。之前我从没见过人死去，但这次却是……"他的前额皱起来，说，"这很难解释。当这样的事发生时——噩梦似的时刻——你会寻找相似的经验。但当它发生在一个陌生的国家时,你完全丧失了所有的判断力。你想要大声呼喊,但你不知道在你脑海里的是什么语言。物品、空气都像在梦中一样,呈现出反常的比例。我告诉你——我几乎认为那场谈话就是一个诅咒。在那一刻,我所想到的只有我来大清国的使命。我知道我有责任保护自己。"

"皮耶特是一个老人,你想着,如果没有人想到下毒,就不会有人追查。"

格雷毫不畏惧:"我知道这不是一个聪明的办法,我没有想到其中的危险。我没想到可能凶手当时正看着我。我所能想到的就是,在那个时候,有人可能会走进来,然后发现我站在那儿。所以我把皮耶特放在桌上的茶杯拿走,我跑出了客房。我刚走到墙角,就看见陈氏向这边走来。我站在那儿,手里拿着那个该死的茶杯,我的血直往耳朵上涌。"

"为什么康巴人被诬陷时你没有主动承认这些呢?"

"要是你,你会承认吗?我没有任何信息可以有助于找到真正的凶手。我说服自己相信是某个好心的侍女从那个你在房间里发现的手袋中拿出茶叶、放进茶杯,那么这些康巴强盗就要为此负责。接着你带着疑问回到宅子。我这么晚才说出来,会给人什么感觉?而且这样的举动会给皇上留下什么样的印象?"

"你不知道康巴的手袋是凶手故意放在房间里的,为的是把他们卷入到事件中来。所以你也不知道拿走茶杯会影响凶手的计划,这使得注意力从凶手设计好的替罪羊身上转移开去,嫌疑的范围重新回到了宅子里。"

"这个狗屎运,"格雷冲动地说,"但是你看,我是不是没有一点违法的举动?我的反应确实愚蠢,但在那个时刻这是我能想到的所有能做的。"

"皮耶特死前有没有说什么或者做什么手势?"

格雷立刻摇头说:"没有那个时间。"

"你从皮耶特房间出来走到花园的路上,没有看到任何人吗?"

"哦——确切地说,只有模糊的影子。树荫下有几个人,八旗兵和巡逻的士兵。没有一个人是我认识的,除了陈氏。现在我帮了你——你知道凶手在皮耶特和我来到客房之前就准备了茶水。话说回来——你能保守秘密,不告诉其他人吗?"

"格雷先生,我没有投资你们公司和大清之间的贸易。我自己也不想卷入你们的生意。除非我的调查必须如此,我是不会对任何人谈及这些事情的。"

格雷看起来还想再说些什么,但李杜脸上的表情阻止了他:"那么我们不要争了。只要我被允许按照原定的时间和礼节呈献公司的礼物,我就满足了。现在,如果你还要问我更多的问题,我想还是回到高台那里去——木匠们不知道怎么才能将那些横梁组装在一起。"

李杜同意了这个建议,他们在令人心神不定的沉默中折回高台。格雷证实了李杜的猜测,令李杜满意,但这还不够。在他们的交谈中,格雷完全将自己无罪开释了,但是,某种程度上,李杜并不认为尼古拉斯·格雷是无辜的。

第十四章

衙门的档案馆内像蜂巢里一样忙碌。和大研其他的政府衙门一样,档案馆也因为准备春节庆典而被征用了。匆忙的官员们戴着黑帽,身着红袍,在敞开的门里冲进冲出,他们拿着、安排着、阅读着文档,偶尔也会掉了账簿。当他们坐下时,天鹅绒袋子里的印章发出叮叮当当的响声。

李杜终于成功挤进门时,他认出正从衙门里出来的木高。这个老人没有看到挤在人群中的李杜。木高胳膊下夹着一捆纸张,注意力放在保持自己的平衡上。他一瘸一拐地走下大街,向着大宅走去,全身的重量都斜倚在他的手杖上。

李杜试着找其中一个官员帮忙,但这个年轻的官员带着惊慌的表情摇摇头,开始结结巴巴地说一个含混不清的理由,直到被一个胖商人打断了话头。这个穿着紫色丝绸衣服的商人大叫着说,他还在等着银子的收据。

"我只在第四层看台得到了四个位置,"他喊道,"我给了你这么多银子,你该给我十个位子!起码六个!我要手写的保证!"

那位倦怠的官员刚拿出一张纸开始在上面写东西,一小队商人突然闯了进来。商队中的一个人查阅着羊皮纸,然后对房间里的人宣称:"给河上的花灯运送了一万根蜡烛,哪里能拿到报酬?"没有人回答他。他又说了一遍,这时,一个穿着黄色袍子的有胡子的男人从另一个房间走出来,咆哮着:"至少有四盏灯的水晶碎了!它们必须都被换掉!"

李杜被推挤着,直到他自己也感觉到闷热和恐慌。他开始认为自己这是在浪费时间,突然他感到某个人紧紧抓住了他的手肘。他低头一看,看到一个老人,用墨迹斑斑、充满皱纹、像羊皮纸手稿上的灰尘一样灰白的手,扯住了他的衣袖。这个老人用手势示意,在这么喧闹的地方他们无法交谈,于是他领着李杜穿过人群,经过一扇小门,到了衙门的内室。

每经过一扇门,就变得安静一些,直到最后他们俩来到一个昏暗、静谧的房间。房间的窗户被褪色的丝绸屏风遮掩,琥珀色和米黄色的长方形灯笼被流动的灰尘粉粒包围着。墙边一字摆放着油漆的木质柜子,柜子上的每个抽屉都贴着黑色或红色写着日期的标签。有些日期已经被划去,写上新的日期。另一些在原来的日期上贴着纸条,在上面写着类似下面的标注:第四次寺庙登记、康熙五年以来第九次收到茶饼记录、康熙十年瓷器运送。

尽管这个房间显得混乱,还有轻微的霉味,但它却有藏书室的神圣感。相较图利申的藏书室,这个房间里的纸张颜色的深浅和书脊多不匹配。柜子的油漆有刮痕,打开的抽屉里还隐约能看到纸张的边角。这些纸张存放不当,好在使用者珍惜爱护。抽屉看起来被翻找、熟记并精心安排过。桌子因为茶渍弄脏了木头而有一点点污损,干净的纸张按颜色成堆摆放,挂在笔架上的毛笔还是潮湿的。

"如果你来档案馆真是为了查找文件,"那位老人说,"我是唯一可以帮助你的人。我太老了,已经不能再东奔西跑地计算钱,也无法在能坐得离皇上多近这方面与那些达官贵人讨价还价了。"他做了一个表示轻蔑的手势,然后又挥手表示欢迎,请李杜坐在矮椅子上。

"好了,你坐在那儿,我坐在这儿,让我给你倒点茶。"他说。在他准备茶水的时候,李杜看着他,注意到他尽管年纪大,手却一点儿不抖。老人拎起盛满水的沉重水壶,将它拿出去放到院子的火堆上,回来时说:"水已经温了。但还要再煮一会儿,温度才最合适。我说到哪儿了?哈,是的——我太老了,对那些事已经不在意了。那些年轻的书吏都害怕他们会因为弄脏了痰盂而受到指责。所有的丝绸和罗纱每天被运到这儿来——如果你把它们缝在一起,可以覆盖住整个山头了。但在春节庆典之后,它们就会像垃圾一样被撕碎、践踏,所有这一切都会。依我说,这是令人痛心的浪费。没有人喜欢浪费。我叫老木,顺便说一下,我是大研城的文书。"

"我想我遇到过你的一个亲戚。你一定认识木高,藏书室的管理员。"

老木向着水壶的方向歪着头，好像他能听见壶里的水正达到它最合适的温度。他走出去，拿着水壶返回，他的袖子放下来，保护手不被滚烫的壶把烫到。老人在准备茶水时对李杜说："木高是我最好的朋友，也是我的表弟。以前我们经常一起在我妻子的花园中散步——闲步玉竹间——现在我们都老得驼了背，散步也成了难事。我们就坐着谈话，当星落之际……"老人给李杜斟了一杯茶，并用双手将茶捧给李杜，他躬下身，好像在完成一种礼节。

这是普洱茶，老木把它漂洗和浸泡得恰到好处。李杜呼吸着这黑色液体蒸腾出的香雾，发酵的气味并不十分和谐，浓郁的茶香从展开的叶片里散发出来。李杜轻轻抿了一口，感觉他的双目清明了，他的胸口温暖了，他的心脏兴奋地跳动着。老木把自己的杯子放在桌上，坐了下来。

"木高看起来在知府藏书室工作得不怎么愉快？"李杜说。

老木的表情变得很难过。"是的，"他说，"你不能怪他。我很幸运——我的妻子还活着，是一个爱吵架又很聪明的好女人，像很多上了年纪的女人一样。我们的孩子们都是快乐、健壮的农民，他们也有孩子，在大研城外过得很好，那里的生活不像以前那样难过了。但木高孤身一人，头脑也不总是很清楚。他知道他的位置在知府大宅——但他不想在那儿做个仆人。我们都老了，满身病痛，在一起喝酒，回忆我们家族还鼎盛时的日子。我们生在云南省最有权势的家族，你是知道的。"

老木撑起身体，重新在小杯子里加满水。然后他缓慢走回他的椅子，坐下来，接着说："但即使在我们最鼎盛的日子，也从没有过像这样的庆典。大清国南方的每一个工匠都为春节庆典的装饰忙了好几个月。"他举起手，做着手势，好像他看到了自己列举的这些东西似的，"绘画、绣着龙的屏风、香料、香炉、灯、钟、鼓、旗、丝绸上的诗句、盆景、梨木椅子，甚至是水道里的小型游船……这将是一个盛况。我和其他人一样，渴望看到我们伟大的皇上。只是拥挤的人群和浪费现象是我不喜欢的。"

李杜点头表示同意。

"但是，"老木接着说，"我还没问你为什么到这儿来。我想我知道你是谁——你是知府大人的表弟吗？"

"是的，我是。我来这儿想问问是否有外国访客来过大研的记录。我对三十年前大清的知府还没有到大研来之前的事情感兴趣。"

老木压低了声音。"好的，"他说，"说起那时，可以喝好多杯茶了。"他从桌子的抽屉里拿出一把钥匙，走到房间一个角落里的一只小柜子前。他打开柜子，翻找里面的东西，然后拿出一个分类录簿，簿子的纸张已经变脆，但是没有破损，上面的墨水记录依然很清楚。"就是这个，"他说，"这是什么呢？当年是我们伟大皇帝统治的第九个年头。那个时候，这地方还没有那么多汉人。我看到一些商队的怪人，当然，还有那个外国修士，你感兴趣的那个死去的修士，他和许多来这儿的人不太一样。他苍白色的头发就像泥里的莲藕一样。"

"你记得他?"

老木点点头。"我记得。我还想再次见到他……"老木没有把话说完。

"他在大研城待了几个月吗?"

"几乎整整一年,但不在大研。我们和康巴人产生了争端,所以他待在一个比较安全的地方。是的,在这儿,他写下了他的名字——据我所知,这还不是他的亲笔签名。"李杜顺着老木指的地方看下去。他看到用毛笔写着:

皮耶特·范·达伦

名字的旁边用中文写着简单的介绍:

陌生大陆之神父,与佛教朝圣者玄杖、仆人冯(见下文)同行。呈献木增礼物,并被感激接受。计可报时中亚风格小钟一只,外国皮制装订、附彩绘图书一册,银子五十两。第一封引荐书信系有紫禁城礼部贾政印章;第二封引荐书信系有普洱县陶知府印章;第三封引荐书信出自木综——木增表弟之子,现在北京系受人尊崇之监生;第四封引荐信系有维尔比斯特神父印章,允许其学生赴伟大帝国统治地区学习。其接受雪村赵氏家族之友好邀请,并于九年七月,携带礼物,安然离开中国。

"是你写了这个条目吗?"李杜问。

"不是——条目写在我成为档案管理员之前。那时我还只是个记录员——一个小无赖。当时那个管理员——洛——几年前去世了。他写得一手好字，善用墨。"

"那个村子——是否就是山脚下的那个雪村？"

"是的，就是那个。穿过山脊，在河的另一边。从大研要走一天的路。那是一个简陋的地方，只有酒还不错。"

"还有，赵氏家族，你知道他们吗？"

"知道——他们是一个大家族。"

"那你知不知道那个时候是否有谁想害死皮耶特弟兄？某个人可能在那些年就怀下了仇恨。"

"不知道——我想不起任何人。"

"那是一个忠诚被分裂的年代，"李杜说，"明朝已经被打败了，但他们还拥有众多拥护者，特别是在这个地区。皮耶特弟兄是否卷进了某些阴谋？有些耶稣教信徒，他们希望大明朝重新回来。"

老木无能为力地举起手。"我确实记不起那些事了，"他说，"我们害怕那些突然想杀掉我们，或者想从我们这儿偷走东西的人，那个外国人不属于这部分人。我记得，他是一个绅士，一个漂亮的、举止得体的年轻人，喜欢书籍和诗歌。他不想成为任何人的负担，他是一个好人。"

李杜站起来，谢过老木。当李杜离开时，他转过身，问老木："木高是不是在谋杀发生的那晚和你一起喝酒？"

老木只考虑了一下，就确定地点头："是的——宴会的晚上。他没有去知府大人的宴会。我们分享了一瓶浓烈的好酒，我们对月举杯、与先人同饮。"

李杜再次感谢老木,离开了档案馆。他在小店吃了一碗面条,吃完面,他觉得好多了。四川花椒在他舌头上尖锐地舞动,浓郁的咸肉汤使他恢复过来。李杜明白,为了下一个任务,他需要能量——现在,他得去大宅向他的表兄报告调查情况。

图利申无意间在这晚同一时间安排了两个会面。李杜发现他正在书房踱步,书房的墙上挂着康熙皇帝的肖像。图利申半是自言自语,半是对着耐心地站在那里的贾环说话。贾环的天鹅绒帽子非常洁净,可能是新换的一顶,他的表情专注而充满同情。像往常一样,贾环的胳膊下夹着一束不同形状、不同颜色的纸卷。

"一定是程大人。"图利申说。当李杜走进房间时,他挑起眉毛抬眼看了一下李杜,又将他忽略了。图利申语气肯定地重复着:"一定是程大人。他是户部尚书。句海只是——你说他是什么?"

"刑部的副秘书。"贾环说。

图利申咕哝着。"是的,"他满意地说,"那他没什么声望。我会晚些再和他会面,按原定时间会见程大人。"

"如果可以的话,我说说我的意见,知府大人,"贾环说,"程大人的品阶确实要高一点。但是句海大人和冯氏家族有旧交——他们还有着很亲密的关系。冯家大公子已经被钦点为国子监祭酒。"

图利申沉默了一会儿。他用手擦擦脸，用手指按了几下眼睛，然后眨了几次眼，以便让视线更清楚一些。"如果我脑子里没这么多事我就会记得了，"他转向李杜，"你看应付这些关系网多么重要。"他又将注意力转向了贾环："我不想冷落我儿子学府中祭酒大人的朋友。那里已经是僧多粥少。显然句海大人一定不能冒犯。我会在原定时间与他会面，推迟与程大人的会面。你好好安排。"

"我会将您诚挚的歉意转告给程大人的。也许我们可以在您的观礼台上为程大人另外增添一个座位？"

图利申眉毛间深深的皱纹舒展开一点。"是的，"他说，"是的，那会让程大人很开心的。毕竟——程大人也是一个重要的同僚。"

贾环整理了一下他胳膊下夹着的纸卷。"那我就去办了。"他说。

贾环等候让他退下的命令，但图利申又看了一眼李杜，说："你留下来直到听完我表弟的报告。你可能还有一些任务，这些任务是李杜不能胜任的。"

图利申和贾环都期待地看着李杜，因为他看起来要说些什么。但图利申在李杜开始讲话之前打断他："我能看出来你还没有得到我要的答案。我不认为你可以给我答案。我从一开始就告诉你，你是在顽固地缘木求鱼——决心找到那个我确定根本不会被找到的凶手。你现在想放弃了，是不是。"

"不是。我——"

"现在已经太迟了。你打破了所有的平衡，你已经引起了皇上的注意。贾环——给他看看。"

贾环看向李杜,眼睛里闪过一丝歉意,这种歉意如此细微以至于图利申都没有察觉。他拿出一个卷轴,把它递给图利申,图利申打开卷轴,李杜凑过去看。即使在多年以后,李杜还是认出了卷轴的大小——一尺高二尺宽。这是专门与皇上通信的信笺。卷轴上用整洁的黑色墨水写着文字,文字旁空白的地方用红笔写满了御批,像是在纸页上爆出的火花。李杜默默地浏览着这封信以及空白处的批示。

"这是皇上的亲笔,"图利申不快地说,"这封信是我们写的,"——他对贾环做了个手势——"又带着皇上的批示返还给了我们。"图利申浏览红色御笔,指给李杜看。

"皇上对这件事很关心……很想知道它的结果……他希望把注意力转到解决事件上来……他建议另一个外国人对此事件负责……外国人经常内部之间相互竞争与争吵……但是这儿——看这儿。"当图利申指着信件最后批示部分的深红色的象征着权威的文字时,他的手指微微抖动。

"总之,"上面说,"一定不能再有更多意外事件了。边境省份过多的意外事件给整个国家带来了巨大的焦虑。"

图利申以谴责的态度看着李杜。"正像你看到的,"他说,"我给皇上写信说你的调查进行得很顺利。所以告诉我——从询问中你知道了什么?你去了那个死去修士的墓地吗?去了书房?"

"没有。"

图利申停住踱步。他透过狭窄、浮肿的眼皮费力地看着李杜。

"没有？"他表示怀疑，"这就是我期待的对所有问题的回答？只是——没有？"

李杜表现得很恭顺，但他的声音却没有动摇："你委任我这个任务是因为你自己不能处理这件事。你告诉我，你不可能在这件事情上消耗精力。所以现在只有混乱的线索和不成形的片段在我脑海里，我是不会拿这些增加你的负担。我听到了很多事情，但我还没有把它们都拼凑到恰当的位置。我不知道哪些是相关的，哪些不是。你一定也不想我把这些都给你罗列出来，浪费你的时间吧？"

"这，这太放肆，"图利申说，"尤其是从你口中说出。"

李杜什么也没说。

"所以，"图利申接着说，"你得到了一些信息，但你拒绝与我分享。某种程度上，你是不是没有意识到情况的严重性。"

"我意识到了，表兄。而且我还有一个问题想要问你。"

"什么问题？"

"你是不是想要填补最近北京刘知府空出来的职位？"

图利申气急败坏地说："这是我的事。在这会儿讨论这个事情是不吉利的，而且这也与你无关。"

李杜沉思着，图利申发怒了。他的皮肤呈现出灰黄色，手指在长长衣袖的袖口中不停地动来动去。李杜同情地想，他看起来非常疲惫，而且真的不知所措。"我这么问是有原因的，"李杜说，"你在这儿有敌人吗？"

"敌人？"图利申大吃一惊。"没——没有，"他结结巴巴地说，

"但是——但是自然，对于我所处的高位，是有竞争者的。我有对手。每个人都有他们的野心。你在暗示什么？"他凝视着李杜，带着疑惑和不确定。

李杜表现出一种谦逊的关切，说："你有没有想过，凶手可能想通过破坏春节庆典来妨碍你得到升迁？"

图利申张大眼睛，然后意识到什么："我从来没想过这些。你认为我处在危险之中？"

李杜轻轻地摇摇头。"这只是一个想法而已。"他说。

但是，听说自己可能成为牺牲品，反而安慰了图利申，还提高了他的兴致。他带着些微的激动说："你关心我的安全，我很感动，表弟。"

"我很抱歉打听你的私事。你和陈氏一定都对这个晋升机会的提升感到高兴吧。"

"陈氏当然很开心，"图利申非常快地说，"陈氏对这个家非常忠诚，我的喜好总是她要考虑的首位。问问贾环——陈氏在准备春节庆典过程中是非常重要的人。告诉他。"

贾环对陈氏的赞扬热情洋溢："陈氏已经花了好几个月时间，研究京城里的流行趋势。她读了相关手册。她向旅行者询问。她练习在厨房烹煮每一道佳肴，以确保皇上喜欢的每一道菜都能令他满意。她训练仆人们准备好服侍所有他们不熟悉的客人。他们还要记住要在皇上喝茶时演奏的曲调，以及要在皇上饮酒时演奏的曲调。"

"那么，"李杜问，"她会喜欢京城吗？"

图利申轻声嚷着："陈氏去京城？我不确定这个新的安置是否与她这样一个出身的人相适宜。她出身于当地一个好的家庭，但在一些更优雅的夫人中，她显然没有什么优势。"

"她是位漂亮的夫人，并且像你说的，对家庭非常投入。"

"是的，她很漂亮。但你知道在一个女人身上，农民血统是根深蒂固的。村里的美人只是短暂开放的野花。我年轻的夫人们将会在很长时间内保持她们的优雅精致——她们过去几年一直待在京城，某种程度上保持着自己的美丽。陈氏开始显老了，而且她也没有为我生下一位公子。我不想因为她而在高门士族中显得尴尬。"

李杜什么也没说，图利申带着防御性的暗示，又加上了几句："我不否认，陈氏把这里打理得很好。她为了皇上能在宅子里住得舒适而准备了一切。如果没有这个——皮耶特这个事件，我们已经准备好接待皇上了。"他做着手势，并看着李杜，好像李杜本人就是问题的来源一样。

李杜说："大宅是毫无瑕疵的。但你对格雷先生和东印度公司的贡品怎么看？你预测格雷的觐见能使皇上开心还是会激怒皇上？"

"我对这个人印象深刻，"图利申说，"虽然我无法预料事情会如何。我想那些珍宝只是一堆来自外国的不值钱的小玩意儿，那些物件与大宅和庆典广场的美相比，只会是一种难堪、一种冒犯而已。但东印度公司，不管如何，确实拥有真正的财富。我想这些礼物顶多会让皇上觉得高兴。特制的步枪是一种新式的设计，我必须承认它比我们自己制作的要好些。从玻璃瓶子中发出柔和光线的波斯香水和镂空雕琢的宝石很像。还有从深海中取出的白色珊瑚——"

"还有地球仪。"李杜补充说。

"是的——那个也很好。一件很聪明的礼物，外国人比我预期的还要更聪明些。地球仪将会增强庆典的效果，却不会转移人们对庆典的关注。皇上会喜欢这个礼物的。"

"因为它联系到了天文现象？有关于日食？"

图利申哼了一声表示同意："还有那些报时钟。"

"什么报时钟？"

李杜在他表兄的眼睛里看到了贪婪和嫉妒。图利申说："这个放置在底座上的模拟京城不仅是一个雕像。它里面还有特定的机械装置，就好像那些外国钟表，一到整点报时，钟上的人物就开始舞蹈。那些船会在波浪里上下起伏，树上开满粉红珠宝做成的花朵，钟摆在微型的塔上摆动。这个独一无二的地球仪，仅仅在日食这一刻才会出现这种景象。当日食开始时，地球仪将会展现这种奇观，一切都为了让皇上一个人来享受。想象这幅画面——整个庆典广场暗下来，广场上挂满的灯笼，像是天国之径上的星星，皇上站在人群的高处，整个世界被他握在手中……"图利申看着远处，想象着这一切。

李杜也想着这幅图景。李杜看到地球仪时，它在洞穴似的昏暗的房间里，闪闪发光，人的肉眼几乎感觉不到它的运行，那时它就已经是一个奇迹了。在那神秘的时刻到来时，当太阳变成一个黑色的圆盘,像是通向无物的大门,吸走了世界上所有的光时,看到地球仪展示的奇景,即使是一位皇帝,也会为这样的景象而迷醉。李杜承认,地球仪确实是目前无法被超越的一个礼物。

而且李杜承认,图利申是对的。地球仪是一个聪明的礼物,有它的诱惑和阴谋。众所周知皇上是一个充满好奇心的人。东印度公司单独派来的信使——尼古拉斯·格雷,就像在吊线末端浸入池塘的诱饵。康熙可能会想接见钟表制造者、宝石匠、雕刻家和天文学家,他们共同制造了地球仪。皇上想从他们那里询问地球仪的原理,好委托新的工作。但是为了得到他想要的东西,皇上不得不邀请他们到中国来。这正是那些被雇用的耶稣会信徒采用的策略,早些年他们的到来带来了很大的影响。但李杜怀疑,即使被认为对新技术着迷,皇上是否真的会这么容易就被操控。李杜微微发抖,想到宝石支架中的报时装置,李杜感到压抑。那就好像时间本身陷入了困境一样,一个知识渊博、无所不知的生物被囚禁在一个对它来说过于狭小的笼子里。

"皮耶特弟兄,"李杜说,"对这个地球仪有着超乎寻常的兴趣,我有个印象,当他研究地球仪时,他在一本书——也可能是一本日记——上面记了笔记。但我没看到这样一本书。你知道它可能在哪里吗?"

图利申好奇地看着贾环,贾环茫然地摇摇头:"不知道——我没见过任何那样的东西。它可能和皮耶特的其他书收在一起。"

"但没有,"李杜说,"你和我已经检查皮耶特的东西两次了。你确定它没有放在另外的地方?或者可能——"李杜突然闪过一个念头——"可能它和皮耶特弟兄埋在一起了。"

图利申皱着眉说:"它没有和皮耶特埋在一起。你的印象一定是错的。谁说的皮耶特弟兄有这样一本书?"

"木高说看见皮耶特在书上写字。"

图利申气急败坏地说:"你这是在浪费我们的时间。木高的记性非常糟糕。不管他说了什么,都对你没有用处。你应该听听贾环的,他值得信任。"

贾环深深躬下腰表示感谢。图利申微微点了点头,对他说:"我想在一个时辰之内安排好与程大人会面的事。你亲自去办。告诉我程大人是否在生气。"图利申转向李杜说:"表弟,我没有更多时间处理这件事了。我必须去处理其他事情。"

当图利申出去以后,一丝悲伤慢慢出现在贾环的表情中。不知道是不是知府大人的离开,给这位年轻人从不可动摇的权力中暂缓片刻的机会——这种权力被图利申想当然地加诸年轻书吏身上。贾环的眉毛皱紧了,但过了一会儿,他挫败地摇摇头。"我不知道那本书怎么了,"他说,"我很抱歉。"

"这不是你的错。"李杜说,"我问这个问题,是希望你知道它在哪里,但是我想这本日记可能被谁故意拿走了。现在看起来它可能已经被毁掉了。"

"你认为这本书上有辨识凶手身份的线索?"

"可能有。或者凶手认为那上面有线索。"

贾环等着李杜继续说但李杜停了下来。这位书吏直起肩膀,视线越过李杜的肩膀,看着门的方向。"现在你没有其他需要了吧?"他问。

"你很耐心了,"李杜说,"我知道最后这几天你承受了很大的压力。毫无疑问,在这次调查中,我表兄因为焦虑给了你很多的压力。"

贾环微微侧了下头,但他的语调是干脆的:"这个时候待在大研是我的荣幸,因为这次的春节庆典和我看过的其他庆典都不一样。这个凶手——他并没让形势改变。知府大人是——"贾环寻找一个词,好像害怕自己会显得无礼一样——"他被加在他身上的所有责任压得太厉害了。"

"那么那个在京城的职位呢?或许我是错的,但陈氏可能并不像知府所想的那样渴望它成为现实?毕竟,这可能意味着她会被这个家庭抛弃。"

贾环的脸色变得严肃起来,他说:"陈氏所要的是保住知府最重要侍妾的身份。为了保住她的地位,她会做她必须做的事情。如果知府大人带她去京城,他的夫人们和其他侍妾会对她假以颜色。但她并没对我吐露心事,当然——如果你认为这件事和你的调查有关系,你得亲自和她谈。"贾环好奇地看着李杜。

李杜叹口气,若有所思地擦了擦自己的脖颈。他很疲倦,全身酸痛,贾环的出现让他冷静下来。这个年轻人散发出寡言而真诚的智慧,让人觉得可靠,就好像抿第一口好茶,李杜明白为什么图利申在很多管理方面的事上都信赖贾环了。

李杜说:"我承认我并不知道它们有什么关联。我在一个对我来说是隐匿的世界里寻找一个敌人。"

"你什么意思？是不是指你流放的这段时间？"

李杜微微一笑。"在我流放之前，"他说，"我是一个藏书室编修，这个职位很难给我我现在所需要的政治洞察力。"

"所以你认为杀人动机是政治方面的？"

"还不确定，但我问自己，谁会恨皮耶特弟兄，谁会想让他死。我的想法一次又一次回到多明我会修士身上。皮耶特是耶稣会信徒，多明我会修士是耶稣会信徒的对手。"

贾环考虑了一下，说："耶稣会信徒确实拒绝支持东印度公司的要求，但对格雷先生来说，反应如此暴力也很愚蠢，并且对他的使命而言也是一种冒险。然而——"贾环停住了。

正无所事事看着书籍标题的李杜，抬起头，微微扬起他的眉毛问："你有想法？"

贾环慢慢地说："那个年轻人，耶稣会信徒——关于他，我觉得，总有些看起来不对的地方。"

李杜依然面无表情，等待贾环继续说下去。贾环耸耸肩说："我不是说我认为他是个多明我会的暗杀者。我向你表达的，是我对那些努力争取我们国家支持的外国人的感受。在我看来，多明我会修士没有这个创造力，也没有这种财力去派出一个暗杀者，尽管我认为他们有这个动机。"

"你对多明我会修士知道多少？"

"一些。我在澳门的任务就是观察他们的行为。耶稣会信徒总是激怒我，但多明我会修士更糟糕。他们对中国一无所知。他们只知道他们自己的规矩，仅仅关心他们自己是不是舒适。我很高兴皇上把他们都当成傻瓜和笨蛋。"

"我似乎想起来,许多年前皇上曾允许他们其中的一个人觐见——一个多明我会修士被准许去京城。"

贾环点点头:"是的。我见过这个修士——德·图尔农神父。我是他的一名随从,陪同他从澳门到京城去。我甚至试图教他我们的语言。"

伴随着一个悲伤、悔恨的手势,贾环接着说:"这是在浪费时间。皇上的轻蔑在他与德·图尔农神父见面那一刻就被激发出来了。这个神父病了,不能叩头,所以皇上命令太监给了他一张长榻,以便在会面时,他可以斜倚着。"贾环回忆这些时微微发抖,"这个人居然接受了。他根本没有意识到他丢了脸。"

李杜理解贾环的强烈反感,尽管他没有说出来。如果德·图尔农神父努力尝试叩头,还在行礼过程中昏厥过去,他可能就更有机会赢得皇上的敬意。在皇上面前接受一把椅子,对大清的子民来说是不可想象的。

"那次接见的结果是什么?"李杜问。

"皇上问他为什么来到中国。德·图尔农做了一番演说,充满谄媚与荒谬。他说教皇想要感谢皇上对他的耶稣会信徒弟兄们如此热情。但皇上当然知道,耶稣会信徒和多明我会修士彼此没有好感。皇上告诉德·图尔农,对于如此危险的旅程来说,这个原因过于单薄。德·图尔农甚至没明白他正在被皇上嘲笑。他开始东拉西扯,说耶稣会信徒不再被信任,他们的教皇希望在京城任命多明我会修士。我永远不会忘记皇上的回答。他说:'但这怎么可能是真的？你们的宗教禁止你们说谎，如果耶稣会信徒没有说谎，那么你们的教皇怎么可能会不信任他们？你是否在告诉我，你们的宗教是错误的？'德·图尔农神父变得结结巴巴，他被吓住了，根本无法做出回答。他很丢脸地被驱逐了。"

当李杜正被这个故事吸引时，他们的谈话被霍老板客栈中的一个侍女打断了。她对李杜行屈膝礼。"先生，"她说，"您的朋友，那位说书人说，请您现在回客栈去，因为您想要见的那个人回来了。"

李杜谢了那个侍女，转向贾环说："你还有事，我占用了你太多时间，希望你不会因此受罚。"

"这没什么。一个时辰还没到，我会马上处理知府大人的行程安排的。"

李杜和贾环正打算告别，侍女离开了，她还要去宅子的其他地方完成另一件差事。这时贾环用一种低沉、紧张的声音对李杜说："我希望你不会生气，但我必须要给你一些建议。我觉得你和我并非像别人看起来那样是截然不同的。我们都为整个国家担心。我不希望看到一个学者被目前这种情况毁掉，可能，你还没有完全明白。"

李杜对贾环非同寻常的急迫语调感到吃惊，说："谢谢你的关心，但是你想让我做什么呢？"

贾环恢复了镇静，他非常轻声地，几乎是在李杜耳边说："为了你好，你必须给知府大人一个答案。我很崇敬你，因为你努力寻找真相，但是如果你无法找到真相，你绝不能承认失败。知府要一个答案就满意了——他不会对你要求更多的。只是一个答案。任何答案都可以。你明白吗?"

不等李杜做出反应,贾环恭敬地鞠了一躬,匆忙离开了。

第十五章

"如果这人是杀害修士的凶手,"哈姆扎说,"那他也会毫不犹豫地杀掉一个藏书室编修。我要和你一起去。"

"如果他真的有罪,"李杜回答,"那么他太聪明了,不会在光天化日之下、所有人都能看到我走进他的房间时,在房间里把我杀死的。"

"那我要和你一起去,好去胁迫他,这样他就不会用更多的谎言来浪费我们的时间了。"

哈姆扎决定扮演保镖的角色,他和李杜一起来到马丁弟兄的房门前。雕花的木质墙板非常厚密,不可能透过它看清楚谁在屋里,但李杜却觉得有人在阴影里来回踱步。他敲了敲门,动静马上停止了。

"是谁?"马丁弟兄的声音传来。李杜用拉丁文作答,门开了。

除了被太阳照到的地方，马丁弟兄的脸色都是苍白的。他面颊上和眼睛下面的皮肤略红，这和他祖母绿似的眼睛相互映衬。他刚到大研时下巴出现的胡楂已经长成短短的茂盛胡须，呈现出铜黑色。他穿着普通的黑色袍子，但袍子皱皱巴巴，袖子接缝处被撕开了，衣料上面还点缀着冬青栎细长的叶子。

"什么事？"他问道，先看着李杜，然后又紧张地看着哈姆扎。

"我很高兴你从与医生一起的短途旅行中平安回来，"李杜愉快地说，"我可以进来吗？"

马丁弟兄的表情在欢迎与疑虑之间摇摆不定。瞥见哈姆扎严厉的面容，他决定采用后一种态度，他很急促地说："我——我今天晚上恐怕很忙。客栈老板甚至将晚餐送到房里来给我，因为我要忙着工作。植物需要被压平，你们明白，如果我不快点处理，它们会变干燥，失去原来的颜色。并且——并且我必须要在我忘记之前把我观察的心得写下来。也许我们可以另外找个时间交谈。"

李杜轻轻推了下他头上破旧的帽子，抬头看着自己面前的马丁弟兄，他又高又瘦，正站在门口。

"这件事，"李杜说，"非常紧急。我相信到房间里没人能听到的地方说，对我们都安全些。"

"安——安全？"

"对你来说更安全。"

马丁弟兄从李杜的肩膀上面看过去，那模样就像是有一连串的弓箭手站在那儿，正将箭头指着他。最后他从门边让开。"我想我确实没有选择,"他说,"请进。"

关上身后的门,马丁弟兄转过身,就像当这个房间必须展现在其他人面前时,他才第一次看到它似的。这个地方甚至比早上更凌乱不堪了。地板就像山间小路一样撒满树叶,桌子旁边的纸堆更高了,而且还开始不牢靠地歪向一边。桌子上杂乱地放着树叶、树枝和花朵。墨水瓶中的墨已经干裂,上面还撑着一根筷子和一截断掉的铅笔。地板上的灰尘印着脚印。马丁弟兄慌忙扫去椅子上的杂物,让李杜和哈姆扎可以坐下来。

"我——我已经完全沉浸在工作中了。这儿——这是银杏树的叶子。这是兰花——我沉浸在它生长的地方不能自拔,那儿太美了,在溪流旁边。茶——我很抱歉。我应该给你们些茶水的。我总是给客人茶水的。你们喜欢茶吗?"

在喋喋不休地说要提供茶水之后,马丁弟兄咬住嘴唇环视房间。李杜猜测如果他们说喝茶,马丁弟兄就不知道下一步该怎么做了。想到这点李杜觉得奇怪,一个最简单的好客表示,却像一个可怕的障碍一样。李杜想,在我们国家,情形多么不同。李杜谢绝了茶水,在一个覆盖着最少树叶碎片的椅子上坐下来。

哈姆扎在房间里慢慢走着。他打开一扇小的侧门,向外看到一个小小的私人花园。哈姆扎满意地哼了一声,从一截短短的大理石台阶走进花园,让房间的门敞开着。哈姆扎回过头意味深长地看了一眼马丁弟兄,然后继续用缓慢、沉着的步子围着一棵李树绕了一圈。接着,他坐在树下的长凳上,目光直盯着前面,胳膊抱在胸前,下巴微微抬起。李杜认为这时哈姆扎极像一个保镖。

"他在做什么?"马丁弟兄带着迷惑不解的表情看着哈姆扎问道,后者正在整理他成束的胡子。

"他在协助我调查。有几个问题我必须问你。"

"问题?"马丁弟兄的声音提高了一点。他稳定了一下自己的声音,接着说:"但今天早上我们谈话时,我已经告诉了你我知道的一切事情。我没有什么要补充的了。我不知道谁杀了皮耶特弟兄。我希望罪犯尽快被抓到,但是——但是我还能做什么?我连中文都不会讲。"

"那株植物,那儿,"李杜指着放在桌子角落的一段不起眼的、盘曲的苍白树根,说,"你知道那是什么吗?"

马丁弟兄瞥了一眼李杜指的地方,摇摇头,一脸的茫然:"不知道——我到现在还没有认出那是什么。我在宅子的花园收集到了它。它很珍贵吗?园丁告诉我,任何植物我都可以带走一点。我——我不是说……"马丁弟兄的声音减弱下去。

"那个你声称不认识的植物叫作鱼藤根。而且,正是鱼藤根杀死了皮耶特弟兄。"

"它——它是什么?你不会认为是我……但我与皮耶特弟兄的死毫无关系。我已经告诉过你。你一定——你一定要相信我。我永远不会杀死任何人。"他的声音变了,脸因为激动而呈现出粉红色。

"假如皮耶特弟兄威胁你,要揭露你的真实身份呢?"

这个话题转变得很快,让马丁弟兄大吃一惊。马丁弟兄脸上的光芒消失了,只剩下苍白。他的声音微弱而平静,几乎像是呜咽:

"你……你是什么意思?"

李杜身体微微前倾,说:"我想让你告诉我你究竟是谁,为什么到这儿来。"

泪水打湿了马丁弟兄的眼睛,他喉咙抖动,好像要努力说出什么。最后他勉强吞吞吐吐地低声说道:"我——我——我的名字叫作马丁·沃波尔。"

李杜摇摇头:"我非常确定那不是你的真名,就像我确定你不是耶稣会信徒一样。"

作为对李杜这个论断的回应,马丁弟兄做了最后的、勇敢的努力让自己振作起来。他擦去眼里的泪水,清了清嗓子,稍微挺直了身子。"我不知道你为什么让我遭受这种——这种不公,"他说,"我有所有的相关文件。请来检查一下。我在这里研究云南省的植物——为了上帝和教堂的荣耀。"马丁弟兄站起来,将皮制的文件夹从桌上拿起来,拂去上面的灰尘,用颤抖的手把它递给李杜。

马丁弟兄重新坐下,专心地看着李杜,他焦虑得整个身体前倾,手紧握着。李杜将纸张从文件夹中拿出来,假装在看它们。李杜早已经知道这些纸页的内容了,再一次瞥见它们只让李杜更加确信自己早上的结论是正确的。他拿起那张允许进入大清国的文书。"这张纸是旧的,"他强调说,"它最少也是在十年前写就,并加上印章,是给真正的马丁·沃波尔的。你用油破坏了上面的日期,就是这里。"

马丁弟兄咬紧下颌,然后他张开嘴想说些什么,又重新把嘴巴闭上了。李杜继续用就事论事的语调说:"另外一封信,就是那封给予你收集植物样本的信,是新的,但它不是由任何中国衙门写出来、加盖印章的,除非那个官员被收买了。"

马丁弟兄瞪着眼睛。李杜几乎含着歉意说:"我能识别出伪造印鉴与正式印鉴的不同。而且还有其他的迹象。"

"什么——你什么意思?什么迹象?"

"一直以来,我与很多耶稣会信徒熟识——他们花费大量的时间待在藏书室中。尽管他们喜欢一切对他们来说不熟悉的书,但我知道他们中没有一个人会与自己祈祷用的《圣经》分开。你却用你的《圣经》做镇尺。我还为你不知道最基本的葬礼礼仪感到惊奇。可能你根本没有想到,为了保持你的伪装,这些知识是必需的。就像你没有料到在中国乡下的山村里,你会遇到一个真正的耶稣会信徒。"

马丁弟兄回答的声音很微弱:"不——不,我——我没有——你搞错了……"

李杜从他的口袋里拿出另外一张折叠的纸:"我在皮耶特弟兄的遗物中发现了这封信。它是写给皮耶特弟兄的,写信的人是加尔各答耶稣会教堂一个叫马丁·沃波尔的修士。这封信是三个月前写的,它显示皮耶特弟兄和马丁弟兄是好朋友。当皮耶特弟兄第一次看到你时,他被介绍给一个人,他知道这个人的名字,却从未与他见过面。"

马丁弟兄的眼睛睁大了:"他——他知道?但是,我没有——我不是……"他停下来,太沮丧以至于无法继续说下去。

李杜不带任何敌意地坚定地说:"你是,或者说,在任何一个大清国知府的眼中,你可能都会是,一个奸细。"

马丁弟兄猛烈地摇着头。"不,"他声音嘶哑地说,"不——我不是一个奸细。我一点也不关心政治。我向你保证——我不是一个奸细。"

"那么我再问你。你真实的名字是什么?为什么你假用耶稣会信徒马丁·沃波尔的身份?"

马丁弟兄用手抱住自己的头,他宽阔的肩膀垮下来。他轻声呻吟着,茫然地对李杜说:"但是他什么都没说。我——我以为我处理得很成功。我以为他相信了我。"

"你夸大你的病是为了避免遇到一个真正的耶稣会信徒,对吗?"

这人痛苦地点点头:"但是他为什么什么都没说?"

李杜谨慎地回答。"我想,"他说,"皮耶特弟兄认为他面前是一个年轻人、一个旅行者,独自一人在一个危险的国度。他没有为难你,因为在给你一个自我辩解的机会之前,他不想伤害你。但是他永远都没有机会了。他再也开不了口了——"

"不!我知道你要说什么,但这不是真的。我绝没有杀害他。绝没有。即使我知道他怀疑我,我也不会。但我发誓——我没想到他会知道。我没有杀他。我——我现在就告诉你真相。"

他深吸一口气,稳住呼吸,说道:"我的名字是休·阿什顿,"他发出一声短促的叹息,"哦——我一直没意识到说出它会让我感觉这么好。你是对的。我——我不是一个耶稣会信徒。我根本就不是一个信教的人,愿上帝宽恕我亵渎神明。我曾经是多么愚蠢呀。"

"这儿和边境的官员一定太忙以至于没有仔细看你的文书。"

那个自称马丁弟兄的人皱眉蹙额。"加尔各答的仿造者向我保证这个印章做得很好。"他说。

"过得去而已。"李杜说。

意识到李杜在等着他继续说下去,阿什顿又深深吸了一口气:"整个事件的真相是,我是一个植物学家,我实在蠢得厉害。"

李杜扬起眉毛:"你对云南省树木和花草的强烈爱好显然是很真诚的,但你为什么要隐瞒你的身份呢?如果你不是教堂的成员,那么谁是你的雇用者?是英国的东印度公司吗?"

阿什顿的面颊再次变红了:"我曾是多么愚蠢——我不知道如何让你相信我。我没有雇主。一切——一切都由伟大的冒险精神所支持。我想像那些最知名的植物学探险家一样。我想带着西方从来没见过的资料、种子和样本回到欧洲。"他抬起头,眼睛祈求着李杜的理解。

"我知道这很难让人相信,"看到李杜的沉默,他接着说,"但我想成为某种英雄。"

"对谁而言?"李杜确实很好奇。

阿什顿摊开双手,做了一个无助却耐人寻味的动作:"对科学世界而言的英雄。寺院植物学俱乐部是英国最受尊敬的植物学家团体。斯隆——他航行到新大陆,带回了巧克力——现在被认为是整个植物学界的领袖。他在每一项发现、每一次会议中都处于最领先的位置。六个月前,我旅行经过加尔各答,收到一封信,是斯隆写给我的私人信件。他写到,他曾听说过我——一个来自他所在大学、年轻的植物学学生。并且他知道我正在加尔各答。他说学界对生长在中国西南地区的一片迷人的茶林非常感兴趣,也有不少传闻说,那里的群山间有很多植物学奇观——他们说,有种植物,外形像灯笼,足有一人高,发出绿色的光。还有其他许许多多植物。斯隆说学界会非常感激我能给出的任何报告。所以——所以我开始梦想自己能到这儿来,变成历史上最伟大的植物收集者之一。"

"但你为什么不简单点,去申请一个研究植物的许可?"

阿什顿的眉毛皱在一起,他的表情变得困惑不解。他看着李杜,好像这个问题中有什么花招一样。"你知道为什么。"他说。

"我不知道。我在过去五年的旅程中,身边一直没有任何旅伴。我不知道为什么你不能请求穿过边境,特别是在皇上邀请外国人来这儿参加春节庆典的时候。"

"哦,哦——好——是的,"阿什顿从头上摘下他暗黑色的帽子,用手指捋过他乱糟糟的卷发,让头发蓬松地散开,"那么我想你不知道加尔各答的氛围。那儿的外国人都确信,大清国的皇帝准备永远关闭边境,而且将很快关闭。每个人都感觉耶稣会信徒是皇帝对西方的最后一点兴趣所在,而就连他们现在也被冷淡对待了。至于我们——学者、探险家和科学家们——我们都会被当成奸细驱逐的。我认为如果我想收集植物,唯一的机会只能是去——去……好吧,去借一件耶稣会信徒的合法外衣。我没有珍贵的贡品进献给皇帝——像格雷先生那样。"

"那么你是怎么从真正的马丁弟兄那里得到那封允许进入中国的信件的呢？"

"我们之前就是朋友。我去加尔各答的修道院拜访他，他告诉我他在中国旅行的故事。当皇上的邀请来到加尔各答，我就把它看成是一种预兆。我想，带着马丁弟兄的旧信，穿着耶稣会信徒的袍子，再带上一封允许我收集植物的信件，我就可以出发了。我计划不要引起太大的注意，混进了其他的旅行者中。但是我——我没有正确地估量形势。我——我仅仅是借了马丁弟兄的信，我没有偷它。"

他又逞强地加了一段："我已经努力保持随机应变地去继续我的工作，尽量不惊慌。但——但我还是很害怕。在我看来，凶手杀死皮耶特弟兄可能是出于对耶稣会信徒的仇恨。我——我愿意作为一个探险家，在冰雪覆盖的喜马拉雅山悬崖高处为寻找一种蓝色的罂粟花而死去，如果那就是我的宿命。但是作为我本不真正属于的宗教成员被杀死……"他停下来，充满沮丧地寻找词语来表达他的感情。"我不想死，"最后他说，"我不想背负着别人的身份死去。"

他抬起头，绿色的眼睛含着强烈的感情。他非常脆弱，并且李杜能看出来他自己也知道这一点。可是现在他拥有了新的力量。从他说出自己真正名字的那一刻开始，他获得了坚韧不屈的自信。当他等着李杜对他宣判时，他不再显得手足无措。

看着阿什顿，李杜明白了为什么皮耶特没有立刻揭穿阿什顿谎报了名字。李杜在阿什顿身上，看到了一位学者的形象。现在他不再持他的假身份，他坚定的意志、不懈的热情，使他散发出切实可感的力量。休·阿什顿冒着生命的危险，进入一个对他来说孤立、危险的地方，为了研究那里的植物。他并不是教堂里真正的修士，但他懂得去探寻什么样的力量让生命绽放在雪山之上，绘制画家和诗人都不可能复制的花朵颜色，这些都多么令人崇敬。李杜叹了口气。

"我相信你，"李杜说，还加上一个浅浅的笑容，"我不准备因为你窥测花朵与树木，就把你送进衙门。如果你窃取兰花是想知道政治秘密，你面临的麻烦就不仅仅是监禁了。"

"那么——那么你相信我没有杀皮耶特弟兄？"

李杜的表情变得严肃起来。他看了一眼屋子外面的哈姆扎。哈姆扎坐着，闭着眼，看起来根本就没有注意他们。李杜转向阿什顿："哈姆扎表演的那晚你没有离开过庭院，你没有机会能为皮耶特弟兄准备一杯有毒的茶。目前看起来，你有不在场证明。"

"那我还要继续伪装吗？请给我些建议。这么长时间，一直没有人给我建议，并且我是——"他停下来，控制住如释重负后轻率的说话方式。

"我认为，"李杜说，"现在是最安全的时期。你的计划也不是完全愚蠢的——过了今天，这里的人数会大大增加，皇上会把所有的注意力都集中在春节庆典上，而不会注意到你，尤其是如果真正的凶手在这个时刻被找到。"

"那——你在怀疑谁？"

李杜没有直接回答这个问题。他努力思考阿什顿所说的事情。他擦擦额头，把手指按在眉毛上，好像按压可以让他的想法就位："我希望你现在不要再害怕我，你要在几个方面对我坦白相告。这会有助于我对你刚才提到的事有更多了解——你刚才说，在中国以外有种普遍的印象，大清国准备对所有外国人关闭。还有，我可以边和你谈话边教你怎么沏茶。"

阿什顿点点头，微笑着。李杜走出屋子来到哈姆扎坐着的花园，那里的火堆上挂着一把水壶。李杜将袖子拉到手上，拎起水壶，未及留意，水壶的黑色把手在他的衣服上留下一道煤灰。哈姆扎扬起眉毛说："现在我们喝茶吗？和他一起饮茶安全吗？"李杜向哈姆扎担保安全，他们一起回到屋子里。

李杜向阿什顿说明判断水达到合适温度的方法，他解释说要根据水开的声音判断，这时水低声翻滚，同时尖声地不停冒泡。他展示给阿什顿看，如何用小壶冲洗茶叶，将冲洗后的脏水倒入装有板条的茶盘。他拿出适当比例的茶叶放入水中，重复了好几次正确的拿茶壶方式，然后将茶倒进每人的杯子，并用双手很文雅地将茶杯呈给客人。休·阿什顿带着感激聆听，李杜看到一提起茶叶的颜色、种类和配制，阿什顿的眼神瞬间带着热切的兴致变得锐利起来。

"那么，"当他们从茶杯中啜饮时，李杜说，"告诉我那些在加尔各答的流言吧。"

阿什顿一直看着茶叶，长长的、银线似的龙井，在金绿色的水和蒸汽中舒展开，逐渐变暗。想了一会儿，他抬起头："这些消息来自从你们国家离开的耶稣会信徒。他们说皇上开始轻视所有的外国人。当然，耶稣会信徒责怪多明我会修士，因为他在觐见皇上时表现得不好，使皇上对所有的外国人反感。多明我会修士则责怪耶稣会信徒。他们说，如果耶稣会信徒按他们所设想的那样去改变中国，中国现在可能会产生一位信仰基督教的皇帝，他会对西方的利益更加支持。"

"西方的利益？你是否指贸易？"

"东印度公司现在是世界贸易领域真正的西方权力——每个人都知道这个。每个中国以外的人，也都知道。东印度公司非常需要使用中国的港口。"

"你认为格雷的贡品会有效果吗？"

"就东印度公司自身来说，他们的权力就像一个帝国一样强大，但还没有强大到可以对中国使用武力。格雷费尽了心思准备贡品。公司全部属地的奢侈品、发明和智慧都被装进这些板条箱中。你知道——它的价值难以形容。你已经见过贡品了。"

他们又谈了一段时间，但阿什顿已经没什么信息可以提供了。李杜有一种印象，占据阿什顿脑海的除了工作，就是孤独、思乡和筋疲力尽。对李杜自己而言，他意识到天空的光线开始暗淡下来。又一天马上要结束了，他还不知道究竟是谁杀死了皮耶特弟兄。当太阳再次升起，距离皇上来到大研，就只剩下一天时间了。

但李杜告诉自己，他已经开始看到凶手的面容，虽然只是一个朦胧的影子——在记忆和想象的小巷中穿过，这个巷子狭窄，亮着灯笼，就像大研那迷宫一样的街道。那个影子盯着他，他几乎可以看清他的面容。

这就像在暮色低垂的窗下拿着一本书,看到整个纸面上的黑色墨迹、却发现它们难以辨识一样令人恼火,好像自己又变成了一个孩子,这些文字只是毫无意义地飞舞着的昆虫。当李杜脑海中的人影再次缓慢退出他的视线——随意漫游——不被注意地退回到他思维的角落时,李杜微微发抖。

"你没事吧?"阿什顿苍白的脸上带着吃惊和关切,李杜重新将自己唤回当下。在向阿什顿保证自己没事之后,李杜站起身告辞。哈姆扎正式地向阿什顿鞠了一躬,也和李杜一起离开了。

"你已经意识到时间不多了,我的朋友,"哈姆扎带着毫不掩饰的同情说,"你确定可以从我们的嫌犯名单中把这个奇怪的魔法师去除吗?"

"不,"李杜回答,"我不确定。但他不会准备热水并把它放进皮耶特的房间里。这些事发生在皮耶特进房间之前的几分钟,而这个年轻的耶稣会信徒,"李杜强调了"耶稣会信徒"这个词,意味深长地看着哈姆扎,"从未离开过表演的庭院。"

"那么,"哈姆扎说,"我们要相信古老的谚语,早上比晚上有智慧。我太累了,今晚不能再谈论这些复杂的事情了。"

他们分开了,李杜穿过漆黑的客栈,透过门窗听到夜里的鸟鸣声,就像水流过鹅卵石的声音。他的房间又冷又暗,李杜点上一根蜡烛。四方形的床带着大理石的头枕,毫无吸引力。李杜在桌旁坐下,他注意到他和哈姆扎在市场上买的酒瓶。他从瓶口拔出蜡纸做成的封条,重新读着绘制在蓝色釉底一侧的诗句,他的思绪回到整首诗中：

> 云母屏风烛影深，
> 长河渐落晓星沉。
> 嫦娥应悔偷灵药，
> 碧海青天夜夜心。

酒很烈，烧着他的嗓子，但也带来了一些安慰，要是能把温暖传到他的手指和脚上就好了。李杜重新盖上封条，准备好铺盖，吹熄了摇动着的烛火。躺在黑暗之中，李杜又重新想起那张在他思维的阴影中注视着他的脸。他竭力透过记忆深处那昏暗的帘幕看过去，却不能分辨这张脸。最后他觉得自己进入到不踏实的睡眠中。

半夜，一个声音把李杜吵醒了。仍在半醒半睡间，李杜不解地看着昏暗的房间。他的床脚是银白色的。"霜，"李杜想，"由秋至冬，不久我就会听到晨鼓了。"然后他想起他远离家乡，又重新看着他脚下那块银白色的地面。那是月光，不是霜，柔软的空气预示着，春天要来了。

是很小的声音吵醒了李杜——两个人在房外说话。但李杜从床上无法听清楚任何字句。当李杜确信自己是醒着，不是在做梦时，他悄悄地从床上爬起来，从格子状的窗户看出去。有两个人从他房间旁穿过庭院，在夜色中仅仅能看到是两条影子，但李杜辨认出客栈的霍老板圆乎乎的身形和易激动的声音。与之说话的那个男人瘦一些，他讲话太快，李杜听不到他说什么。他让李杜感到很熟悉，但听不出声音特征，李杜无法辨别他是谁。

"他太老了，他可能放弃了。"李杜听到霍老板说。另一个男人做了一些回答。

"你把我们都置于危险之中。如果你被发现了怎么办？这很可怕，对整个城市来说都是可怕的。我们要保护……"霍老板压低了声音，句子的最后部分听不见了。

另一个人说了很长一段话，直到霍老板打断他："我们不应该在这儿讨论。可能有人会听到，这是他的房间。"

李杜看到霍老板指着他的房门，他一动不动，相信黑暗会隐藏住他。看到两个人离开了庭院之后，李杜重新回到床上，回想了一下他听到的东西。他完全清醒了，本不指望再次睡着，但他一定是迷迷糊糊又睡去了，因为当他睁开眼睛时，已经天亮了。

离日食还有一天

第十六章

早上，李杜收到陈氏的邀约。他很快喝了茶，从霍老板的厨房拿了一片热烤面包，在客栈外远离人群的地方吃了。天气开始变得暖和起来。这个早晨已经不再有霜冻，太阳从东边山上升起，一接触到尘土、石头和泥土，就使它们温暖起来。满足的猫儿们睡在一排排屋顶瓦片之间的凹槽中，屋脊上的动物塑像蹲伏着，它们石头做成的尖牙裸露着，保卫家家平安。

大宅里面，佛塔顶部被金箔装饰一新，在阳光之下，就像从横梁上滴下的卷曲的火云。李杜觉得这样热烈的装饰对于木质建筑来说并不适合。经过藏书室时，李杜很高兴地看到藏书室门口的柱子依然是干净、清爽的蓝色。

李杜被告知陈氏在宴会大厅里，于是他走向处于宅子中央的这座建筑。宴会大厅沉重的门开着，宽度刚好容纳他通过。一进到宴会大厅里面，李杜就在昏暗的寒气中打了一个冷战，李杜的眼睛要调整一会儿才能适应这洞穴似的大厅。大厅的窗户带着圆形几何图案的格子，只允许非常少的阳光透进来。

从天花板上垂下几千条写着诗句的丝质条幅，当气流的微波穿过其中，这些闪着金属微光的条幅微微飘动。在大厅最远的地方，两个女人在交谈。李杜意识到他被柱子和门的阴影遮掩起来——他静静地站着，不知道该做什么。

因为身量高度，李杜一下子就认出了陈氏。他试图通过声音来辨识另一个女人。那是宝儿，客栈老板的侄女，她们站在宴会桌椅的远处，桌椅的陈设与错综复杂的窗格相呼应。两个女人正在布置演奏音乐的角落。这个角落里，漆制屏风前铺着厚厚的菊花图案的地毯。屏风外框装饰着下垂的孔雀蓝丝绸，丝绸的两端一直垂到地上。坐垫和乐器被小心翼翼地放置着，等待着妓女们在客人享受美食时为他们演奏。

"……就好像我只是一个低等侍女似的，"宝儿说着，她的音节拉长，变成了一种牢骚，"我是你在宅子外面的眼睛和耳朵，可你却没有给我任何好处。"她踢了一下坐垫，像个任性的孩子。

"不要抱怨了，宝儿。"陈氏抱着一个梨形的琵琶，将它放在一个红色漆制台座上的一把古筝旁边。

宝儿不理睬她女主人的警告语气："为什么你有这么多权力？我们是一样的。你只是幸运罢了，可如果你没有儿子，你的幸运也不会长久。"

宝儿的话被一记耳光打断了，打耳光的声音在大厅回响。悬挂的诗歌条幅飘动着，好像也处在痛苦之中。宝儿用手捂住面颊。

"我们不一样，"陈氏说，"特别是当你做出这么愚蠢的举动的时候。我什么也没教过你吗？他们说的这些都很重要——我们的出生、我们的生育能力、我们的美丽。每一样东西都是可以讨价还价的，每一个人都是可以被操控的。男人要比女人更容易控制。"

"那你为什么害怕？"宝儿问，"如果知府升官了，他可能会把你留在这儿——"

"安静点。担心这些只是浪费时间。你必须聪明一点，必须永远不因为你的疲倦而犯错误。你抱怨我没有给你特殊的待遇，但我一直在尽力帮你。"

宝儿垂下头。"对不起。"她说。

"好了，"陈氏回答，"出去喝杯茶，回来的时候我希望你表现得好些。像我给你示范的那样，挺起胸——你永远不知道那些高官显贵什么时候刚好到来，第一印象是最重要的。当然——如果你听到什么有趣的事，要告诉我。"

宝儿捋平裙子，转过身，向李杜走来。她的面颊还因羞愧而通红。当她看到李杜时，她迅速转身看了一眼身后正盯着他们的陈氏。

"没事的，"陈氏说，"是我叫他来这里和我谈些事情。你可以走了。"

宝儿带着强烈的好奇望了一眼李杜，她向李杜行了屈膝礼，然后离开了房间。李杜穿过大厅来到陈氏站着的地方，那里堆满了丝绸、玻璃和坐垫。陈氏对李杜微笑着,她的嘴唇染上了冬青浆果的红色。

"你应该告诉我你到了,"她责备李杜,"当你还有很多大事要处理时,我不能用我们的争吵浪费你的时间。你的调查进展如何了?"

李杜在思考该跟她说些什么。李杜希望她的询问能为自己提供一些信息,而不是她向自己索要信息。"恐怕,"李杜说,"我不知道谁杀了皮耶特弟兄。"

陈氏拾起宝儿刚才踢掉的坐垫,轻巧地把它放到屏风前,摆成一个合适的角度:"但木高告诉我,是鱼藤根杀死了皮耶特弟兄。"

"是的。"

"真奇怪,杀人的凶器会来自藏书室。"

"藏书室也能蕴含巨大的危险。"

"啊,"陈氏笑着说,"你是说文字。是的,我认为文字确实蕴含着危险。这是一个美丽的藏书室,不是吗?"

李杜感到困惑不解:"非常美丽。"

"这个省再没有像这么美丽的藏书室了。知府大人非常自豪于他的收藏。"陈氏将注意力集中在她的布置工作上,但李杜感到她正努力引导他像她希望的那样回答。因为不确定陈氏究竟想要什么,李杜说:"我以前不知道我表兄会对书那么感兴趣。"

"知府大人是一个非常见多识广的人,"陈氏依然带着微笑回答,"但他最让人印象深刻的成就都在政治领域。他从来不认为自己是一个学者。是一些珍稀的书以及拥有这些书的气派吸引了他。"

"可能他打算为他孩子的教育设立藏书室。"

李杜一说完这些就对他的话感到抱歉:"我的意思不是——"

"提醒我我的地位不牢靠?"陈氏拿起一个花瓶,把它放到展示桌上,她努力克制着自己,好像很难控制打碎它的冲动。她看着这个精致的花瓶。"正像我告诉宝儿的,"她说,"只有最天真的人才会接受他们的命运。我更愿意用我所能做的去弥补我不能掌控的东西。"

"你为什么要见我?"

空气中一阵安静,唯一的声音是悬在头上丝绸条幅的飒飒声和宴会大厅的厚墙壁之外隐隐传来的喧哗声。陈氏的目光从李杜身上移开,看了一眼房间中的黑暗角落。然后她再次拿起那个花瓶,当她把花瓶又一次放到桌上之后,她将手指放在唇边示意李杜保持安静。这个动作如此细微,如果李杜没有一直好奇地盯着陈氏,他就会错过这个手势。

当她再次说话时,已经变得轻声细语、充满自谦。"我有一个草率的请求,"她说,"在这个时间用这样的事情分散你的注意,我觉得很不好意思。在京城你曾经是一个藏书室编修。"

"是的。"

"我一直在学习诗歌,期待能改善我的处境。如果我要花更多的时间在上层社会,我希望能对古典传统更熟悉。我知道在交谈中需要即兴创作诗歌,我担心我的教育程度不够,不能给宫廷的老爷和夫人们留下好印象。"

李杜感到困惑不解，他开始说他相信她一定会得到大家的钦佩之类的话，但陈氏在他讲完这些之前就打断了他的恭维。"尤其是，我被杜甫的诗歌所吸引。我发现这些诗，"她咬了一下嘴唇，好像她回想起那些诗歌中的文字，如同舌尖尝到了美酒一样。她继续说道："令人难以忘怀。他的作品用语言唤起我从未经历过的悲伤。"

"杜甫的诗句处于我所知道的最优美的诗句之列。但是你需要我做什么呢？"

"有一本书，"她说，"在我们的藏书室里。这本书收录了我最喜欢的杜甫诗作。但这本书的序言是一位明代学者所写，我承认我无法搞明白他所做的分析的含义。我不懂他对杜甫诗歌的解释。我想知道，当你的调查工作结束时，我们是否可以讨论一下？"

"你——你想要我去找这本书？"

她轻轻地挥挥手。"是的，"她说，"只需在目录里查阅一下标题：《挽歌》。"她很平静地说出书的名字，然后她的目光再次环视房间。

"我会尽力去做的。"

"谢谢你。你很有耐心。但我一直非常自私和随意地占用你的时间。我的要求微不足道，你的任务才关系重大。请原谅我。我记起来我必须去见御厨了，他们跟随皇上一行而来。他们会加入我们这里的厨房，你能想象遭遇这些时，我们感受到的伤害。请原谅我。"

陈氏走后，大厅陷入一种令人不安的沉寂，好像这些光彩耀人的摆设都屏住了它们的呼吸似的。李杜一个人待了一会儿，沉思着。然后，带着重新振作的决心，李杜离开空荡荡的宴会大厅，向藏书室走去。

李杜发现木高站在藏书室蓝色柱子之间最高的台阶上，拿着他的扫帚。这位老人向李杜招手示意，让他进来，并说："你去询问我的朋友老木了？核实我的故事？我是否真的在和他一起喝酒？你是怎么想的——我是一个骗子？"

李杜摇摇头，很温和地对老人说："老木告诉我你们两个在一起喝酒，回忆以前的时光。他说你曾在云南省非常勇敢地抵御外敌。"

木高咕哝着："我们都是。对于遇到的麻烦，我们还能如何呢？好，我不说这个了。以前的日子——现在我们家族的人越来越少。这些汉人都觉得我们是不识字的、没受过教育的乡巴佬，因为我们汉语说得不好。可我们从来不奢求被你们的标准所接受，从来没有。"木高的声音是愠怒的，但李杜在他眼中看到一种受挫的、不知所措的难过。李杜记起老木曾经告诉他的有关木高没有任何直系亲眷的事。

李杜说："大清国的学者和官僚对所有他们知之甚少的事都感到恐惧。但在我看来，整个国家就像一块毯子，编织成图案才最美丽。不同的语言是不同颜色的丝线，没有这些丝线，国家就会非常无趣。"

木高还是紧紧握住他的扫帚，但他站到一边，拿起他的手杖，示意李杜跟着他走："来吧，这周围没有别人，我带你看点东西。"

木高一拐一拐地走过摆放着哲学类书籍的架子，他的手杖有节奏地轻轻敲打地板。李杜放轻脚步跟在木高身后。书箱泛着介于天蓝色和翡翠色之间的淡淡的光，李杜穿行其中，觉得自己就像在银色池塘中跟随在一只螃蟹后面一样，从藏书室的地板上穿行而过。在书架最远处的尽头，木头上深深刻着一条龙。龙的外轮廓填满厚重的蓝色涂料。在龙的下方，铭刻着心宿图案。

差不多在通道的中心，木高停住了。然后，伴随着吱嘎吱嘎的关节响声和喃喃自语，木高跪在最低一层书架旁的地板上，招呼李杜过去。木高偷偷摸摸地瞟了一眼左右，又从柜子中间的间隙看过去，确保自己身边没有其他人。然后木高指着和其他书一样由蓝色丝绸装订的几本书，说：

"我想给你看看我自己的收藏。我知道你是一个流放者。你不像其他的汉人。我的朋友也喜欢你。"他说话时，径直看着李杜的眼睛。"而且你是一个藏书室编修，"木高加上一句，"所以你关心这些书。"他用长满老茧的指尖扫着书架最底层七本书的书脊。

"我自己装订的，"他骄傲地说，"我把多余的丝绸修整了然后用起来。蓝色的龙，"他的声音有些犹疑，他清了清自己的嗓子，"古老的龙脉从时间初始就沉睡在城市边缘。当我还是个孩子时，我曾经想，也许有一天，它会从地面上飞升而起，撼动树木和积雪，直飞上天……"木高的声音减弱了，直到消失。

"这些是什么书，木高？你费了这么大气力保存的是什么？"李杜用温和的声音问。

"这当然是我们留下的书——我家族的书。我的祖父是最后一位木王。他是我们的传统的代表。他写下了诗歌和历史。然后就到了清朝，所有的诗歌和历史现在都没有了，被焚毁了。为什么？我不明白。明朝不这样。但现在已经无关紧要了。只有这些书留了下来，我不想让它们像垃圾一样被扔掉，就像他们每天晚上扔掉的食物一样。"木高的声音变成一种微弱却怒气冲冲的低语，"我不相信知府。"

木高因患病而发红的眼睛闪着泪光，他的凝视带着恳求。他用自己的衣袖擦掉眼泪。

"你已经很好地保护了这些书。"李杜说。

"你不会告发我？"木高非常疲倦，努力给李杜展示他的藏书已经使他筋疲力尽了。木高看起来有些不确定，然后李杜很坚定地说："我不会告诉任何人的。"

木高露出了一个充满信任的微笑，然后他的情绪变了，快得和天气的变化一样。"好，"他忿忿不平地说，"我们为什么要在地板上爬行？你是不是想找出谁投的毒？我自己私藏的茶叶已经差不多喝完了，在这个下毒的疯子死掉之前，我是不会喝宅子里的茶叶的。"在李杜的帮助下，木高站起来。他在阳光下咕哝着要稍微休息一会儿，然后就向着休息的地方缓步离开了。

李杜慢慢走到藏书室中心的圆桌旁，他绕着圆桌，看着每一个书柜尽头一组星宿图案的名称：柳、毕、壁、翼、氐、危、参[1]……他的眼睛看着周围一排又一排的书。在这些书中,隐藏在相同丝绸装订书页中的,是整个世界的兴衰。进攻者顺着箭网交织的云梯爬上城墙;背叛者被千刀万剐;龙搜寻珍珠;朋友们在柳门前点烟;皇上与探险家谈心;城市被建立和焚毁;山脉沉睡或是在泥石流中崩塌。所有这些混乱,这些矛盾、争执、欺骗和令人费解的谜团,都静静地,被限制在这些线装书的缝线与丝质嵌板中。

李杜的思绪又转到京城。皇家藏书室是位于紫禁城东北角的一栋小小的建筑。它的围墙由黑色瓦片构成,看上去像是深深的湖水,以"水"的意象压制藏书室最忌讳的"火"。藏书室里,房间被厚重的消音屏风隔开,屏风上彩绘着金色与绿色的图案。书籍——它们对于李杜来说就像记忆中的诗行一样熟悉。他甚至能记起它们的味道。一些书因装在鞍囊中航行而带有麝香的味道。另一些带有熏香的芬芳,这些书最近曾在大宅妻妾们燃着香料的房间中被阅读过。还有一些带着辛辣的味道,这味道来自防虫的药剂,就像木高使用的鱼藤根一样。

李杜将自己从回忆中拉回现实,来到他一直寻找的书柜,在"玄武"[2]的标志之下,这里的书都装订成黑色。就是这儿,如果他对书籍归档所知正确的话,有关杜甫诗歌的书应该就在这儿。

李杜不得不再次跪下,但他很容易就找到了那本《挽歌》,

---

1 都属于二十八星宿。
2 四象之一,包括二十八星宿中北方七宿:斗、牛、女、虚、危、室、壁。

并将沉重的书盒从书架中抽出来。在《挽歌》旁边躺着另一个暗黑色、正方形的本子，藏在阴影中，被周围的黑色丝绸书盒遮掩起来。李杜拿出这个本子，将《挽歌》放回原处。

这个本子是西式装订风格，封皮很破旧，被磨损了，还带着水渍，并且上面有一个圆形的印记，应该是一杯热茶曾经被放在封皮上。李杜随便打开一页，那儿用黑色铅笔手绘了些东西，是六个大小相同的圆圈，每一个都标识着微小的黑色星星和象形文字符号。标题是整齐、倾斜的拉丁文：托勒密体系，接着是柏拉图体系、埃及体系、第谷体系、开普勒体系和哥白尼体系。李杜仔细翻阅着书页。本子里全是文字和插图，所有这些都用同样自信的笔迹写出来。毫无疑问这是皮耶特弟兄的日记。

李杜拿着这本日记脚步轻快地走向晒书室。他听到身后传来一阵鼾声，看到木高已经在藏书室最远处的躺椅上睡着了。通过晒书室巨大的窗户，李杜能看到宅子小径上热闹地挤满了人。守卫、旗兵和书记员们在四面八方匆忙奔走，仆人们在擦洗大理石雕像，拍掉坐垫上的灰尘。

李杜在他面前的桌子上翻开本子，皮耶特的日记看起来就像一只疲倦的白色蛾子在桌上休憩翅膀。日记的内容完全是关于天文观察和计算的。皮耶特用虚线绘制了月亮轨道运行图——被点状的星座图环绕。他从山上各个有利的位置描绘天空。他还总结了藏地的人对星座的理解。皮耶特一定还冥想了手提式测量仪器的构造。李杜高兴地看着附加的素描——素描画着波斯风格的几个天体观测仪的草图，还包括雕刻在观测仪上的卷曲、茂盛的花朵与藤蔓。

在皇家藏书室，李杜曾经见过知名旅行家们的日记，记得他们书页上用不同墨水和铅笔描绘的杂乱手稿——一些段落和语句被划去，反映出探险过程里的兴奋与挫折。皮耶特的日记不一样。没有什么被擦除、删去或者修改。看起来好像皮耶特就是将他脑海中已经考虑清楚和完备的东西写出来了。若不是按照时间先后顺序排列，又是铅笔所写，最后还有空白页，这简直就是一本正式印刷出版的书了。

日记的倒数第二页是地球仪的素描图，用的是一种简单、精致的描绘方法。地球仪上用珠宝仿造的帝国模型仅仅用几根抽象的线条表现出来，为了显示它与地球仪其他部分的相对比例而已。让皮耶特着迷的主要是行星和发条装置。

在素描的下面和相对应的书页上端写着长长的计算公式，每一个计算公式的结果都紧接着成为下一个计算公式使用的数据。在这个部分，皮耶特的工作不是那么完美无瑕。笔迹是匆忙和不规则的，皮耶特写下一些数据，又删除了它们，用其他数据替代删去的数据。数字7改成粗体的数字6，然后删去，又改回数字7。一个相同的方程式重复两次，结果却不同，每个方程式都有铅笔的划痕。

李杜叹了口气，用手抱住头。日记包含着一个天文学家对世界的观察。其中没有提到任何名字或者事件暗示谋杀的动机。但这本日记是怎么到了藏书室的？陈氏怎么知道日记在那儿？李杜努力不去理会斜照进阴暗处地面的一线阳光。已经过了正午了。

脚步声让李杜从沉思中惊醒。他合上日记,将它塞进自己袍子的口袋里,顺着脚步声来到藏书室后面。他发现尼古拉斯·格雷正试图打开大厅的收藏室。格雷又重新穿戴上他的大使服饰——黑色天鹅绒袍子和沉重的珠宝链子、戒指。他晒黑的皮肤在鼻子处脱皮呈白色,他带着甜腻的烟草味,焦躁得满头大汗。

格雷一边咒骂一边将钥匙放进锁眼嘎吱作响。"是你。"当认出李杜时,他说。

"不要把钥匙推到那么深的锁眼里。"李杜建议。

"该死的,所以这宅子里每个人都知道怎么进这个房间,除了我?"格雷愤然低声质问着,"知府向我保证贡品会被保存在锁住的屋子里,但他没告诉我谁还有钥匙。"

李杜扫了一眼藏书室,木高睡着的躺椅现在空了,隐藏在阴影里。

"我征得了进入房间的许可。"李杜说,"知府下令我可以进入任何我需要进入的房间。这个收藏室也包括在内。"

格雷的鼻翼翕动着,他用尖锐的目光看着李杜:"你应该先和我商量一下。"

"我向你保证,什么都没有弄乱。"

"你也没有发现任何与那个耶稣会信徒的死有关的东西。我知道你没有发现。这儿什么也找不到。皮耶特弟兄和东印度公司、和贡品、和我都没有任何关系。"

"但他生命最后的时间是在查看地球仪。"

格雷耸耸肩:"他是个天文学家,当然会对地球仪感兴趣。

对他来说不需要秘密地去查看地球仪。我会让他欣赏地球仪的。"

"遇到他那天，你和他在争吵。"

"两个聪明人之间的意见不合不是争吵，就像我之前告诉你的那样。你是不是想告诉我，我还是嫌疑犯？在庆典广场我告诉了你真相。他的死只会让我担心。知府向我保证皇上已被告知了现在的情形，皇上本人并不为此担心。凶手一定是从其他什么地方来的，当他完成任务之后，就离开了大研。看来你是唯一一个还在坚持继续追查这件事的人，但如果现在你还不知道答案的话，那么明天之前，你也不可能找到答案。"在格雷肌肉发达的手掌中，钥匙终于转动了，他推开沉重的门，让光线射入昏暗的房间。那个重要的、黑色的盒子被拼装好，稳稳地放在周围全是贡品的桌上。

"还有时间。"李杜说。

"当然，"格雷回答。他走进收藏室，将李杜留在门口。李杜看着格雷向着盒子倾下身子，在盒子一侧打开手掌宽的缝隙。格雷表情冷漠，几乎屏住呼吸，好像一个医生在诊断病人的脉搏。几秒钟后，格雷放松下来，移开自己的手。"很好。"他说。他移开一小块嵌板向盒子里凝视。"齿轮还在运行，太阳还在发光，"他静静地说，"我还必须再保护它一天。然后我就能卸下这个责任了。如果你不介意，现在我要继续查看我的贡品了。知府已经答应今晚在这儿与我会面，我们要商谈提出各个条款的精确顺序。我不会让我的觐见因为时间不足而丧失价值。"

"现在去客栈。"李杜离开藏书室时这样想着。李杜刚要走出宅子,就看到图利申、陈氏和贾环正向他这个方向走来。他们正密切地交谈着,但当图利申抬头看到李杜时,他稍微有些激动,停下了自己的谈话,接着又很快恢复了常态,他举起一只手,简单地向李杜打招呼。

"有什么进展吗?"图利申问。

李杜小心不去看陈氏。"我已经找到皮耶特弟兄的日记了。"他说。

"哦,"图利申说,"日记告诉你什么了吗?"

"他没写出凶手的名字,除非这个名字是用天文计算公式编码的。"李杜从他袍子口袋里将他塞进去的日记重新取出来,拿着它,打开,以便他们都能看到。"这是行星运行的记录,不是关于人的。"他解释说。

"你真在怀疑一个编码?或者是你太劳累了,才这样说的。"

"劳累?"李杜看着那些书页。

"是的,"图利申意味深长地看着他的同伴,重复说,"你对事情不清不楚。"他对着李杜,用一种更大声、更有意为之的语调说。

李杜合上日记,看着自己的表兄。"这是天文语言,"他一半对图利申说,一半自言自语,"是的,是的,可能我是累了。你让我陷入沉思。恐怕我不是很清醒。"

"好了,表弟,我不会在意你的胡言乱语。"然后,让李杜吃惊的是,他表兄走上前来,一只手搭在李杜肩上,引着李杜离开贾环和陈氏,以便他们能够私下交谈。

"表弟，"图利申说，他的声音几乎是善意的，"你给你自己揽了一个太费力的任务。你应该听我的。可能我该给你更多保护。多年独处让你在这儿负担过重了。皇上会理解的。他还有很多更重要的事情，胜过我们宅子里的这点骚乱。你会被允许继续你的行程的。"

李杜从图利申身边退后一步。"我没有负担过重，"他说，"还有很多需要我去考虑的东西。还有时间。"

"你应该休息。"图利申用一种更固执的语气说。然后他转向贾环："我注意到有些旅客从庆典广场上偷走马赛克地砖。我想要调派更多的守卫去那儿，现在所有一切都准备就绪了。马上去看一下。你知道，今天晚上，大使希望预演一下他呈献贡品的过程。"

"请您原谅，"贾环说，"我已经派了额外的守卫去广场了。我认为您可能会希望这样安排。"

图利申很高兴。"做得非常好，"他说，"你总是对我帮助很大。明天的宴会还有什么问题？"在贾环回答之前，图利申转向李杜，解释说："宴会是我们为某些客人准备的，但直到今天早上，我们才知道有特别的饮食习惯的人群参加。"

"客栈的霍老板会提供牛肉和面包，"贾环说，"我顺路再去和他确定一下。"

"还有，"图利申接着对陈氏说，"我想让你去拿些酒给普洱来的知府。他期望得到特殊的对待。皇上决定不去普洱对他来说是个打击，我们一定不能允许他因为嫉妒我们的成功而扰乱今晚的安排。"

图利申继续说着,几乎没注意到李杜轻轻鞠了一躬,悄悄溜走了。李杜刚到客栈外面就遇到了木高,他正朝着大研衙门的方向走去。木高拿着一坛酒,背后的篮子里装着一堆杂乱的纸张。

"你准备去见老木?"李杜问。

"是的,"木高回答,抬头看了一眼天空,"今晚天气不错。你今晚想和我们一起喝酒吗?"

李杜微笑着。"我很高兴你邀请我,"他说,"但可能要另选一个时间了。"

"随便你。"木高说,然后拄着他的手杖沿小路离开了。

第十七章

"我们知道,"哈姆扎一边说着,一边研究停在他面前小石桌上的一只蛾子。"我们知道……"他重复着,当那只蛾子振起翅膀,飞到一棵樱桃树的树枝上时,他的声音逐渐消失了。哈姆扎打了个哈欠,摇摇头。"我不知道我们知道什么,"他心情恶劣地说,"我开始怀疑这个城市是一个邪恶的地方。"

李杜和哈姆扎正在李杜客栈房间外面的庭院里分享迟来的午餐,因为在大厅拥挤喧闹的人群中,他们找不到位置,也听不到彼此讲话。一大早就到来的温暖一直持续着,在太阳下甚至有些热了。一只乌鸦在高处某块青苔覆盖的屋瓦间发出响而粗的叫声,天空是蓝色的。李杜已经将他房间的门和窗户都打开了。

"如果我们相信格雷先生,"他说,"我们知道当他和皮耶特两个人来到皮耶特房间时,有毒的茶叶已被放在皮耶特桌上的杯子里，旁边有一壶刚刚烧沸的水。"

哈姆扎向他的酒杯里倒酒，当他看到酒壶已空时，皱起了眉头。他把酒杯放下来，说："我们要相信这位尼古拉斯·格雷吗？在我的旅行中，我见识过他们的外交手腕。东印度公司像个对情人始乱终弃的男骗子一样，先是迷住他的牺牲品，然后将她们带到山中黑暗的地方，在水中把她们淹死。皮耶特弟兄也知道这个。最初是相互协商，然后就是死亡。"

等了好一会，李杜才回应说："对格雷来说，谋杀不是一件方便做的事情，这会阻碍他完成自己的任务。他想要做什么——他被要求做什么——是用外国贸易将会带给中国财富的美好前景来引诱皇上。一具死尸，还是一具皇上比较欢迎的修士的尸体——只会为春节庆典投上阴影，而且，也可能会为贸易协商投上阴影。格雷绝对不会冒这样的险。他可能需要一个非常充分的理由去杀死皮耶特——某个比竞争或者厌恶更强烈的理由。"

"我们怎么知道他没有这样的理由？我们又不是他。"

"他对失踪的茶杯做出了解释。所以让我们假设——只是现在假设——他说的是事实。我们对那个晚上知道些什么？"

哈姆扎用手指划着他空碗的边缘。"你接着说，"哈姆扎说，"我不将我的头脑用于这么简单的思考。"

李杜没有理会哈姆扎明显的漠不关心，说："凶手想让皮耶特的死看起来如何呢？"哈姆扎等着，李杜继续说："我们一定会想，皮耶特自己一个人返回他的房间，自己准备茶水——他几次提到他在晚上喝红茶，并且他不喜欢被侍候——他死了，是一个年老旅行者的自然死亡,他经历了一场对他来说过于艰难的旅行。"

"那么手袋又是怎么回事?"

"凶手觉得,如果死亡被宣布为自然死亡,手袋就不会被注意到。它将会和皮耶特剩下的其他遗物一起被埋掉或者被丢掉。手袋放在那儿是为了预防万一医生认出了中毒的迹象,并把这些迹象报告给知府。如果这事发生了,手袋就会被找到,毒药就会被识别出来。责任就会被归咎于宅子以外的人,真正的凶手得以逍遥法外。康巴人给了皮耶特装有毒药的礼物,毫无疑问,那天晚上皮耶特自己放了康巴人的有毒茶叶。这也正是知府确信的事实。这是一个聪明的主意,但是——"

"但我又糊涂了。凶手是怎么给皮耶特茶叶的?皮耶特是不会从一个他都不认识的袋子中拿出茶叶的。"

"皮耶特真正喝下去的下了毒的茶叶不在袋子里。我们已经有了格雷的证实。当他和皮耶特进入房间时,茶叶已经放在桌上的茶杯里了。那儿还有一壶水,刚刚烧沸,就在茶杯旁边。凶手一定是在不久之前到了那儿,从院子里的水罐中取出热水,把壶倒满。皮耶特就像凶手推测的那样,认为茶水是仆人为他准备好的。"

哈姆扎眯着眼睛看着李杜,好像努力去辨认过小的文字一样:"所以凶手没有想到屋子里还有其他人和皮耶特待在一起。"

李杜点点头:"正是。凶手没料到那儿还有一个目击者。当这一切发生时,格雷很乐于保守凶手的秘密,为了避免他自己成为嫌疑犯。当格雷努力藏起毒药，把杯子带出房间时，凶手和格雷就都有麻烦了。格雷这样做是考虑到自己的利益，但如果他能像凶手希望的那样留下完整的现场，对他可能会更有利一些。失踪的茶杯成功实现了凶手想要避免的事——它将注意力转移到了宅子里的人身上。但即使知道了这些，恐怕我们还是无法知道是谁放了那些有毒的茶叶。"

"那个鲁莽的年轻科学家，那个十足的傻瓜。"哈姆扎心不在焉地说。

"你是说马丁弟兄？"所谓的马丁弟兄。李杜心里又默默加上一句。

"过分执着的魔法师是危险的。"

"他是一个植物学家，不是魔法师，但我懂你的意思。他确实是个说谎者。但他有不在犯罪现场的证明——他从未离开过表演节目的庭院，也不会准备茶叶和热水。"

"那么你的表兄如何，那个知府？他也没有离开表演庭院，但如果他想皮耶特死的话，会有许多人可以为他做这件事。有权势的人可以雇用刺客。"

"确实是这样，他让医生在皮耶特的死因上撒谎。但他这样做的动机是什么？图利申，就像格雷一样，倾尽全力想让春节庆典顺利进行。他要求我留在大研，仅仅为了谋求我的帮助，避免来自外国人的麻烦。皮耶特会对图利申有什么威胁？这会比谋杀发生在自己的宅子里让图利申处境更糟？"

"那我们接着想，"哈姆扎说，再次看着他空了的碗，"至于陈氏,我发现她的鼻子很有魅力。"

"是的,"李杜说,"不同寻常的美丽。她的头发和她的衣服都显得老于世故,和北京的红倌人一个式样。但在她身上,这些修饰看起来,"李杜寻找一种方式表达自己的意思,而不会招致哈姆扎的嘲弄,"表面风光。她还有隐藏起来的更深的力量——"李杜做着手势,脑海里又模糊显现出戴着头饰和珠宝的陈氏的影子。

哈姆扎脸上露出一种鬼鬼祟祟的表情:"所以你喜欢陈氏,是吗?可能她也喜欢你。你觉得她为什么要指点你找到日记?还有,她怎么知道日记在那儿?"

"我想就是她把日记从皮耶特房间拿走的。"

"为什么?"

"我不知道。"

哈姆扎不耐烦地、气冲冲地说:"你的回答无法让人满意。那么木高呢?他是一个充满了怨恨的人。"

"是的,但他的怒气不是针对耶稣会信徒的。他可能想暗中破坏春节庆典,但是他不用杀死一个陌生人也可以破坏。当然,皮耶特年轻的时候在大研待过。我们一定不能忘了这个。"

李杜一边说,一边打开皮耶特的日记,开始无所事事地翻看。哈姆扎转过头,叹了口气。"我记得他在山上绘制这些图解,"哈姆扎说,"但我对这些图解一无所知。人们怎么理解这种语言呢?"

"这需要一些耐心。"李杜说。

哈姆扎的注意力从日记转移到李杜房间打开的窗户上。当看到桌子时，他高兴起来，因为桌上放着一瓶他们之前从市场买回来的酒。酒瓶发出令人愉悦的蓝色和白色的光。"居然有这种事，"哈姆扎说，"你还有酒剩下来？我们买的那天晚上我就把我的酒喝完了。"哈姆扎拿起酒瓶摇一摇，"至少还剩半瓶。"他高兴地说。

李杜扬起眉毛："现在还不是喝酒的时候。"

"你错了。在阳光下喝酒和在月光下一样好。"

李杜的注意力还集中在日记上，他用手势示意哈姆扎随意享用。"为什么，"李杜想，"为什么皮耶特这么潦草地写下那最后几页？他在不安吗？皮耶特日记的每一页都一丝不苟，他演算出一个接一个的复杂等式，却没有任何错误。是什么让他在最后一天频频犯错？是否有一些事让他心烦意乱——"

突然，瓷器在地板上打碎的声音将李杜从沉思中猛然惊醒。他转过身，看到哈姆扎跪在地上，然后倒在地板上，他猛烈地抽搐着，紧紧地抓着毯子。

李杜马上站起来，忘记了日记。他扫了一眼，从桌上的酒瓶到掉在地板上摔碎的酒杯，他清醒地知道哈姆扎一定是中毒了。他明白了这个，也明白也许太晚了，恐惧的感觉涌上来，李杜跑过院子，大声呼救。在他头上，树枝映着的蓝天好像有裂缝的镜子。路的两旁种满竹子，就像围墙一样，弯曲的小径蜿蜒着，仿佛没有尽头。

李杜几乎撞到一个来点香灯的侍女，灯笼猛烈地摇动着，将香雾搅成一朵灰云。侍女发出一声惊叫。李杜告诉她马上请医生到他的房间去。侍女抓起她的裙摆,从客栈的正门冲了出去。李杜继续慌不择路地跑到休·阿什顿房间的门口。他叫着,用力地拍打着门,以致紧扣的铁把手发出咯咯的声音。

门开了,阿什顿苍白的脸向外看着。当他认出是李杜时,马上变得轻松起来,但看到李杜的表情他又变得紧张了。李杜在阿什顿说话之前就打断他:"哈姆扎中毒了,快死了。你一定要帮帮他。"阿什顿吓坏了。李杜带着沮丧的心情,从他身边挤过去,进到阿什顿的屋里。

"这儿,"李杜一边说,一边挥动胳膊指着屋里堆满的植物,"这儿总有些什么是有帮助的。你从医生那儿学到了什么?想想!"

李杜声音里的恐慌刺激了这个年轻的学者,带着低声惊呼,阿什顿冲向纸堆,把压着这一大堆东西的重物推掉。一个小小的玉质砚台在地板上摔成三截,砚台的狮头滚到一个角落里。堆在杂物最上面的书跌落在地板上,扇形的纸张和书面湿漉漉的。

"我知道我在找什么,"阿什顿一边咕哝着,一边撕掉他分隔植物的纸张——阿什顿将那些植物一丝不苟地按压在纸板上并做了标签。黄色的纸张像羽毛一样飘满整个房间,又一张接一张落在有裂纹的地板上。阿什顿压低声音耳语着:"五倍子……甘椒……木姜子蓖麻……铁线蕨……曼陀罗草……"他停下来,欢欣鼓舞地拿着一个褐色的根块。"是这个,"他说,"哈姆扎在哪?"

他们一起匆忙从房间出来,李杜带着阿什顿穿过院子。李杜几乎没注意到他们已经被抛弃——每个人都到外面街道上欣赏表演去了。走进李杜的房间时,他们听到一阵模糊不清的声音。就在门外,几名侍女挤在一起,悲伤又不知所措地哭泣抽噎。其中一个负责的侍女,有些气喘吁吁地告诉李杜,医生马上就来了。

房间里,另外几个仆人束手无策地站在哈姆扎旁边,他呼吸微弱,喉咙间咯吱作响,皮肤像蜡一样苍白。当仆人们跪在他身边时,他还在抽搐——他的背拱着,他的手指僵硬地蜷曲着,他的脸在痛苦的叫喊中扭曲了。

阿什顿脸色惊恐,带着颤抖的声音说:"我需要什么来碾碎根块。"李杜从桌上抓过一块沉重的大理石砚台,惊讶地发现砚台中盛满了墨汁。冰凉的黑色液体顺着他的手指流下来,流到手上。他拿自己的衣袖擦干滴下来的墨水,将砚台递到阿什顿苍白的、张开的手中。阿什顿在地上碾碎根块,然后强迫哈姆扎张开嘴,把浆汁灌进他的嘴巴。他合上哈姆扎的下巴,这样他的牙齿就能咬紧,就能把浆汁吞下去。

一开始看起来他们似乎来迟了。哈姆扎的身体因为新的战栗而遭受到巨大的痛苦,他的嘴无助地张开。之后,他抓紧的手指放松了,脸上的肌肉松弛了,头垂向一边。在最可怕的一刻,生命看起来已经从他身上消逝。然后他的胸膛再次起伏。可怕的、呼哧呼哧的喘息声消失了,哈姆扎的呼吸正常了。他活了过来。

这时候,杨医生到了,他瘦削的颧骨因为奔跑而发亮,胡子杂乱地散在胸前。他进房间时带来一股让人舒服的干燥的白芷味道。看了一眼哈姆扎,杨医生就开始发号施令。他告诉被吓坏的侍女们不要再呆看着,去给他拿热水、冷水、干净的毛巾和长袍来。侍女们急忙跑开了。杨医生说话的同时,也在查看哈姆扎的病情,同时准备着膏状药物和混合的草药。李杜看到杨医生的手法很柔和,他用满是皱纹的手指轻轻按压,查明哈姆扎的体温和脉搏。

休·阿什顿站着,医生一到屋里,他就退回了角落。李杜还是跪着,看着哈姆扎重新获得生机的脸,等待杨医生说些什么。但医生给的指令很少,当他对李杜说话时也只是告诉他再去往准备好的杯子里倒些热水。李杜接过一个侍女递来的刚刚烧沸的水,看着自己被墨水染黑的手。李杜想起溢出的墨水,在倒水时不禁皱起眉头。他并没有在砚台里留下墨水——对此他非常确定。他仔细检查房间,很快就注意到昏暗角落里有个看起来像纸片一样的白色东西。那东西在床下很靠里的地方,如果不是像自己这样蜷伏在地板上,没人能看到它。但李杜还没有提及这张纸片,大夫就直起身来,满意地哼了一声。侍女清理了他们周围的地板,哈姆扎的衣服被脱掉,又很快被换上温暖、厚实的袍子。

"他会恢复的,"杨医生有把握地说,"他可以被抬回自己的房间了。我给了他有助睡眠的草药,现在毒已经解了。"他抬起头,带着骄傲看着休·阿什顿,对李杜说,"你可以告诉这位年轻的外国人,茄属植物的根茎确实可以维持人心脏的跳动。他对我教给他的东西理解得很好。我告诉过你他不是一个愚蠢的人,他只是语言沟通的技巧有点差。"

李杜将医生的话重复给休·阿什顿听,阿什顿结结巴巴地说自己还做得不够,只要这儿没发生另一桩命案他就放心了。说完他笨拙地鞠了一躬。

"毒药在哪里?"医生转向李杜问道。

"在我的酒里。"李杜说,把他的酒瓶递给大夫。

"你没有喝酒?"

"我正准备喝,哈姆扎先喝的。"

杨医生拿过酒瓶,闻了一下。他点点头,用当地方言说了一段话,这段元音像怒吼、辅音像喉鸣的话表达了医生对在酒中投毒的看法。医生说:"你知道你现在必须要非常小心。这显然不是一个意外事件。"李杜听到了话里的重点,明白医生指的是图利申企图掩盖皮耶特被谋杀的事。

"同一种毒药?"李杜问。

"不是,我猜这是黑风帽的树叶。我看到你脸上的失落就明白,你知道这些不会帮助你捉到凶手——云南漫山遍野都长着这种植物。"杨医生看着哈姆扎憔悴的脸。"你朋友是幸运的,"他说,"他年轻,身体强壮,争取到了让他活下来的时间。非常幸运。如果再多抿一点酒,在我们说话的当下,他就已经灵魂脱壳了。"

"他会很快好起来吗?"

"休息以后会的。这儿是客栈。我想如果我们可以协作,我们能很容易地搬动他。在自己的房间里,我觉得他会更舒服一点。"

霍老板站在门边,紧攥着他的双手,气喘吁吁地说:"在我的客栈里,在我自己开的客栈里。我不知道这一切都是怎么发生的。下毒!这是恶行。这是背叛。但我要负责。我要负责。每个人都会这样想。客人们信赖我。他们信任他们的店主……自古以来的信任……"

"他还活着，"李杜安慰他说，"他还活着，现在你得帮助我们让他更舒服、安全。"

心烦意乱的霍老板用手捂着脸，摇着头。"这不对。一定是什么人来了，下了毒——但毒药在哪里？"他看到酒瓶和摔碎的酒杯。"在你自己的酒里？"他叫道，"在你自己保存在房间的酒里？但你们俩都可能死掉。我找到了一个好地方，我非常辛苦地工作。我从不——我绝不会……"

"安静下来，老朋友，"杨医生责备他说，"狼会咆哮，鹅会流泪，但客栈主人必须冷静。现在我们必须把这个可怜人送回他的房间。"

"是的——是的，当然，"霍老板吸了一下鼻子，擦干自己的眼泪，"但我能不能问一下——现在有没有办法阻止谣言传开呢？是否有办法不让我的客人离开呢？毕竟，哈姆扎没有死……"霍老板停下来。

"好，那么，"无人回应，霍老板自问自答，"要发生的终究会发生。我是最早一个说没有什么能阻止谣言的人。但是——"他带着恳求的神色转向李杜——"请你一定要赶快找到这个疯子。如果你还找不到，我真不知道这城里还会发生什么。我是真不知道。"

当霍老板开始镇定下来，他派来两个强壮的仆人，从储藏室拿来一块门板。仆人们将哈姆扎轻放在门板上，抬着他经过两个院子，来到他自己房间的门前。侍女已经提前在房间里给哈姆扎的床上加了温暖的皮毛毯子。另外,热乎乎的暖脚石——刚从炉子里拿出来——也在褥垫末端放好了。

"他很快就会好起来的。现在让他休息一会儿。留个侍女在这儿,如果有什么问题可以叫你,如果他的情况恶化,马上派人去叫我。"

李杜的脉搏和呼吸开始回归正常,他有了一个想法。他伸出一只手拦住霍老板。"你说你不想让谣言传开来。"他对霍老板说,也是对杨医生说。

"我愿意做任何事。"霍老板可怜巴巴地说。他抬起手擦掉额头上闪亮的汗珠,拇指在眉毛上留下一道浅浅的白色面粉印记。

"既然这样,"李杜说,"用你的权威让你客栈里的人保持沉默。医生,在你来这的路上,你是否告诉别人发生了什么呢?"

"我没有告诉任何人。"

"那么只有我们几个人知道。"

"但秘密不会保持太久的,"医生说,"霍老板是对的。谣言在这样一个人多的地方是不受控制的。"

"不会太长时间,不会,"李杜赞同,"但是我的酒被下了毒。皇上明天就来了。那么为什么,当我明天就要结束调查时,凶手会冒险杀我?我想——我希望——这意味着我离答案近了。如果我还能有再多一点时间,没有知府干涉的话,我觉得我现在离真相已经非常接近了。"

"我们尽所能给你充足的时间,"霍老板说,"我会告诉我客栈里的伙伴的。"

哈姆扎醒来时他们正准备离开，哈姆扎虚弱地请求李杜留下来，以便他们可以单独谈话。在接受了医生的指示——什么时候喝哈姆扎身边桌上放着的某种草药——之后，哈姆扎和李杜单独留在了房间里。

哈姆扎声音刺耳，面朝着天花板说话。"曾经。"他说，然后不舒服地咽了下口水，用舌头舔舔干燥的嘴唇。李杜拿浆汁香草茶给他，哈姆扎抿了一口，说："布哈拉有个商人。"

"你必须休息，"李杜警告他说，"现在不是讲故事的时候。"

哈姆扎噘起嘴，带着君威被冒犯的神情，直直看着李杜。他准备接着说，但李杜坚决摇头制止了他："当你好了之后，才能讲布哈拉商人的故事。"

在确定侍女会一直照看哈姆扎，如果病情有什么变化，自己能够马上知道以后，李杜离开了哈姆扎的房间。

回到自己的房间，李杜拿出酒瓶和那个他自己的没有打破的酒杯来到院子里。李杜将剩下的酒倒进竹竿间的泥土里。他返回自己的房间，将所有的门窗关紧，拴牢门窗上的螺栓。最后，确定只有他一个人在屋里之后，李杜跪在地板上，看向床下。

正像李杜想的那样，床下有页纸。李杜把肩膀尽可能贴在地板上，将他沾满墨水的手尽量向床底里面伸。他的手指触到纸片的一角，把纸片拿了出来。纸片没有他想的那样脏，上面不是空白的。

这是一封写给知府的信，用的是知府以前的旧名字。李杜盯着这封信，最初无法理解看到的是什么。突然他发现自己的腿软

了,他瘫软在床边,坐在那里,弯腰向着这易碎的纸片,他读道:

尊敬的表兄李尔丰:

我的思想像朽败的树叶消散在深深的池塘。我不记得我是谁。可能我只是一个鬼魂。山洞中不可忍受的悲啼在我脑海中更为响亮。我一直在想,我一个人在这冷酷的地方,这悲啼是山上的风鸣。但我开始害怕那是我自己沉默的声音。

我游荡了五年时间了。我知道我永远不会被允许重回家园。我只剩下一个简单的任务。我希望在死亡里我能够找到通往天界之龙的群星之径。或者是否我注定要走恶魔般的曲折之路?我接受我的命运,带着它给予我的仅剩的尊严。

在我走进黑暗之前,我忏悔。我杀死了那个耶稣会信徒。在我的仇恨和嫉妒中,我希望他死去,所以我毒死了他,因为他和他的善良会毒害这个国家。我不后悔我的行为。

仅此而已。

李杜

第十八章

　　李杜又把信读了一遍，然后他站起来，走到桌边，工整地在信的抬头写下：这封信是伪造的，我——李杜——不是这封信的作者。他打开抽屉，将信放到里面，关上抽屉。当信从他视线中消失时，李杜感觉好些了。

　　一件伪造品。作为一个藏书室编修，李杜曾遇到过成百上千的伪造文件。他总是很享受寻找细微迹象以将伪造品与真实的书页区分开来。这是个细致的工作：感受纸张的重量、研究墨水的颜色、寻找时代错误的词汇。

　　但刚才他发现的这封信不仅仅是对他笔迹的模仿。它还伪造了一个事实。李杜闭上眼睛，让自己的思路跟随着这个突然出现的谎言延展：李杜，这个不光彩的流放者，在黑暗山野中的某个地方丧失了心智。他来到大研，在这儿他的精神错乱加重了，他因为自己表兄的成功而痛苦、怨恨。那个喋喋不休的耶稣会信徒，因为重提了京城中的事，变成了他怨怼的对象，不久，又成了牺牲品。

当耶稣会信徒死掉，李杜内心充满了内疚，于是他可怜地幻想自己成为探案人的角色。现在，皇上到来的前夕，他的病发了，开始发烧，他无法再逃脱自身的恶魔，就选择了自杀。侍女会发现他死在自己的房间里，调查者会发现床下躺着的、从他毫无生机的手中落下的那封信。第二天早晨，知府大人将会带着悲伤和羞愧，告诉皇上这个悲哀的结局。皇上将会点点头，春节庆典就开始了，这整个故事会被人们接受，并被逐渐冲淡。

这是凶手布下的第三个疑阵。第一个是那位上了年纪的旅行者经过长途旅行之后自然死亡。第二个是那位旅行者被遥远到无法捉拿的土匪们残忍而悄无声息地毒杀。

之前难以捕捉的凶手的面容变得清晰了。这是一个等候在阴影中的伪造者，一个不仅伪造墨水和纸张，还伪造整个世界的伪造者。就像放在真实风景前面的彩绘屏风一样，这些被改变的现实轻轻地移动，默默地到位。

这个伪造的世界对那些不能靠近了去看清幻象的观众来说难辨真假。那些把李杜看成流放探案者的人，也会很轻易、很开心地把他看成凶手，看成一个被孤立和抛弃弄疯的学者。然后就是春节庆典，从未解之谜的焦虑中解放出来的万千大研民众，将会被这场美丽的堕落所引诱。凶手已经精心为他人安排了所谓的事实。在这精心安排的背后隐藏着凶手对其高超技术的骄傲和满意。

李杜站起来，注意到手上还沾着墨水。他现在知道为什么砚台是满的了——它已经变成了一个道具。他打开抽屉，拿出那封信，将它折叠了放在手中。然后他推开门，谨慎地穿过院子走向哈姆扎的房间。

当他到达时，李杜发现这个讲故事的人从枕头上支起身子，看起来闷闷不乐。当他看到李杜时，显得很高兴。

"你回来了，"他说，"因为你想知道那个布哈拉商人发生了什么？"他的声音，不如往常那样坚定、清晰，像是沙哑的蛙鸣。

李杜告诉侍女她们可以走了，然后坐在哈姆扎床边的椅子上。哈姆扎好奇地看着他。"给我一些草药，我要喝药了，"哈姆扎说，"还有，我要告诉你这个故事。"李杜将杯子递给他。哈姆扎抿了一口滋补的草药，皱着眉头，把杯子递回给李杜。哈姆扎还是苍白无力。但他把草药吞下去，将自己身子挺得更直一些。他说："布哈拉商人有一个——一个他非常信任的仆人。一天，商人正坐在丝质坐垫上，在阳光下等着他的仆人拿给他一份酥油点心……哦……"哈姆扎的脸色变得苍白、紧张，他懊恼地摇摇头。

"你还是病得厉害，"李杜说，"你不要说话。"

"但我要说，"哈姆扎静静地说，他清了清嗓子接着说道，"仆人从市场上回来。他看起来非常难过。他对商人说：'主人，我今天在市场上看到死神了，当他看到我时，他大声叫喊，还指着我。我担心我的命。请问今晚我能去撒马尔罕吗，这样我就可以从他手里逃走了。'商人答应了他，仆人慌慌张张地离开了。"

哈姆扎停了一会儿，又喝了一小口草药，药苦得哈姆扎再一次龇牙咧嘴:"商人——他去了市场,在那儿找到了死神。他问死神:'为什么你要在路上喊我的仆人来吓唬他?'死神回答——他回答:'先生,我只是很惊讶地看到你的仆人还在布哈拉,因为我今晚要在撒马尔罕和他会面呀。'"

哈姆扎发出虚弱的笑声。

"这个故事是说,"李杜缓慢地说,"这个仆人正在走向他自己的命运。"

哈姆扎点点头:"你知道我为什么要告诉你这个故事吗?"

李杜摇摇头。哈姆扎将目光重新转向天花板。"你已在山中待了很多年,"他说,"因为你不想记起家乡。现在你到了这儿,皇上来了这儿,死神同样也来了这儿。你必须考虑你为什么到这儿来。现在给我看看你手里拿的是什么。"

李杜把信递给他,哈姆扎不置可否地看完信。然后他皱着眉,将信扔到床上,好像那是一块烫手的山芋。"这是一则邪恶的信息,"他说,"如果有邪恶的东西,我看到的这个就是。一个人造出这种虚假的东西是不合人情的。"

李杜轻轻挑起眉毛。"我看到它时也是这样想的,"他说,"但写这封信的是一个有讲故事天分的人。"

"所以——那么你现在竟以为写这封信的是我?"哈姆扎的语气很轻,但他目光向下,揪着毯子,等着李杜的回答。

"不,"李杜摇摇头,斜倚在椅背上,"不,"他又说了一遍,若有所思地摩挲着脖子后面,"你不会写这个。你的艺术才华是一种不同的性质。你创造了一个你的世界,将你的听众带到一个个令人惊奇的国度。它们不意味着对现实的错置。凶手的世界更接近我们的世界,当我们进入人生时,构造的幻觉环绕着我们,用谎言替代我们的真实。那是一个用他们的方式建立起来的圆满。"

"圆满?你让我生气了。"哈姆扎的发音微微含糊,他闻了一下杯子里医生的药。"这药让我疲倦,"他说,"当我有病又思维迟缓时,我怎么帮助你呢?我得到了教训,在太阳落山前不要喝太多酒。"他把药放下,重新看着信,问:"你在哪儿找到信的?"

"在床底下,在它很容易掉落下来的地方。"

"床底下,"哈姆扎说,"就像哈桑的信。"

有一会儿,李杜觉得哈姆扎神志不清了。后来他想起来。"你是说在你的故事里纽拉丁写的信。"他说。

"是的,"哈姆扎含糊地说,"六天前。我在宅子里的第一次表演。信在床下。如果我启发了凶手,我深表遗憾。"

有些东西扰乱了李杜,当他努力分辨究竟是什么时,他的眉毛皱着。哈姆扎继续说着,更像是对他自己,而不是对李杜说:"故事里的信是幸福生活的钥匙。这封信是死亡的标志。"

李杜意识到他想到了什么。"但表演是在七天之前,"李杜说,"不是六天。"

哈姆扎眨眨眼:"那么是七天。当我刚被下毒时,我怎么会记得这个细节?不管怎样,我从没发现日子有多重要。"

在那一刻,李杜明白了。

"日子很重要,"李杜说,"它们从来没有像现在这样重要。

我直到现在才明白这个。我一点没看出来。动机——罪行的动机——是日子。"

哈姆扎发出低声抱怨："你要么是太聪明，要么是完全不着边际，但它们对我来说都一样，因为我头疼得厉害，什么也不明白。"

"关于皮耶特弟兄，是什么让他成为一个威胁？"

哈姆扎努力去回答："对于这儿的人来说吗？一个外国人。一个修士。一个老学者——"

"一个学者，是的。但对他来说，最重要的是研究星星。一个天文学家。他是一个天文学家。"

哈姆扎轻轻摇头，好像想让思路更清楚。这让他很不舒服，他停下来，闭上眼睛。"但是，"他紧张地说，"但是一个天文学家有什么危险。"

"知识。"

"有关天空的知识。但天空与百姓有什么相干呢？"

"这儿——在大研，在这个时刻，它和每件事都相干。"李杜从衣袋里取出皮耶特的日记，打开它的最后几页。他指着那里。

哈姆扎躬身去看。"那个珠宝做成的天空模型。"他说。

"还有日子。"

"我不明白你的意思。什么日子？"

"你会生气的，但我必须立刻去大宅。"像李杜预期的那样，哈姆扎开口抗议。

"不，"李杜说，"你还没有康复。我不会去很长时间，而且当我回来时,我会解释所有事情的。"

"但是——"

"我知道是谁杀了皮耶特弟兄,并且我知道为什么要杀他了。现在一秒钟都不能浪费了。"

第十九章

太阳正在落山。李杜沿着小路经过花园,那里空无一人。平坦的鹅卵石上没有磨痕,泥地上也没有脚印。桥上的大理石栏杆上没有一点污渍。池塘很清澈,连鲤鱼看上去都好像带着新的光芒。帘幕遮盖着花园,缀满丝绸和天鹅绒褶皱与带子的帘幕,迷人地垂在池塘的光滑石头上。柠檬和香料的混合气息弥散在空中。

李杜来到藏书室大门时,他停下来。四个石头护卫——朱雀、青龙、玄武和白虎——庄严肃穆、一动不动地盯着前方。李杜觉得稍微放心了,李杜崇敬地向这些静止的雕像微微点头,拉平肩膀,正了正自己的帽子,爬上藏书室的阶梯。

藏书室里,李杜听到从书架尽头传来的声音。他穿过昏暗的间隙,绕过装饰有金银丝的桌子,走向大厅收藏室打开的门。太阳落下去了,照不到高高的、细细的窗户了,收藏室里已经点上了蜡烛。

知府和尼古拉斯·格雷分别站在桌子的一边。在他们中间是地球仪，没有盖子，放在它黄金的底座上。图利申身后，贾环在一个小本子上做着记录。在一个与藏书室主要房间相邻的昏暗角落，木高坐在一把椅子上，无所事事地用他的手杖戳着地板上看不到的虫子。陈氏静静地站着观察着一切，她穿着一袭灰色底、上面刺绣着红色鸟雀的天鹅绒袍子，肩膀上搭着松鼠皮的披肩。李杜走进收藏室时，她转过身，脸色苍白而神情专注。但她却没有打断屋子里正在进行的交谈。

"这个地球仪，"格雷说着，"是所有贡品中最重要的东西。它的呈献必须要匹配它的价值。你确定觐见不会超过预设好的时间吗？皇上进入春节庆典广场召唤日食之前，必须拿到地球仪。我们需要充足的时间，将地球仪安放在高台上，以便当它敲钟报时之时，皇上能看到它。"

"是的，是的，"图利申非常疲倦和不耐烦地说，"一切都像我们之前讨论的那样安排好了。皇上总是非常周密的。我向你保证——对于安排好的行程，不会有意外的变化。"

李杜在门口说："当然，月亮不会为了方便任何人而等待的。"

图利申和格雷猛地抬起头。图利申皱了皱眉。"正像你看到的，表弟，"他说，"我们正在讨论非常重要的有关整个国家外交关系的决定。如果你来这里是要和我说你的处境，你得等到这位大使满意了我们的安排之后。我不需要你的汇报。太阳已经落山了，明天皇上就会到来。你的调查也结束了。"

"正像你说的,我的调查结束了,但是——"

"我很高兴你明白这点。"图利申打断李杜的话。他转身走开,但李杜后面几句话马上让他停了下来。

"但我还在这儿,因为我知道皮耶特弟兄为什么被杀了。并且我知道是谁杀了他。"

一时间,屋里一片寂静。陈氏的眼睛快速看向李杜的眼睛,即使隔着一个房间的距离,李杜还是能感觉到她的静寂里充满着紧张。然后图利申带着让人不舒服的笑容说:"李杜,我很担心这个。就像我怀疑的那样,你的流放给你的精神带来了太大的压力。请不要指控你根本不能证实的事情,那会让现在的情况变得更糟糕。贾环会陪着你回客栈的。你太累了。贾环——"

贾环恭敬地鞠了一躬,将他手头的本子放在桌上,然后走向了李杜。但他刚向李杜走了两步,李杜就摇摇头,坚定地说:"我将说出一切,"他转向格雷先生,"我所说的事情和你有关——如果我说中文,你能知道我的意思吗?"

"能,"格雷说,尽管房间里很冷,他的眉毛上还是出现了几滴汗珠,"但我不确定我能够理解打断我们的这件事的严重性。不管那个耶稣会信徒身上发生了什么,都已经过去了。明天发生的事,不仅关系着你的国家,也关系着整个西方世界的国家。日食——"

"明天这儿将不会有日食出现,而且皮耶特弟兄被杀,就是因为他知道这个。"

木高的手杖跌落在地板上，发出哗啦一声。陈氏张开嘴想说话，深思熟虑后又闭上了嘴，把话收了回来。图利申盯着李杜，因为惊讶而说不出话来。

"但那不可能。"格雷大喊，他的脸上满是困惑和惊恐。

图利申终于可以说话了。"你怎么敢这么说，"他狂怒地转向他表弟，"你要挑战皇上的神圣？日食将在明天发生，否则就意味着皇上有错。你太疯狂了，这可是不赦之罪。"

"没有错。有人在蓄意破坏。"

"皇上与神明之间的交流不容破坏。"图利申叫嚷道。他继续说着，但李杜用急切的声调打断了他，震惊的图利申沉默下来。

"停，表兄。让我们来说说事实，"李杜说，"皇上的预言不是建立在梦境，而是建立在公文之上。公文可以被更改。它可以被伪造。皇上现在携带着的天文日历——这几个月南部之行他所携带的日历，是伪造的。"

"但这个地球仪，"格雷的声音嘶哑，他的眼中充满惊慌，"这——这意味着什么？它的发条装置是专为日食设计的。"他咽了一口吐沫，指着放在桌上的地球仪——它红色的太阳放射着光芒，照着周围金色的行星，小型模拟城市表面的水晶和钻石闪闪发光。"它什么时候打钟报时？"

"日食开始的时间，"李杜说，"不是明天，而是后天，皮耶特知道——"

图利申插话说："为什么我们要相信这个？你给出了一个出人意料的声明，但你没有任何证据。你在讲述一个对我们都有威胁的故事。你是不是想让我们和你一样疯狂？"

"我会对你解释这一切的。但为了让你们都明白，我们必须承认有关春节庆典的某些既定事实。"

"什么事实？你说。"图利申将手叉在胸前。

格雷的注意力集中在了地球仪上，但他努力转过身来，期待地看着李杜。停了一会儿之后，李杜开始解释：

"许多年来皇上对云南省都怀有深深的忧虑。这是一个边境省份，不但远离京城，而且远离皇上先祖聚居的北方地区。不止一次的叛乱都是从这里开始的。热带树林携带着致命的热病。即使是最有野心的官员也害怕这里的土匪和地方家族势力，他们都会记得以前的仇恨。皇上一直都知道，云南省只是名义上是帝国的一部分而已。"

木高小声咕哝着表示同意，立刻被陈氏的眼神制止了。

"今年，"李杜接着说，"京城的天文学家们知道日全食将会在大研这儿出现。皇上看到一个机会，去向他那些没有血缘和历史渊薮的民众证明自己的神圣和天命所归。他宣布了自己的南部之行。一开始，几乎在一年之前，准备活动就在筹备中了。你，知府大人，计划了一场无与伦比的、奢靡的庆典。还有你，格雷先生，从遥远的地方旅行而来，带着价值连城的贡品，希望打动皇上。所有这些努力都有它们不变的中心：日食。但是谁能真正预言日食的时间？"

"是耶稣会信徒，"格雷立刻说，"耶稣会信徒从明朝最后一位皇帝开始就一直负责中国的天文观测。"

"是的。每年天文日历的制定都委托给钦天监的耶稣会信徒。虽然许多年前京城就有了竞争，但耶稣会信徒在这方面的优势一直没有被质疑。每年耶稣会信徒制作新的日历，它被单独送给皇上，皇上再用它完成他神圣的预言。今年，有人用伪造的日历替换了真正的日历。伪造品和真品几乎一模一样，只在一个细节上不同：日食的日子。"

"你怎么知道这些的？"图利申问。

"因为皮耶特知道这些，"李杜从他的衣袋里拿出那本日记，将它举起，"皮耶特弟兄是一位出色的天文学家。当他到达大研，得知格雷先生将地球仪带到这儿来之后，可以想象他的欢喜。发条装置的天空模型——对其他人来说，地球仪只是一个神秘、美丽的玩具。但对皮耶特来说，它是一个有特殊用途的精致工具。

"在宴会的那天，皮耶特查看了地球仪。"

"没有经过我的允许。"格雷说，"但我肯定他没做什么毁坏地球仪的事情。为什么地球仪这么重要？"

"他在日记上做了记录。我刚开始看到这些记录时很泄气。我不明白那些算式。但我注意到一个小细节——整本日记中只有最后几页有错误。只有这几页写下了数字，被删去，又重新写上。这两个数字说明，很明显，皮耶特对他公式的结果是 6 还是 7 不能确定。这个对我毫无意义，直到我意识到从他死的那天开始算，预言中的日食将发生在六天之后。皮耶特用地球仪预测了天空球体的平行排列情况，这个预测告诉他，日食不是发生在六天之后，而是七天之后。"

"但是谁杀了他呢?"这是陈氏第一次说话。她的话利落而冷酷,两只手紧紧握在一起。

李杜看着全部转向他的众人的面孔。"你们每一个人,"他说,"那天晚上都有机会毒死皮耶特弟兄。陈氏——"李杜转向她。她的脸上没有害怕的表情,只有等待他继续说下去时不可抑制的急躁。

"陈氏在讲故事人表演时,几次离开院子,去拿来更多的酒。她可能在任何一次缺席期间,停留在客房,准备有毒的茶叶。"

"你是在指控我吗?"陈氏的声音像冰块一样。

李杜盯着她看了一会儿,然后摇摇头。"不是,"他说,"你和伪造的日历之间没有关联。你没有动机杀死他。"

在她稍纵即逝的表情里,李杜看到了一丝惊讶。接着他转向格雷先生:"那天晚上,你也离开了表演庭院。"

格雷张大了鼻翼,狂怒地看着李杜。"我告诉过你,"他咬牙切齿地说,"那个晚上我和皮耶特谈过话,我看到他死去。但对他的死,我什么都没做。"

"同时你也是唯一一个被看到和他争吵的人。他不同意东印度公司的政策。可能这件事要比表面上看起来更让你担心。可能你害怕他有能力让皇上转而针对你。如果你卷入伪造日历的事,你杀死他就又有了另外的理由。"

"这不是事实,"格雷说,"你也知道这不是事实。得知明天日食不会发生,我和你们一样震惊。"

"但你怎么可能不知道?你随身带着地球仪。你的任务就是围绕着日食而设计的。"

格雷发怒了："我从来就没有被要求帮助皇上做出天文预测。地球仪是我们在加尔各答的天文学家和钟表修理者共同校正的。当我到了那里,它就被交给我。我得到的唯一指示是保证它的安全,为了日食,确保它即时呈献给皇上。我的旅程根据皇上的公告而设置。所以我怎么可能会想到这个该死的金属物件按着一个时刻滴答作响,而皇上用的日历却是另外一种?众所周知,自从你们的皇帝雇用了耶稣会信徒,他就没有过错误的预测。我怎么会——现在一切都在危险之中!"

李杜等到格雷激烈的长篇演说结束,然后说:"推断你卷入了日历的阴谋并非不合情理,毕竟东印度公司有损害皇上的理由。"

格雷紧张起来,但什么也没说。

"多年来皇上一直拒绝东印度公司的请求,如果他在百姓面前受辱,可能会给你们从中取利的机会。"

"这荒谬至极。"格雷说。

李杜微微低头:"并非荒谬至极,但也不是真实发生的事情。地球仪足以证明。如果东印度公司帮助破坏皇上的日历,为什么还送来实质上可以纠正错误的地球仪给皇上作为贡品?这两个举动放在一起毫无意义。不——伪造的日历是你成功进献贡品的威胁。所以我意识到你并未牵涉其中。"

"你在玩一场危险的游戏,"格雷轻声说,"当已经知道和我无关时,你还去指控一个大使。如果你打算去指控外国人,为什么不算进那个偷偷躲在自己房间里的传教士？他才是一个神秘的人物。"

李杜低下头，但这个动作里没有羞愧和认输的意思："你和马丁弟兄都没有杀害皮耶特弟兄。"

"那么凶手是谁？"图利申插话说。

李杜将脸转向他的表兄："让我们花点时间说说你，知府大人。那晚你没有离开演出场地，但你有权力促成他的死亡。任何一个你的仆人都可能在你的命令下准备谋杀。"

"我？"图利申的脸变黑了，"凶手带给我无穷无尽的烦扰。我绝对不能因为这件事扰乱春节庆典的准备。对于日历我什么也不知道。"

"可能吧。但是你坚持宣布他的死因是自然死亡，即使医生看到的并非如此。也是你，拒绝听我解释为什么我怀疑康巴人不是凶手。你坚持认为康巴人是凶手，尽管证据截然相反。你对知府的责任疏忽怠慢，或者就是你故意设计陷害康巴人，为了掩盖你自己的罪行。"

"不！"图利申叫道，他的脸像蜡一样苍白，"为什么？为什么我要杀了他？"

"可你故意努力隐藏凶手。"

"不，我——我真相信那些解释都是正确的。你必须理解我承受的压力。我没时间了。有太多事需要我处理。我可能有误判，但我没有杀死那个老人。"

"现在我知道你没有，但有段时间我怀疑你。那是在我发现皮耶特弟兄的日记之前，在我明白真正的动机之前。"

李杜停下来，寂静又加深了："皮耶特死去，因为他是一个天文学家。因为他有求知欲。杀死他的和一年前在北京破坏皇上日历的是同一个人。一个知道国家关系网如何编织，也能打破、扭曲这个网，将它变成新式样的人。这儿只有一个人能做到这一切。"

"谁？"图利申用一种仿佛被扼住了喉咙的声音低语。格雷的手将身后的椅子抓得这样紧，以至于他的指关节紧绷，显出好像骨架一样的白色。

"贾环。"

图利申开始向后看去，好像已经忘记了贾环的存在。"但他不会的。"图利申说。

贾环的脸非常平静，只有一丝痛苦隐藏在表情里。"我必须自我辩护一下，"他对图利申说，"您表弟的想象力让他误入歧途了。"他清晰的声音散发出一个有能力的下属的权威。

"告诉我，知府大人，"李杜说，"为什么你一直试图说服我——我丧失了理智？你暗示我被焦虑压垮，我过度劳累。问问你自己这些想法是你自己的，还是贾环将它们灌输给你的？他是否暗示你，我的神志应该被质疑？他是否可能暗示，我的流放让我如此羞愧和嫉妒，以至于我不能被信任？"

图利申吓了一跳，但他很快就恢复了："贾环的想法总是为了我的便利。他可能出卖——"

"一个小时之前，我发现我房间的酒里有毒药。在床下我发现了一封信——伪造我笔迹写的——承认谋杀了皮耶特,信上说我坚定地打算自杀。贾环有没有也曾准备让你接受这个谎言?"

图利申没有马上回答,但他从李杜看到贾环,怀疑和优柔寡断的神色在他脸上清晰可见。陈氏走向他,显得很关切,但她又停下来了,等待着。

然后图利申的表情变得冷酷而严厉,他忽然将脸转向贾环。"贾环?"他查问道。

贾环给出一个轻松的微笑,让李杜想起一幅肖像画。"你能想象这个吗?"他说,"想象一幅画面,我们的皇上,明天正午时分,站在高台之上。他的胳膊抬起,命令着黑暗和光明。在他面前的是成千上万拥挤的民众,等候着。时间在滴答作响,一秒跟着一秒,越来越近了。然后时间到了——这个时刻,他的时刻。然后这个时刻又过去了。他还是站在那儿。他的胳膊会像其他人一样感到累,最后他放下手,这时天空中明亮的太阳在嘲笑他。"

贾环说话时,他自己的胳膊微微抬起,模仿着想象中的皇上。他闭着眼睛,现在他睁开眼环视四周。

"这太疯狂了。"图利申说,向后退了一步。

"你没有完全明白,"李杜平静地说,"贾环的所作所为有一个原因,一个残忍的动机。破坏日历的目的是羞辱皇上,但真正的牺牲品是耶稣会信徒。他希望他们因皇上的屈辱而被责罚——是他们负责制定日历的。贾环相信耶稣会信徒会被驱逐出大清国,他对他们的憎恨这样强烈,以至于他会很高兴看到皇上宣布处死他们。"

"所以是你,"陈氏的声音像冰一样,"你杀死了,"——李杜听到她声音中有些几乎难以察觉的怪异——"你杀死了知府大人家中的客人。你背叛了我们,使我们都处于危险境地。"

贾环的回应漫不经心。"我不相信,"他说,"现在我否认这件事才合理。看起来我们的流亡学者成功完成了他的任务。"

"那么就像他说的那样?"图利申问,"日历?"

贾环低下头承认:"是的。正因为他说的原因,我制造了错误的日历。也是我杀死了那个老修士。"

"但我不明白,"图利申说,"那可是紫禁城,一个低级书吏是不可能伪造官方公文的,有人会抓住这种极其严重的侵害行为。"

"不是不可能,"李杜说,"考虑一下那里独一无二的环境。要记得皇上不希望耶稣会信徒扮演的角色被广泛知晓。日历的送达不那么正式,只有非常少的人知情。贾环是钦天监的书吏,我能想象他们也和你一样,对贾环办事的高效印象深刻。当日历被制作时,贾环就看到了,并开始慢慢制造他的复制品。这是一个长期的过程。日历被按照西方款式装饰、着色。贾环在澳门时就学会了这些技术。当他告诉多明我会修士他的计划是伤害耶稣会信徒时,我相信他们很高兴给予贾环他所要求的帮助。"

"他现在为多明我会修士工作?"格雷提出疑问。

贾环低声回答:"他们比耶稣会信徒更愚蠢。他们以为已雇到一个奸细。他们以为一旦耶稣会信徒被赶出中国,他们就可以被允许进入。"

贾环停下来，李杜又开始说："贾环知道皇上正在计划南部之行，这段时间他将会被钦天监派出。贾环只需要等待条件成熟，皇上一行人动身。而后，如他所料南巡的细节公布出来。日历最后完成了。仿制品完成了，偷梁换柱也成功了。"

贾环微微皱眉。"你讲得波澜不惊，"他说，"你有没有佩服我的大胆？我太聪明了，操纵了他们这么多人。我正是另一个黑袍书吏，渴望实行我的计划。我甚至瞒过了皇上。"

图利申的眼睛睁大了。他张开嘴想说什么，但没有发出声音，他再一次闭上了嘴。

格雷一直收敛目光，紧张地思索着，现在他抬起头："你们举国上下怎么没有发现这个？所有的精英学者和官员都没有发现？他们中没有一个人注意到这个错误？"

"没有一个人敢质疑皇上，"李杜说，"可能全国有一些天文学家和萨满教巫师得出了他们自己的结论。但是皇上的官方预言，没有谁可以挑战。"

贾环带着被逗乐的表情听着这段对话。他对李杜说："你发现了这本日记。真是幸运。你看懂了这个老人的笔记。但你怎么知道凶手是我？"

李杜回答："你犯了好几个错误。"

"什么错误？"

"你假装自己不懂拉丁文，但有两次偶然的机会，你向我表现出其实你懂得拉丁文。第一次是当你援引《大清图说》时。你说你在一本西文书中读过，说中国人看待耶稣会信徒就像他们是从天而降的天才,我们却抛弃自己的'雀尾'。这段话是书中的原文,但我知道这本《大清图说》从未翻译进中国。第二次是当你告诉我皮耶特拒绝支持东印度公司的请求,他和格雷先生为此争吵时。我从格雷先生那里知道他们争执的内容正是这个,但木高告诉我皮耶特和格雷说的是拉丁文。你知道他们争吵内容的唯一解释就是你懂这种语言。你学过拉丁文,我认为,是在澳门学的。还有,一年前你任职钦天监,当时日历正在制作中。我想你倾向于不要提及这段经历,但当你第一次见到皮耶特弟兄时,知府却说出了这些。"

李杜停了一会儿,然后用若有所思的声音,半是自言自语地说:"还不止这些。我在脑海里形成一幅有关杀死皮耶特凶手的图画。凶手给出的答案意味着他想迎合某个人,这个人有权力去掩饰谋杀。知府大人愿意相信是自然死亡。他愿意相信康巴人对死亡负责。我认为他也会愿意接受我的认罪和自杀。我问自己,谁有这样的天分和能力用这种方式来操控知府。"

图利申开始抗议,贾环转过脸冷酷无情地看着他。"很容易,"他说,"强者寻找真相。但我知道我能指望你的怯懦。"

"我不想再听到任何有关这件事的谈话,"图利申忽然打断贾环的话,"你被捕了,你邪恶的话也不再有任何力量。你将会被转交给皇上,他会因为你的罪行,宣布让你痛苦而名誉扫地的死刑。他会想知道,如果你像你宣称的那样痛恨耶稣会信徒,为什么你却愿意让自己的皇帝蒙受羞辱。"

"因为,"贾环用疲倦的声音说,"他意志薄弱。耶稣会信徒迎合他的虚荣心,所以他就允许他们进入中国。如果他自己的祖先是汉人,他不会做出这个决定。但他是满族人。他不是我们汉人的血脉。他理应被警示,他必须用更多的智慧和自尊来完成统治。"

贾环的目光变得茫然而恍惚:"皇上,会因为他的虚荣而被惩罚,他会表现出愤怒——反对耶稣会信徒。这些自称神职人员的人,在他们的谦虚下面隐藏的只有病态的嫉妒。这嫉妒从他们的妄想、伪善中慢慢渗出,就像瘟疫一样。他们想要的就是外国人都想要的东西——我们的财富、我们的瓷器。向世界打开大清的大门,多么没有意义——大清国就是世界。没有其他的国家,没有其他的语言,没有其他的土地,没有其他的世界需要存在。那些可怜的外国人争夺我们的白银和我们的茶叶就像鱼为饵食而疯狂。在皇上把他们全都送进坟墓之后,边界将会长久禁闭。"

"但为什么必须要这样?"陈氏终于开口了,她把背转向贾环,将问题抛给李杜,"皮耶特弟兄可能并未发现阴谋。为什么一定要杀掉他?"

"陈氏的疑问很合理,"图利申说,"谋杀是一次愚蠢的冒险。"

"这是邪恶,"李杜难过地说,"但它却并不愚蠢。贾环的本事在于他能知道身边这些人的渴望。他明白一旦被激发起好奇心,皮耶特弟兄是绝对不会停止的。这是耶稣会信徒的性格特质,每个人都能很明显地看出皮耶特熊熊燃烧的好奇心。皮耶特一提到他对天文感兴趣,我相信贾环就已经开始谋划了。而宅子里的地球仪,在皮耶特发现真相之前,贾环只知道它是显示时间的物品。

当贾环无意中听到皮耶特和格雷先生之间的争吵时,他知道皮耶特已经研究了地球仪,他也知道他不得不马上行动了。"

"我应该拿走那本日记,"贾环说,"但它不在那个老人的房间里。对我来说有太多的人在那儿——最初是格雷,然后是陈氏,再然后是杨医生和余下的人——我无法重新回到房间寻找日记。"

"你努力让死亡看起来自然。但万一失败了,你放下的有毒的茶叶,会指向康巴人。最后,你决定在皇上到来之前设计谋杀我,以终止调查。"

贾环点点头:"在大研的黄昏时分,你本应像平常那样喝酒的。"

"哈姆扎代替我喝了酒。"

贾环像是没有听到李杜的话:"我写的信你觉得如何?是不是很好地捕捉到了你的语调?"

"那封信里写的是你的疯狂和孤立,不是我的。"

"但它将会被相信。你的表兄已经准备相信它了。"

图利申开始咆哮:"我向你保证,李杜。我不知道。你必须承认你的行为也很奇怪。但我从没有,我向你保证……"他的声音逐渐减弱下去。

同时贾环转向地球仪。"它很美,"他静静地说,"美的不是那些宝石、宫殿和山脉。它们只给人留下贪婪和无知的印象。但是这个——"他用手指轻柔地碰触发光的红色太阳。"这个非常巧妙。外国公司给皇上带来了世界。这是一个谄媚的象征,但大清国不会上当的。"他停下来沉思着,加了一句,"同样,明天它将会用沉默来嘲笑皇上——知晓却隐藏日食的真正时间……"

"离它远些,"格雷说,"这种古怪的认罪结束了。我想知道有什么可以做的。皇上明早会到大研,所有的事情却陷入了混乱的状态。皮耶特弟兄的死是一个悲剧,李杜显示出比凶手更高的心智,但现在还有更重要的事要关心。我们帝国的未来危如累卵,不能因为这个疯子,让未来只留下误解和不幸。"

"大使是对的,"图利申说,"木高——召集守卫带走这个叛徒。"木高站起来,用手杖敲打着地板走出房间,穿过藏书室。

守卫来到时,贾环并没有挣扎。他被带走后,陈氏立刻走向知府,开始在他耳边低语。当她说话时,图利申的脸色开始变得明朗起来。他的皮肤转回原来的颜色,他舒展肩膀,站得更直一些。他们用耳语商量了一阵子之后,图利申转向格雷。"我理解你的担心,"他说,"但形势可以把控。你将会看到我们帝国在任何环境之下恢复秩序的能力是如何强大。""表弟,"他转向李杜说,"你一直为国家服务,你不用担心你出现在大研会有律法上的问题。现在的事情有关政治与策略,不再需要你的帮助。你可以走了。"

李杜如释重负,不介意图利申已经恢复了的傲慢,他鞠了一躬,离开了房间。在藏书室他找到木高。"你!"老人说,"你做得非常好。明天你来与我和我的老友一起喝茶。你会来的吧?"

"我很高兴,"李杜真心实意地说,"你们会在档案馆吗?"

"是的——是的。那是个好地方。我们在那儿碰面。老木会想要听听这一切的。"

李杜离开藏书室，发现外面的天已经变黑了，石像上点着灯。那天晚上当他再次看着它们时，遥远未来的一个景象在他眼前浮现。他看到玄武的背壳带着片片苔藓，白虎的鼻子破碎成粗糙的石块，朱雀的羽毛磨损全无，青龙的样子和卑微的狗几乎无异。时间为它们准备了什么？它们将会看到帝国怎样的兴衰？带着一声疲倦的叹息，李杜转过身离开了。

"但我不明白的是，"当哈姆扎和李杜在哈姆扎房间坐了一会儿之后，哈姆扎说——敞开的门边，蜡烛和火盆熊熊燃烧——"是——"哈姆扎看着他茶杯里升腾的蒸汽。"不，"他说，"不，我不明白这一切。再告诉我一次。"哈姆扎已经好多了，他一点点咬着一片烤热的面包，这时在客栈里，他们周围喧闹的人在喝酒欢宴，大声竞赛着看谁对春节庆典当晚将要发生的奇异事件知道得最多。

李杜叹了口气："春节庆典是围绕着日食而准备的。"

哈姆扎摆摆手："是的——是的，我知道。这非常重要。展现皇上对这个遥远省份的统治的合理性。"

"贾环杀死皮耶特，为了不暴露他把耶稣会信徒驱逐出中国的阴谋。"

"你还说多明我会修士也参与其中？"

"多明我会修士相信贾环为他们工作。他们认为耶稣会信徒的失败将会给他们新的机会——赢得皇上对他们的喜爱。"

"他们如此愚蠢，会误入歧途。"

"我只能假定你说的是正确的。贾环利用多明我会修士获得他所需要的信息，以便伪造日历。"

"所以，"哈姆扎说，同时递给李杜一片面包，让他在火上将它再次烤热，"皇上用错误的日历做出了一个预言。"

"是的，因为一切都发生在南巡期间，所以缺少详细的审查。皇上将会有一整年时间远离耶稣会信徒的天文观测台。日历整年都被证实是准确的，所以现在有什么理由怀疑它的准确性呢？"

哈姆扎点点头："皇上将会非常尴尬。耶稣会信徒也会被责罚。"

"当这整个计划即将成功时，皮耶特给阴谋带来了威胁。"

"所以贾环杀了他。皮耶特那天晚上说他非常喜欢红茶。"哈姆扎的声音很难过。

"还说了他和康巴人一起的旅行。当然，贾环知道藏书室有鱼藤根粉末。贾环找到了杀死皮耶特的方法，他从市场上偷了康巴人的手袋——作为图利申的首席书吏，他知道所有的贸易和商人，甚至是那些地位低下的商人，他们进入大研，在市场上售卖货物。"

"然后就是那个晚上的宴会……"

"贾环那晚有很多职责，这给了他在整个宅子里自由活动的借口。对他来说，很容易就能在晚饭期间，在所有人都忙着做事时，将康巴人的手袋放好。之后他只要在皮耶特的桌上放好热水和茶叶就可以了。他站在庭院的台子上观察，皮耶特一站起身离开，他就快速地在皮耶特之前来到他的房间。然后再恰好在皮耶特和格雷到房间之前离开那里。"

"是的——格雷在房间里,还拿走了茶杯。我明白这一部分。"

"从那一刻开始,贾环尽一切努力操控知府掩盖死亡的真相。他催促图利申将罪责推给康巴人。当这个企图失败后,看起来好像凶手终将影响到春节庆典的举行了。他准备了我畏罪自杀的一幕,写下了我认罪的字条。"

"哦,我不会相信是你做的。"哈姆扎坚定地说。

"谢谢你。"

"所以明天将会发生什么?"

李杜看着火堆。"我不知道。"他说。

"你不知道?"

"我想知道谁杀了皮耶特。现在贾环被抓了。我毫不怀疑皇上会找到办法挽回面子,但那已经不是我所关心的事了。"

"那么那个大使呢?他是不是勃然大怒?"

李杜现出微笑:"是的,他确实非常难堪。"

哈姆扎摇摇头。"政治游戏非常奇怪,"他说,"你认为皇上是否会吞下东印度公司的诱饵,让整个帝国咬上银钩?"

"我不知道。"

"作为一个已经证明了自己聪明且勇敢的侦探,你不知道的太多了。贾环如何?他会怎样?"

"他将会被皇上亲自审判和定罪。这一切都会很安静地进行。"

"是的,"哈姆扎盯着火堆上的煤说,"像很多暴力事件一样。"

李杜躺在床上，很长时间不能入睡。透过客栈的围墙，他能听到欢宴的歌声，盖过了篝火发出的噼啪声和盛满酒的锡杯的碰击声。也能听到马笼头发出的刺耳声音，以及马喷出鼻息和顿足的声音。即使夜深人静之时，还是有更多的人来到大研。烧烤的肉飘着可口的烟味和调料味，麻将牌相互撞击，发出的声音就像河底鹅卵石的相互撞击声。春节庆典马上就要到来了。

那天晚上，当李杜最后终于睡着时，他梦到自己在藏书室里迷路了，那里的书像旋转的星星，不再待在书架上。它们形成闪亮的圆圈和弧线，在他周围移动，以至于他不知道他在哪里，也不知道怎么去找他要的书册。

离日食还有一天

第二十章

图利申黎明之前就穿上了朝廷盛装。他蓝色的缎子长袍硬挺而闪着光,好像是金属锻造出来的一样。当他骑马时,袍子宽宽的白色袖口遮着他的手腕和手掌。他的帽子——黑曜石般的颜色——在他有皱纹的额头形成一道生硬的曲线。围绕他身边骑行的,是他最优秀的旗兵,他们持着弓箭,拿着三角旗——蓝黄两色的旗子在风中飘动。

图利申出城欢迎皇上时,李杜正在享用一盘新鲜的蒸饺。饺子皮呈现出花瓣样的半透明色,猪肉和春韭的馅儿冒着热气,带着盐和红辣椒的味道。李杜吃蒸饺时,观察着在他睡着的这几个小时里,城市中发生的种种变化。

一张节目单贴在他桌旁的墙上,非常新,笔墨最重的地方还是湿的。宣布日食的旧节目单原本贴在那里,现在新的告示给出了表演列单———些著名的表演者下午将在舞台上演出。"日食",再次以深红色出现在新告示上,现在宣布它发生的时间是明天的正午时分。

李杜听到身边的对话,才察觉到昨天晚上究竟发生了什么。

"是一条天蓝色的龙,不是一只凤凰。"从邻近桌上传来一个反对的声音。

说话的是个胖胖的、穿绿色绸衣的商人,桌边的其他人质疑他怎么会如此确定。

"因为我是直接从知府大人的一个侍从那儿听说的。收到皇上与龙沟通的讯息时,他在现场。一条天蓝色的龙听说皇上来到大研,从空中兴奋地飞出来见他。它在城外一所寺庙神圣的池塘现身,皇上和它说了话。"

从听众中传来钦佩的声音。

"是的,"商人接着说,"龙在池塘显现,就像是皇上的倒影一般。当然它与皇上之间的谈话内容我们是无法理解的——他们用神仙的语言交谈——但是皇上,他非常睿智,当龙在本省夜空中飞过时,他看到龙的胡须搅动了星星并改变了它们的位置——就像涟漪移动了落入水中的花朵一样。"

"但这是否是一个坏的前兆,还是说是一个吉兆?"

"哦,这是一个非常好的征兆。根据龙的活动,皇上更改了日食的时间。日食将会发生在明天,这就意味着,我们在市场上看到的杂耍演员会在今天表演。"

一个穿着紫色袍子、举止粗野的妇人大声叹气说:"春节庆典可能比现在更好吗？在我看来是不会了。你没看到今天天空多么蓝？我想我闻到了空中木樨花的香味。山脉真是漂亮呀！"

他们都同意风景非常美，谈话继续下去。每个人都在谈论皇上遇到了龙，然后修正了庆典的安排。最后这个话题被讨论得没有意思了，他们的谈话就转向即将到来的宴会上的美味珍馐、这非凡盛宴的被邀请者，以及春节庆典所承诺的剧演、彩灯和奢华上来。李杜吃完饺子，走出了客栈，来到广场。

孩子们穿过人群、马匹和影子交织的迷宫，追赶着迷路的猫，尽情地尖叫着。猫轻易地爬上屋顶，从上面这有利的位置，它们可以不理睬想伤害它们的人，而去寻找被不明智地放在厨房顶层的鱼。老妇人成群地坐在屋外的石头长凳上，她们裹着长方形的披巾，带着疑问和满意的神情看着人群。她们耳朵上垂着沉重的玉质耳环，耳环小小的圆盘被抛光——如此平滑——看起来就像被水打湿的一样。街道上的所有旅客，不管尊贵和贫穷，都在做工、购物、吃饭、交谈，以及努力捕捉富有官员和他们姬妾的风采。

在档案馆，李杜发现木高、老木已经在小小的书记房里，那里阳光中充满灰尘，还飘着红茶的芳香。

"他来了！"老木笑着叫道。他站起来走到门边，引着李杜进到屋内，"木高已经告诉我昨晚发生的一切了。多么大的丑闻。我能想象所有这一切。结果还是令人开心的，你也赢得了我们的尊敬，即使知府并不会给你应有的赞许。不论权势等级，你我又有什么分别呢？"

木高正从他沉重的、布满皱褶的眼皮下看着李杜："我们都很晚未睡,随之而来的又是这般忙乱的场景。哈,一条龙对皇上说话了。真是胡说八道。"

"不要在意,我的老朋友,"老木说,"现在你知道他是个坏脾气的人。告诉我——你的朋友,那个说故事的人身体恢复了吗?"

"你这么问真是好心。他好了,还坚持说和死神的交谈如此有启发意义,他是不会错过的。"

"愚蠢可笑。"木高念叨着。

"并且,"李杜接着说,"他计划今晚在宴会上表演节目。他告诉我如果他死了,变成鬼魂也会去表演的。"

"真是不正常。"木高说,但李杜在他的眼睛里还是看到了一丝开心。

"你现在要做什么?"老木问,"一个礼拜以来,你一直骑虎难下。"

李杜接过一杯茶,深深吸了口气,享受着茶叶的芬芳。他抿了一小口茶,说:"我今天还没有和知府谈过话,但是我明白,一旦皇上对解决方案满意,我就可以在我乐意的时候自由地离开大研了。"

"既然你有机会,那你为什么不现在就走?你让知府看起来像个傻瓜一样,他不会高兴的。一直以来他都认为你在追查一个看不到的暗杀者,现在凶手是他自己的书吏。他想要尽快忘记所有这一切。不要期望皇上的任何称赞。这不是知府处理事情的方式。"

李杜微笑着："我完全同意你所说的。我没打算继续留在这儿。但我希望在离开这儿之前和你们一起说说话。"

"你很尊重我们，"老木说，"让我给你的茶再加点水。这是好茶——我私藏的茶叶。我从不信赖任何其他的茶叶，有阴谋诡计藏于其中。我告诉你，当皇上离开、人群散尽之后我才会放心。只是沿着街道走路，我的胳膊肘就被擦伤了。太多人了。"

"我也不喜欢人多。"木高阴郁地说，寻衅似的看着阳光光束里的灰尘微粒。

"我记得，"老木说，"当我还是个小孩时，我父亲告诉我，当皇上——先皇——游览东部沿海地区时，他坐着船从一个城市航行到另一个城市。表演者在水面建造的舞台上唱歌、跳舞。他说，场面非常壮观。"

"你父亲去过东部旅行？"

老木点点头："在大清以前，木家是一个强盛的家族，也是一个不寻常的家族。"

他看着李杜，好奇地皱起他的眼角。"现在，"他说，"为什么你想和我们谈谈？"

李杜又抿了一口茶。"我想讨论一下，"他说，"从成百上千的陌生人涌入大研城给了你们捣乱的借口开始，你们两个一直在秘密地做什么。"

木高笨手笨脚地拿起他的茶杯，将几滴水溅到了桌子上，水滴在阳光下看起来像珠宝一样。老木把手放在他朋友的胳膊上。"我想他不会伤害我们。"他说，蓬松的白色眉毛因为关切而皱在一起。

"我们的灵魂都已经老了,"木高说,"就像腐坏的旧书。做不了什么事情。"

"你们两个,"李杜说,"一直在花时间,在夜里从城市的一个角落到另一个角落,张贴反清告示。"

两个老人变得沉默了,他们的眼中现出沮丧和失望。

"你们一直,"李杜接着说,"利用政府官员不注意你们的便利,带着大量纸张在大研城闲逛。甚至贾环,他对黑暗小巷中发生的所有事情都了若指掌,也没想到你们就是在背后蓄意破坏的人。"

老木深深吸了一口气。他抬起眼睛看着李杜:"那么你是怎么知道的?"

"那天我在这儿遇到你,看到木高胳膊下夹着一捆空白纸张离开这儿。我问自己,为什么大宅储藏了这么多纸张,木高还要从档案馆要纸。后来我意识到,原因是陈氏严格掌控大宅中所有值钱物品的存货清单——包括纸张。你们需要从档案馆里得到纸张,这儿的管理没有那么细致。"

木高咕哝着,用手指轻轻敲打桌面。

"还有,"李杜接着说,"你用茶叶把纸张做旧,以免纸张的优质引起人们对档案馆或大宅的注意。我注意到知府藏书室晒书房里桌上的污渍。它们和这里桌上的污渍是相同的。"李杜指着木头上不规则的黑色斑点,"溢出的茶不会造成这样的污渍。但如果用潮湿的茶叶摩擦桌子表面,就会是这样。"

两位老朋友彼此看着对方。老木再次斟满李杜的茶杯，紧张地等待着李杜打破沉寂。

"我很好奇，"李杜说，"怎么会没有人看到你们中的任何一个，或者在晚上听到木高手杖敲击地面的声音。知府已经在查问谁在集市墙上张贴反动告示。他很肯定有人会自告奋勇地带来有关犯人的信息。"

"我们非常幸运，没有人看到我们。"老木说。

"这不是幸运，"李杜微微摇着头说，"你们当然被看到了。但知府犯了一个错误。他以为任何看到的人都一定会去报告他所见到的。他没想到，大研每一个当地人，都会选择保护这个蓄意破坏的人，而不是出卖他们。"

屋子里一片静寂，李杜接着说："当我第一次遇到客栈霍老板时，他很小心地告诉我木高不应该被怀疑有任何罪行。他的家族和你们的家族一样古老。大清可以将你们变成奴仆，但云南省的旧家族不会让你们有危险的。你们是木家最后的传人。这是你们的土地。"

"我们已经停止这么做了，"一阵短暂沉默后老木说，"我们以后也不会再做了。"

李杜点点头："那晚在客栈，我偶然听到你和霍老板的对话。最初我没有听出你的声音，可一旦我明白你们讨论的话题，我就知道是你了。风险变得太高——皇上和他守卫的到来，会给你们带来太大的危险，如果你们被抓了，将会是这里所有的家族成员去承担后果。"

"是的，"老木说，"是我们这个小把戏结束的时候了。我们仅仅想让知府担心一下——让他不那么轻松。"

"我们不会杀任何人，"木高说，"你打算怎么做呢？把我们交出去，锁起来？"他突然倾身向前。"他们杀死我们，"他暴躁地说，"他们送那个嗜血的、背信弃义的将军到这来征服我们。当他反叛朝廷和皇帝时，是谁站出来给朝廷援手？是我们。我们为皇上而战，他却对我们漠不关心。现在我们被称为生番——未开化的、无知的人。他们将我们的宗庙变成他们的避暑别墅。他们毁掉我们的书画。所以我们在他们的城墙上张贴我们的信息。你要谴责我们？"

"不会。"

两个老人盯着李杜。

"我开始理解，"老木说，他脸色变得明亮起来，"为什么你会被流放。"

李杜想了一会儿，再次开口说："木高给我看了七本保存下来的有关木王的书，还告诉我其他的书都被毁掉了。为什么不重新把它们写出来呢？"

木高做了一个否定的手势。"我们没什么文化，"他说，"我们不知道怎么去写书。"

"为什么不试试呢？很显然，没有人会干扰你们。从京城被派遣到这里的官僚们，只会把他们的注意力放在自己的政治生涯上。他们不会注意到在他们想象之外的活动，只要保持安静。如果你们写下你们所记得的东西，这一切就会被别人阅读和铭记。"

老木踌躇着。"我不知道。"他最后说。

李杜叹口气。"考虑一下,"他说,"昨天我们在大宅逮捕了一个谋杀犯。贾环用残忍的行为试图去达到一个残忍的目的。他用他的谎言操纵身边的每一个人。"

"幸亏他被捉住了,没有再杀其他人,"木高说,"我总是觉得他身上有些不对头。他太冷静,太渴望去做被吩咐的每件事。"

"但从那以后发生了什么?"李杜问,"我今早醒来,有了更多的谎言。贾环的行为已经被隐藏了,好像它们从未发生一样。皮耶特弟兄就像从来没到过大研一样。每个人的注意力都被集中到,好像一直被集中到春节庆典和表演安排上——"他停下来,重新意识到自己的失望。

"每个人都在担心怎么才能保全皇上的虚荣,"老木静静地说,"是的,我看到了其中的矛盾。"

"我也是,"木高插话说,"问题在于整个令人厌烦的春节庆典。全都乱成一团。"

"这也是为什么,"李杜说,"我劝你们把你们的愤怒写出来,可能,在适当的时候,会被那些以后的人重视。写一些与其他书相反的书——现在的书籍被写下,是为了维护和流传谎言。写下真实吧,或者至少,写下你们眼中的真实。"

老木转向他的老友。"我们可以做这个,你知道。在那些有月亮和美酒的晚上,我们可以写。我的妻子非常聪明。她也会告诉我们她记得的东西。"

"好吧,"木高说,"这是可行的。"

"你已经给了我们很多可以思考的东西。"老木说。

"既然如此,我应该离开了。"

"在你走之前,我要给你一个村庄的名单。如果你去这些地方,你的朝廷邀请书函没用。说是我们介绍你去的,你会发现,你能得到的招待要好得多。要知道,两个木姓老人在这一带还是可以给你带来些好处的。"老木从抽屉里拿出一张纸,将毛笔蘸饱了墨水,很快画好一张地图。"这儿,"他说,指着他在地图上标示的地方,"去找我叔叔的铜锅炖汤。它会让今晚无聊、昂贵的宴席,看起来就像是为游客准备的油腻、老旧的路边摊。你会明白的。"

过了一会儿,李杜离开了,这张老木给他的纸已被折好放进他的口袋。而那两个老人正在友好地讨论,在大研城外的古老寺庙里,曾经种植在那儿的植物究竟叫什么名字。

第二十一章

客栈里,宝儿正享受着听众们全神贯注的关注。哈姆扎和休·阿什顿站在倾听着的人群边缘,李杜也在。哈姆扎轻声向阿什顿解释宝儿讲述的事情——格雷先生已经进献了东印度公司的贡品,宝儿成为幸运仆人中的一位,被挑选出来去传递和呈献每一件礼物。

"我期望她不要总是这么自视甚高,"哈姆扎小声总结道,"我们的学者朋友听不明白,所以你应该翻译给他听。"休·阿什顿看到李杜,显得轻松了很多。

"进献仪式在二等宴客厅,"宝儿正在说,"因为最大的宴客厅要准备今晚的宴会,我也要参加这个宴会。二等宴客厅里满是装在黄金笼子里的鸟儿。每一个鸟笼都用黄金的链子悬挂着,所以大厅就像是金色树冠遮掩的丛林。是我帮忙挂的那些鸟笼。"

"皇上是什么样子？"从听众中传来一个声音，"他对那个外国人说了什么？"

宝儿傲慢地抬起下巴："皇上的长相比任何肖像画上的都更加让人赞叹。他的袍子那么闪亮，一开始我以为是一条真龙从空中降落，栖息在雕刻的宝座之上。十七皇子也在那儿，他非常英俊，看起来像一个年轻的文雅之士。但他们说他在打猎上已经和皇上一样娴熟了。"

"那个外国人是不是看起来很害怕？"

宝儿若有所思地用细细的手指轻轻敲自己的面颊，想在回答之前让这些听众更热切一些："皇上表现出像神一样的智慧，那个可怜的大使很清楚他被眼前的皇上完全压制了。是的，他非常害怕。"

"他说话结结巴巴了吗？他忘记磕头了吗？"

宝儿耸耸肩。"没有，"她承认，"他还没有那么失礼。他通过一个翻译与皇上交谈，这是明智的。因为皇上的话非常文雅，外国人如果直接与他交谈，只会像个傻瓜一样听不懂。大使很聪明，没有那么做。"

她想了想："但他的衣服对一个男人来说太奇怪了。脖子上的布太软、太脆了，就像是跳舞人的面纱一样。胸前的衣服束得太紧，他的胸脯突出来，像这样。"宝儿比画了一个圆圆的肚子，又鼓起她的腮，模仿格雷的圆脸。听众中的女人们在咯咯地傻笑。

"我们把贡品一件一件地递到皇上面前，皇上问了很多睿智的问题。他想让大使告诉他每一个从阿拉伯运来的青铜器皿的年代。皇上想知道他们信奉的是什么神,这些神包括哪些,是否今天还在信奉。皇上看到外国国王的肖像时,他询问这些画像是否画得很像,这些君主在他们各自的领地都有哪些权力。贡品中有一株白色的珊瑚,皇上问它是怎么从海底采集到的,用什么工具对珊瑚抛光,以及海底是否还有更大株的珊瑚。当我们为他拿出绿色的羊毛卷轴——它就像粗糙的马鞍垫子一样——皇上想知道染色的原料和织布机的尺寸,以及每个长度的织物所需要羊的数量。皇上的问题显示出他在所有方面都是专家。"

宝儿的听众频频点头,彼此间互相嘟囔着。宝儿将自己小小的肩膀向后挺直:"最后,我们取出所有贡品中最好的一件,就是那件用珠宝做成的城市。皇上被它深深迷住了,他召集来五个和他一起南巡到此的学者,让他们查看地球仪,然后向他解释它的原理。但他们都说不出来!"

听众中传来惊讶的喘息声,宝儿激动地点着头:"他们都说不出为什么它的中间发出光,也说不出它是怎样按照大使所说的方式运行的——就像一个钟表一样。大使非常高兴,因为地球仪给皇上留下了非常深刻的印象。"

有声音催促她接着讲,她害羞地把头转向一边,装作需要一些时间去记起下面发生了什么。"好,"她说,"然后大使解释了地球仪的原理。他说仪器里面就像钟表一样,但钟表是每小时报时,地球仪是日食时才会报时,那时候整个世界都是黑的。他说在日食来临的那个时刻,所有由宝石做成的小型河流和海洋都会动起来,看起来就好像是真的水一样。皇上让大使就在宴会厅演示这个奇迹。但是大使——我承认这个时候他看起来还真是大胆——说这是不可能的。"

"为什么?"

"皇上生气了吗?"

宝儿摇摇头,说:"没有,皇上很有耐心,他听从了大使的话。在指定的时间之前,钟表是不会报时的,大使说,所以这个地球仪不会骗人。明天,当月亮在皇上的命令之下挡在太阳之前时,地球仪就会在皇上面前展现奇迹——只在他一个人面前。"

听众纷纷点头表示同意和充满兴致。"皇上听了很开心。"宝儿说。

"大使要求些什么呢?我们会和这些来自外国的陌生人做生意吗?"

宝儿看起来有点厌烦。"不知道,"她说,"但皇上没有说任何有关这些西方发明对我们来说很新鲜的话。所有这些外国智慧在我们古时候的《周易》一书中早有解释。我们的匠人自己能制造任何玩意儿,只要皇上下命令。大使当然别无选择,只有叩头结束了觐见,即使皇上没有直接回应他的请求。但他想什么呢?我们的皇上能这么简单就答应他吗?"

听众们一边笑着,一边分散成小圈子,讨论他们自己对宝儿讲述事件的看法。李杜给休·阿什顿翻译完。"我对这些政治游戏毫不关心,"阿什顿困惑地摇着头说,"听起来格雷先生好像无法达成目的了。可我曾多么傻呀,我很高兴,我来到中国并不希望得到皇上可靠的承诺。东印度公司也没有很大的希望能够成功。"

李杜点点头。他被分心了,在思考着地球仪。这是一个合适的礼物,李杜想,它将会在日食期间与皇上一起待在高台。毕竟,地球仪是统治的象征。它表明一个可预见的世界,一个驾驭无限未知的世界。这个世界满足了皇上的幻想——只要皇上在一个发光的中心,周围的一切都将臣服于他。

贾环看到了这种掌控一切的幻觉,也看到了用自己的幻想去替代它的机会。他想打碎皇上的自满,并提醒整个帝国,即将像天空上群星一样扩散开的,宽广、黑暗和无穷无尽的混乱。可能在这方面,也仅仅在这方面,贾环一直是对的。

当天晚上,宴会前皇上在休息时,图利申找来李杜。

"你不能觐见皇上。"图利申说,他正在自己的私人房间享受点心。他热切地用筷子从一盘到另一盘夹着食物,即使对李杜说话时,他的注意力也在食物上。"一切都打点好了,皇上已经决定,事情最好能保密。"

"但许多人都知道了。流言肯定已经遍及大研了。"

"百姓的注意力很容易转移。我们自然会仔细监视那些被流传的东西,但外国人的死在公众记忆中已经淡化了。"

"贾环会怎样?"

"皇上会处死他。"

李杜沉默了。

"这正是你想要的,不是吗?"图利申问,"我是尽量考虑到你的利益,我不希望你失望。你从不希望觐见皇上——这是你一开始到大研时告诉我的。今天你的角色不重要,但你的行为带着敬意和忠诚,你渴望去做你被要求做的事情。我所做的都是为了你的利益,我打算赠你一些银票,还有一封信,这封信将保证你能与中国北方的望族交往。如果你还不感激我为你做的一切,那我就太失望了。"

"皇上的反应是什么?他是否明白耶稣会信徒不应该因为日历的错误而被责怪?"

"啊,"图利申说,他做着手势,黑色调料从筷子滴到桌子上,"你在考虑那些外国人的安全。好的,可能你有理由这么做。皇上很不高兴。贾环显然是丧心病狂。如果我没因为准备宴会而被占据了时间,我自己会很容易看出他的阴谋来。但是如果——他们自称什么——耶稣会信徒的竞争者——"

"多明我会修士。"

"是的。如果他们参与进来,也是在皇上预料之中的——这些外国人将他们的丑陋、爱争执的个性带进中国,给朝廷制造麻烦。他们在京城已经没有多大用处,现在我们自己的学者已从外国人那里学到了他们所能学到的东西。"

"日历不再委托给耶稣会信徒了吗?"

图利申耸耸肩:"我不知道。日历被调包可能说明京城总体上的无能。皇上需要在权力中枢有更信任的官员。那些年轻官员,比如贾环,可能表现得非常聪明,但他们很容易被轻率的观念操控。是的——皇上将会任命新的官员。"

"你希望自己会是其中一员。"

"你的语气多么不友善。像往常一样，你总是区分不了什么是重要的什么不是。你不要再关心这件事了，你不知道这会牵涉多少人。你做得很好，帮到了我。像我说的，为了你下一阶段的旅行，我会给你一些礼物。但要记得——千里搭凉棚，没有不散的筵席。你的任务已经完结，就像你想要的那样。你很幸运，作为一个流放者，你参与到一个如此重大的事件之中，而皇上选择不追究你的干涉。"

"那么我现在可以自由地离开大研？"

"啊，"图利申说，又一次用筷子做了个手势，"你在这儿还有一件事要做。事实上，这是一份荣誉而非任务。格雷先生要求你明天和我们一起待在观礼台上——如果需要的话——为他做翻译。他对夹杂着各种口音和方言的官方翻译感到不舒服。他想要谢谢你的努力，将他从异常的困境中解救出来。他还说了什么？"图利申停下来回忆，"哦，是的，他说要提醒你，你答应在离开之前和他一起下围棋。他觉得他现在的棋艺变得更娴熟了。"

"他可以在今晚的宴会上亲自告诉我这些事情。"

"可能吧，但你们不会坐得很近。因为你和说书人已是很好的朋友，我就安排你和表演者们坐一起。很抱歉从你的座位上看不到皇上，但你要明白为了准备最后几天宴会的座次安排，我有多么焦虑和努力。"

图利申用精美的白色餐巾纸擦了嘴，站起身："抱歉我还有事。乐师们马上开始演奏，客人们要叩头和敬酒。我们晚会儿有机会再聊。"

他们分开了,带着不言自明的心情——他们都不想在宴会上再与对方交谈了,在那里,成百上千的客人将会争着吸引皇上的注意。

李杜知道低等级的桌子需要一些时间才能准备好,于是从宅子的蛇形小路一路向山上的亭子走去。在最高点,李杜可以看到山脉沿着倾斜的屋顶上升而去。他想到了康巴人,好奇他们现在是否已经返回自己的村庄,或是否在某个坑洼的雪山口安营扎寨。

太阳已经落山了,火堆逐渐冷却下来,天空依然明亮,深蓝色的山衬着发出浅黄绿色光的天空。山这条巨龙在沉睡,它更像是从天空中切下的一块,而不像是有着空间与重量的实体。李杜觉得他看的是远处的一幅画,这幅图仅需要很少的线条就能表达整个世界。

第二十二章

春节庆典的第一场宴会恰在日落之后开始。李杜和哈姆扎坐在距离皇上最远的一张桌旁。坐着的客人周围,仆人们像燕子一样在桌边来回穿梭:将桌上的盘子拿走换上新的、倒上酒和茶、调整灯芯、重新盛满饭碗,以及用新的筷子替换那些掉在地板上的筷子。

围绕在大厅四周的守卫、皇上和知府的旗兵,严格而规范地戴着圆黑帽子,帽子丝质的带子系在他们的下巴上,一条孔雀翎毛垂在脑后,他们佩着带绿色护套的剑,护套上带着金色的点缀,刀柄上垂着蓝色的流苏。他们的斗篷是昏暗的灰色,这身打扮并没让他们不显眼,反而使他们在宴席和客人繁复华丽的装饰中更加引人注目。

面颊红润的男孩倒着酒,桌上满是食物,还有各种从云南各处和相邻省份送来的美味佳肴与贡品。铜制酒壶闪着光,杂技演员在中间通道上表演侧手翻、跳跃和翻筋斗。桌上满是食物——它们闪着油光,带着蒸气凝结成的水珠。

在李杜够得到的地方,就有鹿尾、熊掌、野猪舌、雉鸡、内脏、虎骨、鹅、猪、鱼、鲑鱼、鸭、虾、鲤鱼、野生洋葱、韭菜、蘑菇和竹笋。还有很多菜李杜够不到,那是为更高品阶的客人准备的,用最好的瓷器盛着。

哈姆扎回头看到一个婢女拿走一碗仔细挑出的骨头,就对李杜说:"有个故事说,一个公主想在宴会上得到一位苏丹的注意。她把宴席上剩下的骨头放进袖子里,当她在宫廷献舞时,她优雅地挥动手臂,天鹅从她苗条的手腕周围的丝绸衣袖中飞出。当然,嫉妒她的异母姐姐去模仿她时,只有骨头从袖子里飞出来,打到苏丹的脸上。"

"这是不是你今晚要讲的其中一个故事?"

"可能。"

"你是说你没有提前决定好要讲什么故事?"

"有时我不决定。今天的情况是,我至少确定了一个故事。其他的决定于我面前的脸孔,以及讲故事时的气氛对我有什么灵感激发。"哈姆扎带着赞叹看着他的周围。"这是个非常好的宴会,"他说,"但我必须说,还是比不上莫卧儿王朝的那些宴会。"

"皇上不喜欢过度卖弄,特别是在旅行的时候。"

哈姆扎带着怀疑的神情抬起眉毛:"你难道没注意到在庆典广场的东面,雕刻着整个村子这么大的龙吗?"

李杜笑了:"对于皇上和日食来说,这样的装饰是可以想见的。任何东西都没人会觉得贵,我明白的。"

"是的,"哈姆扎说,"我得去准备我的演出了。"

被邀请来观看表演的客人来到在大宅最西边——狮子山脚设置的花园舞台时,他们惊奇地屏住了呼吸。灯笼从山顶一路亮到舞台上,灯光围绕着观众们所坐的石头亭子,又升到高台之上,那儿放置着皇上的宝座。灯光就像星星的河流一样漂浮在黑暗之中,每盏灯都闪烁着光芒,一些是红色的,一些是白色的,还有一些是不同寻常的蓝色和绿色。天空群星闪烁,但没有月亮。

石板路上铺着毯子和光泽轻柔的丝质软垫,散发出麝香与龙涎香的气味。焚烧的香料让空气闻起来带着花香,客人们穿着华丽的衣服,看起来就像一只只黑蝴蝶。

哈姆扎开始讲故事:

从前有个叫赛伊的男人,在很多次旅行之后,他决定回到自己出生的王国。

于是,他航行经过三个大洋,终于看到自己故乡土地上的山脉。他爬上山巅,那里蓝色的冰层里面闪着光芒。他踏着小路穿过黑暗的森林,那里远古的树木用古老的语言讨论哲学。然后,他穿过沙漠,沙漠的沙子是远古时代被压碎的镜子。最后他来到他故乡所在城市的城门。

这个王国现在的苏丹——他的宫殿就在这座城中——很长一段时间都情绪低落，因为他认为他的王国和所有的奇观有一天都会破碎成为尘土。这个想法让苏丹莫名悲伤，他隐居起来，一个人哀悼着，几乎没人再见过他。

他的谋臣们带着一个解决方案来到他身边。"哦，伟大的苏丹，"他们说，"想消除您的忧郁很简单。您得记录下这个王国的美丽，召集最伟大的艺术家来您的宫殿，这样您就能判断他们中的哪一位能最好地将这片土地的美景描绘下来。优胜者将会变成您的宫廷画师，他将会把美景画下来，以便您领土的奇观永远都不会消失。"

苏丹很高兴，绘画竞赛将要进行的消息传遍了整个王国。最后评判的日子如期到来时，整个城市都沉浸在激动的氛围中。谋臣们安排苏丹在他最喜欢的花园里的金色亭子中观看绘画——这个花园建在城市中心的小山顶上。城里的居民都聚集起来观看盛况。

有三位竞争者。第一位是个严肃、高傲的男人，他一直研究古典艺术。第二位是一个从遥远的东方王国来的女人，她以对所有色彩的精妙把握而知名。第三位，就像你们猜测到的那样，不是别人，正是赛伊。

在苏丹的命令下，第一位艺术家拉下他画幅上的布。他画的是一幅宴席图，如此的丰盛美味，每一个看到它的人都突然饥饿地咽起了口水。大家看画时，一只夜莺从树枝上飞来，想去扯画中宴席桌上的葡萄，然后又快速鼓动着翅膀离开，这徒劳无功的动物，显得很愚蠢。

"这幅一定是最好的画，"苏丹说，"因为它愚弄了自然界的动物，它们相信它是真的。"

尽管如此，苏丹还是命令第二位艺术家移去她作品上的幕布。但她鞠了一躬说："哦，苏丹，我的作品上面没有幕布。"苏丹很惊奇地发现这个艺术家说的是事实。挂着的布不是真的，而是画上去的。

"这个一定是获胜的画。"苏丹说，"因为它愚弄了这个王国的苏丹。"

只剩赛伊的画了，谋臣和百姓们都喃喃自语，这个穿着旧衣、胡子没有修饰的陌生人不可能再比前两个艺术家更好了。

"移去你的幕布，"苏丹说，"展示你的画作。"

"伟大的苏丹，"赛伊说，"您希望用绘画的方式将您的王国完全复制下来，这正是我要带给您的。"

他揭起了幕布。

苏丹扬起眉毛，靠近画作。在画框里，他看到面前的人群——是这样真实——看起来人群就像在走动和呼吸。人群之上，他看到闪闪发光的沙漠，沙漠之上，是高耸在森林中的树木，而树木之上，是山上冰雪的光芒。

然后苏丹走向画作，用手触到它。当然苏丹的手穿过了画框，因为画框是空的。

"伟大的苏丹，"赛伊说，"你知道，我已经旅行经过了所有大陆，还去了遥远的海洋。今天我回到这座城市，这儿的市集满是从沙漠绿洲运来的甜美水果、从森林运来的黑莓，以及从山中运来的麝香草药。我经过街道，呼吸着这里的空气，吃着这里的食物，招呼这里的老朋友，坐在大理石喷泉边温暖的阳光下。没有任何画出的幻境可以复制您的王国。"

"所以，"苏丹说，"我有权利去哀悼，没有什么能阻止一切成为尘土。"

苏丹变得更加意气消沉，人群也变得沉默了。

"哦，苏丹，"赛伊说，"不要绝望。因为在我的旅途中我已经看了很多奇观，我能向你描述它们，让你开心。我可以告诉你在沙漠池塘看到的古老神祇的倒影。我可以告诉你远方森林里，树木在说些什么。我可以告诉你山上光亮冰雪的源头。我也可以告诉你在海洋深处躺着什么东西。"

"好，"苏丹说，"如果你能告诉我一个传说，让我觉得有意思，可能我就不会因为你的冒失把你扔到监狱里去。"

于是，旅行者就讲了下面这个故事……

哈姆扎接着讲下去。他讲到海洋下面的王国，讲到一只眼睛的巨人和淘气鬼海员。他讲到被谋杀三次的弄臣，讲到一对孪生姐妹——她们从诅咒中救出一位王子。

哈姆扎被允许停下时，时间已经很晚了，他深深鞠了一躬，和听众们一样喝酒去了。山上一盏接一盏的灯笼被仆人们熄灭了，仆人们在黑暗中爬上小路，确保山上的草是潮湿的，没有会引发大火的火星。

日食

第二十三章

日食开始之前的半小时，仅仅能看到大片的褶状云层覆盖着东边的山肩。庆典广场下方是大研城倾斜的一层层屋顶——每一层生着灰色的苔藓。几周以来，这是大街第一次空荡荡地安静着。这是因为大研的每一个居民、客人、商人和官员都集中到庆典广场来了。据负责登记总数的小吏统计，那里有超过六千人参加了春节庆典。

在八个观礼台的其中一个，李杜被安排了一个座位，观礼台建造在皇上所处的高台的两边。从这个有利的位置，李杜可以看到整个庆典广场，甚至整个城市。庆典的表演者们都已经停止了演出，准备观看日食。人群涌上表演舞台，以致除了人以外，唯一可见的就只有运河河道内闪耀的水流，蜿蜒着从一头流向另一头。即使小小的桥面也因为人们站在或坐在上面而变得模糊不清了。

李杜手搭凉棚，看着比其他建筑要高出三层的高台。它看起来不再像他之前看到的那个支架搭成的骨骼似的台子。现在它整个底座是镀金的，覆盖着蚀刻的龙——玉石和翡翠做成它们的鳞片、红宝石做成它们的眼睛。从闪光的底座一层层耸起高台，最高层还被更多木头雕刻的龙支撑着。这些不是平常的龙，它们和传统的龙样不同，身子更宽，装饰着由绳结和辫子缠绕在一起的几何图案的雕纹。这些龙就是尼古拉斯·格雷进献的横梁，看起来它们好像用爪子和尾巴将至高无上的平台举到空中。

李杜将注意力转向周围的人们。知府图利申坐在中央一把绷着丝质衬垫的木质椅子上。陈氏正和大理知府的妾交谈，她坐在一把装饰着珠网、周边悬挂着金色流苏的阳伞下面。侍女宝儿撑着阳伞，李杜能从她紧闭的嘴唇和苍白的手指看出阳伞非常沉。另一个女子说话时，陈氏微笑着，富有同情心地点头。但不时地，陈氏会带着好奇捕捉其他高官和贵妇们的面部表情。陈氏穿了一件绣着银线的深蓝色袍子，她的头发上戴着银制的蝴蝶。

休·阿什顿有了李杜帮忙做翻译，与人交流起来毫无障碍。这位年轻的学者没有引起特别的怀疑，李杜如释重负。现在阿什顿坐在自己的椅子上，安静而疲倦，在听不懂的激动嘈杂声中，他陷入了沉思。李杜已经有好几个小时没有看到哈姆扎、木高和老木了，他带着一点嫉妒想象着，他们一起消失在乱哄哄的人群某处。他猜想他们一定待在那些分散在庆典广场上、冒着云样蒸汽的小吃摊附近。

李杜看看天空，太阳的光线如此明亮，看起来它好像是决心要避开即将靠近的月亮，或者它想用自己顽强的火焰熔化进攻者。

唯一一个没有人的位子是尼古拉斯·格雷的。图利申正在注视着开始一级级登上高台的皇上。当李杜站起来，斜倾下身子，轻声问"格雷先生在哪里"时，图利申猛地转过头来。

图利申看着格雷空空的椅子，皱了皱眉："如果他还有其他的方式观看日食，他应该早点告诉我。还有好几个重要的人物允诺很高的回报，只是为了坐在我们中间。有两个多余的位置我会很开心的，因为他走开了，你这个翻译也不需要了。"

"对你来说，他放弃这么好的一个观礼位置不是很奇怪吗？这个位置这么接近皇上，也这么接近他公司的贡品。"

"也许是有点奇怪。但可能他受到了干扰，或者他不能很快地从人群中挤过来。你看到下面的混乱了。若没有卫兵们清出一条道路，现在从一个地方到另一个地方会非常困难。"

现在皇上站上了高台的最高处，高耸在群臣和百姓之上，大家一看到他就开始欢呼。李杜仅仅能勉强辨认出他的面孔，他的脸像雕塑一般严肃。他的装束混合了满族和汉族式样，橘黄色的丝绸装饰着红色的龙——被周围蓝色、绿色旋涡状刺绣云朵凸显出来。在耀眼的阳光下，他发出光亮，就好像他本身就是高台上这个金色亭子的延伸——一个站立在他帝国之上的巨人，耀眼而无懈可击。高台上，皇帝身后站着一排灰衣的弓箭手，他们安静得就像塑像一样。在高台离地面较近的基座上，还有更多的卫兵在皇上和百姓之间,排列有序地站立着。

李杜感到脖子后面有些刺痛。他瞥了一眼广场,以防尼古拉斯·格雷现在过来,但没有他的踪迹。和陈氏说话的侍妾笑着——虚假、做作的颤音加深了李杜的忧虑。有什么事情不对劲。为什么格雷没在这儿?从李杜第一次和他交谈开始,格雷就一直关注这个时刻,甚至比其他任何人都关心。格雷所有的关注点都一直围绕着日食这个时刻。这是一个取悦皇上的机会——用外国钟表师和珠宝师的技艺迷住皇上、引诱皇上。格雷不会轻易抛弃这个位置,这个比庆典广场上所有人都更接近皇上的位置。

人群中的面孔如此众多,李杜知道没有可能在他们中分辨出格雷。他的目光锁定一个个人,又马上移开:两个老年妇人跪下——点头鞠躬在许愿;一位母亲试图让一个啼哭的婴儿安静下来;三个男人在一边争执一边对着太阳做手势——他们中的每个都想成为第一个看到日食开始的人。焦虑不安的情绪就像暴风雨前空气中将要爆裂的低气压一般膨胀着,并促使人群更大声地交头接耳,带着期望和敬畏四处张望。

李杜回转目光看向皇上待的高台。现在高台底座的卫兵们正在准备烟花——它们将从石龙的嘴里喷出来,用喷出的彩色火焰将高台环绕——烟火表演正在被小心翼翼地准备着。

从皇上所在的高台上传出一声模糊的报时声,李杜已经分辨不出它到底是真实的还是只是他想象出来的声音。皇上举起手臂,忽然一片寂静,就像一层阴影覆盖住庆典广场。这样一个充满活生生的人群的空间如此寂静真是不可思议。李杜看了一眼陈氏,看到她的眼中满是泪水。他觉得有东西刺进了他的眼睛。

然后传来叫喊声，庆典广场中的人都举起胳膊，指着太阳。观礼台上的贵族摸出他们烟熏过的圆形镜片，举着它们遮住眼睛。他们都看着白色、炽烈的太阳，看到它上面非常缓慢地出现了一条黑色的完美曲线。

李杜听到第二声幽灵般的报时。皇上会看到什么呢？李杜想象着微型的天蓝色海洋，在珠宝做成的船下波动，微型的钟鼓在钟楼上敲响，樱桃树开满宝石做成的粉红色花朵。还有灼烧着的玻璃做成的太阳。那种物质叫什么？磷。一种化学形成的火焰。"每件事，"李杜想，"每件事都为了这个时刻。一切都汇聚到了这个时刻，这个时刻。"

光线开始变化。整个世界变得昏暗了，还没觉察到，就进入了夜晚。李杜看着木刻的龙抱紧皇上所在的高台。他听到他后方的地面上传来火石的敲击声，烟火已经安放到位了。突然间，李杜确切地知道了将要发生什么！

他站了起来。没有一个人看向他。李杜把手放到图利申的肩膀上，在他的耳边低语："你必须让皇上从高台上下来。"

"什么？"图利申不明白。

"如果皇上现在不下来，他会死的。"

"但是——"

"没有时间了。"

"你——你是认真的吗？但我要怎么跟他说？这办不到。"

"想想办法。"

天空变得越来越黑，李杜已经看不清庆典广场上人们的样子。他们成了几千个没有面孔的人影，站在那儿惊奇地看着天空。烟火随时都可能发出嘶嘶的声音，呼啸着，在人群头顶的黑暗中爆炸。

图利申还在犹豫。李杜伸出手抓住他表兄的胳膊。"等天全黑了，就太晚了。你是唯一一个能被卫兵允许通过的人。你一定要相信我！"

图利申低头看着李杜抓紧他袖子的手。太阳消失了一半，月亮继续无情地侵蚀着白色的日光。"现在就去。"李杜说，松开了手。他们的眼神相遇了，图利申从他表弟表情中看到的东西打消了他的踌躇不决。图利申的眼睛睁大了，他带着明显的恐惧抬头看着高台的顶端。他站起来，没有说一句话，也没有看任何人，就走下了台阶。

没有一个人注意到图利申的举动。皇上和太阳让他们不能动弹，无法呼吸，静止得像是塑像一样。仅仅有一些装饰品——流苏、宝石和羽毛，在微风的随意吹动下轻轻摆动。

皇上所在高台的底座上，一个卫兵走上来挡住图利申的路。但在知府严厉的命令下，这个卫兵谦恭地鞠了一躬，站到一边让图利申通过。李杜看着图利申爬上高台的第一层，然后又爬上第二层。现在太阳已经被遮住了四分之三。图利申终于来到第三层。他已经到了高台的顶部。当穿着黑色袍子的图利申出现在高台上时，皇上和卫兵们都很意外地转过身。李杜听到又一声报时，他觉得自己可以看到地球仪的太阳——那个小小的红色光球。阿什顿叫它什么？磷——光与火。

"快。"李杜默默地催促着。皇上闪着黄色和深红色光的袍子好像映衬着太阳的回照，也几乎完全被遮住了光芒。图利申说了些什么。皇上回应着。他有一些犹疑，然后做出了决定。

从高台传来鼓声，然后是卫兵和站在皇上身边几乎看不到的护卫齐声呼喊。

"皇上将会来到百姓身旁，"他们宣布，"真龙之子将会在太阳被月亮遮住时与他的子民待在一起！"

天空中仅仅只剩下了一线银光，现在它的光亮加强，用最后的力量，通过最后一点没有被月亮遮住的空间发出光芒。皇上向下走，迈着稳健的步伐，慢慢地走下台阶，慢慢地离开高台，走向百姓。百姓都跪在皇上周围，呼告的声音在人群中一遍又一遍回响。

"真龙之子来到他的子民中间！"

黑暗降临，巨大的圆环出现在天空。圆环中间的黑暗加深，现在不再只是阳光变弱，而是完全没有了阳光。地球仪的宇宙钟表已经移动到了它设定的位置，人群一起发出错愕和惊叹的呼喊。

之后发生了很多事情。人群的声音提高，变成了掺杂着敬畏的呼喊。在黑暗中，皇上一度消失，即使他最贴身的护卫也几乎看不到他。火石打出火花。烟花呼啸着飞向天空，绽放出绚丽的菊花，烟花喷射出彩色火焰，延伸着、闪耀着，又被新爆出的烟火替代。美丽、错落的烟花被精心设计，高台的中心被灼热的火焰所吞没。高台周围混合着烟火，当烟火延伸到巨大的木质龙雕时，它们也迸发出火焰。当感觉到热量时，李杜周围的高官们都跳了起来，他们眼看着高台变成了火海。李杜看到地球仪的辐条破碎、扭曲，想象着它的齿轮和珠宝在火焰中纷纷掉落，在它们落在有阴影的地面之前，还能捕捉到它们的光芒。

慌乱中，李杜感觉到有人看着他。他转过身，看到那是陈氏。他们的眼神相遇了，她看到了李杜的目光。然后，没有任何解释，她就明白发生了什么事情。陈氏转过身看着皇上和知府通过人群。她加入其他高官的欢呼中去。

人群继续像波浪一样地围绕皇上叩拜着。日食开始向相反的方向转变，日光重新出现在广场和天空中。太阳看起来因为曾受到抑制而更加强烈，阳光刺入李杜的眼睛时，他不断眨眼。

当阳光完全恢复时，烟火停止了。表演者重新回到舞台，再一次开始演奏乐曲。当人们从他们所见的景象中回过神来时，他们重又饮酒、吃喝和交谈，分享他们对日食从开始到结束每一个时刻变化的印象。乐队在演奏熟悉的调子，杂耍演员开始表演他们的筋斗，京剧名角再次开始上演他们的爱情传说。

皇上又一次被他的随行人员围绕、陪同，来到他喜欢的表演处。很荣幸地可以坐到皇上旁边的高官，已经涌到了庆典广场，希望继续逢迎讨好。

李杜走向燃烧的高台底座，在那里，几个官员又害怕又迷惑地站着，不确定大火究竟是不是安排好的。李杜低头看着草地，看到他脚边散落着闪烁的宝石。他跪下来，拾起一个灰白色的银球——地球仪中的那个月亮,李杜猜想。他知道这儿没有可能找到那个太阳了。太阳是爆炸的中心,那个幽禁着火苗的红宝石玻璃,已经熔化得无影无踪了。

第二十四章

　　知府图利申晚上亲自来告诉李杜皇上想召见他俩。他们被引进皇上的私人起居室，屋里满是皇上出巡时随身携带的一些物品：外国参考书籍，中国传统诗歌、历史以及哲学典籍，毛笔和纸，还有一个小小的、简单的报时钟。

　　和这些精致的文墨用具混在一起的是与狩猎有关的东西：巨大椅子上的虎皮毯子；墙上两张弓之间，悬挂着皇上在马背上被矛和流血野猪环绕的肖像画；房间的一个角落，一块巨大的天然石景雕像蹲在基座之上，像是被召唤出来的山中野兽。

　　李杜几乎没有注意到站在门窗边一动不动的守卫，但当皇上走进房间时，这些守卫一起熟练地跪倒在地。李杜和图利申也跪下来磕头，并且一直把脸朝向地面，直到皇上命令他们平身。

　　如此近的距离、如此简单的陈设，李杜期待着皇上可以平易近人一些。当他抬起眼睛时，他发现，情况刚好相反。康熙皇帝，穿着朴素的蓝色袍子和红色帽子，比平时浮华和显赫包围他时，显得更让人印象深刻。皇上脸上所呈现出的上了年纪的迹象——松弛凹陷的皮肤、疲惫下垂的胡子——这些仅仅加强了他眼中的明亮与智慧。李杜从这张脸上看出了幽默、骄傲以及——最为强烈的东西——好奇心。

李杜马上垂下眼睛，意识到低眉顺目就是要遵循的法则。他意识到皇上也正在估量他和图利申。图利申正死死地控制住自己，几乎不敢呼吸，努力保持着正确的姿势。皇上先对图利申说话：

"刺客已经逃离了大研，但他会被捉住的。可能有反叛者躲藏在云南省，但朕设置的天罗地网比他们的还要严密。朕希望在任大研知府期间，你能更严格地处理这种情况。"

除非被命令回话，图利申是不可以说话的，他张开嘴，嘴唇发抖，准备为他的过失而祈求宽恕。但康熙对他不耐烦地挥挥手："朕不喜欢朕的知府在朕面前显露恐惧，好像他们是弱者一样。一个优秀的男人是安静而沉着的，不会表现出谄媚惧怕。朕明白现在的情形。云南省一直不是很驯服。你在京城将会更好地为朕做事，在京城朕可能要指望你去加强与那些旧家族之间的关系。你接受这个任命吗？"

尽了最大的努力，图利申才保持他的声音不颤抖："臣万分感谢您授予卑职家族的殊荣。"

"朕会考虑派一个新的知府到大研。你在京城安顿好你的家眷时,也要安置好陈氏。她所拥有的异国情调的魅力,将会使她在京城很受欢迎。她膝下有子吗?"

"她没有任何孩子。"

"这很不幸,但可能换了地方,会有幸运的事发生。"皇上停了一下,然后开始用他的拇指和食指拨动悬挂在他胸前的珠子,一次拨动一颗,发出咔嗒声。"然而,"他沉思着说,"朕不同意朕的谋臣对吉兆与凶兆重要性的看法。所有事情都不是被预先确定的。多年以前朕在北方狩猎,在树林深处,和其他人都走散了,只剩朕一个人。突然朕听到离朕非常近的地方有雷声,于是朕逃离了原来站的那块林中空地。当朕回头看时,看到闪电正好刚刚击中朕刚才站立的地方。朕意识到如果没有跑开,就会被闪电击中。每个人都会说那是朕的天命。所以你看,人本身的行动也是不可忽视的。你看出其中的关联没有?"

这问话并没有期待回答,只是皇上想让沉默变成一种铺垫,使他后面的话能更好地凸显出来。"今天,"他说,"外国人试图用钟表装置刺杀朕。当这个装置制造出来时,当报时时间被设定为朕的死亡时间时,可以这么说,朕的命运被预先决定了。但朕却没有死。李氏家族今天对朕贡献不小。"

他转过身对李杜说:"朕始终对学者们表示尊敬。当一个学者被控告反对朕时,朕总是怜悯、同情他们。在朕的统治中仅有一位学者因为写下的文字而被处死。你是他的家族的朋友,你因为没有意识到他的反叛行为而被处罚流亡。"

李杜的眼睛一直低垂着。

"今天你的行为就改变了你的命运，"皇上接着说，"你是怎么发现地球仪就是武器的？"

图利申猛地看向李杜，李杜没有理会他，对皇上说："臣在调查皮耶特弟兄之死的过程中与格雷先生会面——"

皇上举起手打断李杜。"这件事，"他说，"不需要进一步讨论了。在某些情况下，秘密才是最重要的。皇帝需要为他的统治史负责，有些事情是没有历史价值的。告诉朕有关格雷先生的事情。"

"地球仪是与日食协调同步的，格雷先生固执地坚持日食行程安排不能有任何改变，说那样就会减弱地球仪的效果。"

"但这本身并不可疑。"

"不可疑，但当臣揭露日食将不会按照预期发生时，臣看到了格雷先生的脸。他的眼睛立刻转向了地球仪。他是一个焦躁的、强有力的人，很容易发火。但臣从他脸上看到的不是怒气，而是恐惧。是对地球仪本身的恐惧。"

"他以为地球仪可能在任何时刻着火爆炸，直到你让他放心它不会那样。"

"是的。臣那时还不明白他反应的重要性。直到今天，当他没有出现在知府观礼台他的位置时，臣终于明白将会发生什么。木质雕刻的龙是东印度公司送来的礼物——"

"这些丑陋的木头雕像。"皇上厌恶地噘起嘴唇，低声发出轻蔑的哼声，就好像艺术上的冒犯比阴谋杀害他更让他觉得震惊。

李杜继续说:"这些木质雕龙被制造出来,将会成为皇上站立的高台的一部分。当臣参观庆典广场时,听到其中一个官员说这些木质雕龙不像他预想的那样重。他将他的疑惑归因为这是他不熟悉的木料制成的雕塑。但事实上这些木质雕龙是中空的,其中被填满了木屑,可能还有少许的火药,当地球仪爆炸时,它们也会燃烧起来。当最后的报时在完全黑暗中被敲响时,钟表装置打破玻璃做成的太阳。太阳中的化学物质遇到空气,爆出火焰。这是他们炼金术士的发明。"

皇上没有任何表情和评价地听完了这些解释。然后他点点头说:"朕明白东印度公司的策略。这是很普通的计划,朕在《武经七书》里读到过类似的细节——虽然一般来说朕认为读这些书是浪费时间。一个将军只会纸上谈兵是会一直输的。东印度公司想动摇朕的帝国,制造混乱,让大清更容易受到攻击。"

"他们意识到在这种特殊的情况之下,他们可以获得利益。"

"哈,"康熙带着突然的、令人意想不到的笑容说,"你非常聪明。朕能从你的脸色看出来你和朕有同样的想法。这很少见——通常朕必须决定是否要尽力慢慢解释自己的想法,直到朕的官员们明白。图利申,你是否知道你的表弟和朕都想到了什么?"

"请皇上恕罪,"图利申回答,"臣不知。"

"我们在想,"皇上说,"外国公司怎么会如此大胆地刺杀皇帝。他们没有能力去进攻大清,所以他们试图借朕的自身力量来除掉朕。朕从你的表情就知道你太紧张了,不能理解朕的话。"

皇上端正了他的肩膀,举起一根手指:"朕宣布朕的目的是主持一场发生在大研的日食。百姓将会见证朕的神圣性。朕邀请外国人穿过国境参加仪式。朕给了东印度公司伪装的舞台。有了春节庆典和日食的背景，朕的死看起来将会和朕想展示的力量一样，成为天意。朕的儿子们会知道这一切，他们会策划为朕复仇。整个国家将会陷入混乱之中，没有一个王爷能有足够的聪慧领导这一切。这正是东印度公司所希望的。"

李杜从皇上的话中听到了一些东西，他意识到皇上的洞察力，皇上小心地控制住表情，不允许他的任何思考从面容上流露出来。他在怀疑他的第二个儿子，相关的流言几年前就开始了，说他急切地想要反叛他的父亲。东印度公司是怎么知道这么多的？而且格雷是如何逃脱的？皇上可能在云南省撒下了天罗地网，但有爵位的王爷们也有他们自己的资源。

皇上又开始说话："朕对这些外国人的直觉一直是正确的。朕预见到了将来我们与西方国家之间的冲突。朕不会允许这种企图刺杀朕的事件进入历史，但朕也不会忘记它。现在朕希望与朕最亲近的谋臣商量逮捕刺客的事宜。你们俩都退下吧。还有，因为你的表现，李杜，朕准许你结束流放。你不会恢复以前的职位，却可以得到一个新的职位——紫禁城皇家藏书室总编修。"

陈氏在厨房外给一个厨师分配任务。"记得，"她说，"总督大人不喜欢燕窝，觉得看到它就胃不舒服。所以当你上菜时，一定不能把燕窝放在他旁边。如果你上菜时他正好不在位子上，你要知道他的位子就在紫色和绿色的瓷器旁边。明白了吗？"

厨师点点头表示他明白了，而后赶忙穿过被烟熏黑的门，进入厨房，一直喃喃自语重复着陈氏的话。

看到李杜时，陈氏点头表示欢迎，并走向李杜。"我们一直没有交谈，"她说，"自从那晚你指认出伪装在我们家中的毒蛇之后。从那个时候起，发生太多的事情了。"

"正像你说的那样。"

"当我看到你和知府谈话时，我就知道有了严重的危险。我承认在那个时刻，我所想的就是希望他这一次听你的。他不喜欢你比他聪明。"

李杜谦虚地摇摇头。这次陈氏笑着，意识到她的评价让李杜很开心，尽管李杜对此努力表现得很漠然。

"你已经听说了吧，"她说，"我将随着整个家族到北京去。"

"恭喜你。你是否一直在期望这个改变？"

"去看看京城吗？一个女人不对这个前景充满兴奋，她就失去理智了。大研城要来的这位新知府大人，也没有让他的夫人随行。他将会需要一个人来操持宅院。我已经推荐了我的侍女宝儿给他考虑，让她成为侍妾。"

李杜眨眨眼："宝儿？但你和她争吵……"

"作为一个多年不处在社会中的人，你聪明地领会了我们处境的复杂性。你看起来很善于理解政治、科学，甚至外国人的古怪宗教。但我肯定——你不理解怎么处理家务。宝儿对我有用处，并且我喜欢不太顺从的女性。如果我没有一点点怨恨，我就永远也不会离开那个脏兮兮的小村庄。当处于别人控制之下时，不顺从是一个好的品质。"

"我一直想感谢你引导我找到皮耶特弟兄的日记。"

陈氏不屑一顾地挥挥苍白的手:"我在藏书室目录清单里,注意到这本日记,我想它可能对你很重要。"

"请你原谅,但我认为事情不是这样的。"

陈氏的表情变了,她用一种对待仆人的正式、权威的语气说:"事情就是这样的。现在我必须要去忙了。今晚的客人开始陆续到达了,乐师也已经就位了。昨晚报时的钟有些不准,客人们已经在抱怨了。"

他们一起走到一条花园小路的僻静之处。看到四下无人,李杜说:"为了维护你在知府家中的地位,你隐藏了关于你过去的真相。我知道,和你一样,我的表兄很在意声望。我也知道你作为村长女儿的身份,对于知府下决心接受你进入他的家庭至关重要。家世血统是知府考虑一个人价值的最基本的方面。"

陈氏突然停下来,发间的珍珠和银饰在她平静的脸前摇晃。李杜也停下来,陈氏平静地对李杜说话,却没转过脸。"你误会了,"她说,"我不像你想的那样害怕。我知道怎么能使处境扭转。但我更愿意在我的过去被提及时,能够更好地控制针对我的流言。一个没有婚姻保障的侍妾必须拥有舆论的控制权。当我的出身对我有价值时,当我可以将它作为一种迷人的神秘感加以利用时,公布我出身的时候就到了。"陈氏说着,没有悲伤,只有坚定的决心,"这个有关我过去的秘密,过去几周以来确实造成了不便。知府大人需要我当他的心腹,而不是另一个需要他担心的麻烦。"

现在陈氏看着李杜的眼睛。她发现那眼睛中流露出同情,她不耐烦地做了个手势,转身走开。当李杜对她说话时,她停了下来。李杜的声音很轻,以至于她不努力分辨的话,就听不清李杜说的是什么。李杜说:"从你见到皮耶特的第一刻开始,你是否已经知道了他是你的父亲?"

经过长时间的沉默,陈氏的态度和表情几乎觉察不到地放松下来。"没有,"她说,"最开始没有。当我知道他以前曾经来过大研——那时候我开始好奇。我的母亲是个寡妇,当时一个外国人来到大研,和她的家族待在一起。这不是一段非常秘密的感情,也没有遭到特别的谴责。当母亲去世后,我的姨母和姨父非常高兴地把我当成他们的女儿。至于我的父亲——他从来也不知道,当他被上级调派走时,我的母亲有了他的孩子。"

"那么皮耶特呢?他认出了那坛酒,对吗?"

"是的,"她声音里的感情成分很少,李杜几乎没有注意到它,"那晚我太蠢,"她说,"有些时候我太过天真了。讲故事的人在那儿表演,有灯笼,还有从京城来的尊贵客人。我感情用事了,我想测试一下他。我给他倒酒,轻声说这个酒是根据我母亲的秘方酿造的,还有她曾告诉我,我的父亲给这种酒起了个名字——一个很奇怪的字眼,我记得在我是孩子时还因这个词而发笑:仙后座——一位皇后,她的宝座被安放在星星上。"

"他想起来了。"

"我不知道我打算做什么。我只是一时冲动,当他忽然离开时,我真的担心他。我想和他谈谈，想知道他的一些事情。但是当我到达他的房间时，他已经死了。"

"然后你就拿走了日记。"

"这真可怕。"她紧紧闭上眼睛，回忆着。她睁开眼再次看着李杜："我不明白我看到的东西。他对我来说毕竟只是个陌生人。我很快整理好我的思路。我有了个想法，我看到他随身携带着日记，它可能会告诉我有关他的一些事情，所以我拿走了日记。当然，不久我就意识到日记全是用我读不懂的外国语言写的。我——我不能毁掉它，所以我把它藏在藏书室里。"

"是什么让你决定引导我找到日记？"

"就像我之前告诉你的，在我这里没有什么秘密。我追踪你的调查。我听说你和那个说书人一起调查。当我意识到，实际上你的目标是将凶手绳之以法，而不是为自己获取利益时，我就决定要帮助你。"

"正是这本日记让我走向了真相。"

她摇摇头。"是你自己的决心让你获得真相，"她说，"我很敬佩。我不认识这个外国人，但我和你一样不能让杀他的凶手逃脱。我的母亲爱他。你准备向知府大人告知此事吗？"

"我看不出有什么理由要这么做。"

"我也认为你不会。现在还有很多事务，我必须出席。我不想再讨论这个问题了。现在整个家要搬到京城，我必须考虑将要做的一切。一切都会不同了。可能你和我会在北方再次见面。"

她低下头正式告别，就好像他们一直讨论的是有关家务的事情一样，李杜低头回应，离开了陈氏。

几个小时以后，哈姆扎和李杜坐在客栈的一个院子里，好像这样做已经变成了他们的习惯一样。这次客栈里几乎空了，有品阶的客人们都在大宅的晚宴上喝酒，其他人在庆典广场上喝酒。晚上，龙形的河道里满是蜡烛，人们一整天都在买由荷花叶子折成的小船，小船带着细小的烛光，沿着水流向下漂浮。他们坐的地方，迎着从高地来的风，李杜和哈姆扎勉强才能听到烟火发出的隆隆声和爆炸声，以及紧跟其后的喝彩声。

"这个月是大研城的邪恶之月，"哈姆扎带着怨恨说，"过度的恶意最终让两个阴谋都破灭。两个坏人，各自都没有意识到另一个的存在。"

"并且，"李杜说，"我几乎帮助了他们其中的一个成功实施了阴谋。"

哈姆扎皱着眉头："你阻止了他们两个人的阴谋。这是什么意思呢？"

李杜摩挲着脖颈，抬头看着一颗新星出现在弯曲的李树树枝之间。"当我纠正日历时，我就将皇上置于了死地。我将春节庆典推后，和钟表装置的时间一致，这样皇上和那件暗杀武器的时间表就重合了。"李杜颤抖着说，"如果我没有揭发贾环的破坏行为，地球仪在错误的日食时间将会保持休眠。它将在第二天莫名其妙地爆炸，很可能就不会在皇上的身边。"

哈姆扎叹息道："你要怎么做？你已经被赦免了。"

"我没接受在北京的职位。"

"你能拒绝它？"

李杜记起他之前看到的皇上的表情，点点头："我相信皇上会尊重一个隐居学者的一时之念的。"

哈姆扎轻声笑着："我想你是决心不要这个名头了。你的皇家藏书室如何？帝国最宏伟的藏书室。你不想回去？"

"我想。但可能不是现在。"

"皮耶特弟兄告诉我，"哈姆扎说，"在他出生的那块土地，海浪涌起如此之高，它将贝壳带到家家户户的门口，用海藻铺设街道。你知道，如果你从北边穿行去西藏，有一条路可以到欧洲。卡尔登·多吉和他的商队这一个月在香格里拉外安营，我们要还骡子给他。也许他能引导我们向西，最远能到拉萨。"

"我们可以，"李杜说，"看到那个年轻的耶稣会信徒安全地到达印度——如果我们走这条路的话。"

"你是对的。我在阿格拉和一个热情的法国人还有一个约会，他想在他的其中一本书中记录我的故事。不过我还是觉得这是一个愚蠢的计划。"

"你不同意将故事变成文字？"

"书籍是为那些政府文档、炼金术士秘方和学说服务的，不是为故事存在的。你不同意吗？"

"我不想把语言禁锢在不能被阅读的黑暗之中，但我不确定我会放心把这些故事放在一个像记忆一样脆弱、易被忘却的地方。"

"书籍也会被焚毁或是被虫子吃掉。"

"讲故事的人也不会永远活着。"

"从某个角度说,他们中的一些会。"

"好吧,可以说,我们是为了同一个目标。"

他们一起看着星星闪烁,云聚集在一起,穿过没有月亮的天空。火盆里的炭燃烧得通红,李杜和哈姆扎的漆制酒杯在逐渐暗淡的火光中发出春竹一样的绿色。

图书在版编目（CIP）数据

玉龙雪山 /（意）艾尔莎·哈特著；王晓冬译. --成都：四川人民出版社，2021.5（2022.7 重印）
ISBN 978-7-220-11981-1

Ⅰ.①玉… Ⅱ.①艾… ②王… Ⅲ.①长篇小说—意大利—现代 Ⅳ.① I546.45

中国版本图书馆 CIP 数据核字 (2021) 第 278024 号

四川省版权局
著作权合同登记号
图字：21-2019-563

Jade Dragon Mountain
Copyright © 2015 by Elsa Hart
This edition published by arrangement with Susanna Lea Associates
through Bardon-Chinese Media Agency.
Simplified Chinese translation copyright © 2022 by Ginkgo (Shanghai) Book Co., Ltd.
All rights reserved.
本书简体中文版权归属于银杏树下（上海）图书有限责任公司

YULONGXUESHAN
玉龙雪山

著　　者	［意大利］艾尔莎·哈特
译　　者	王晓冬
选题策划	后浪出版公司
出版统筹	吴兴元
特约编辑	胡　泊　张媛媛　袁艺舒
责任编辑	熊　韵　段瑞清
装帧制造	墨白空间·杨阳
营销推广	ONEBOOK
出版发行	四川人民出版社（成都三色路 238 号）
网　　址	http://www.scpph.com
E - mail	scrmcbs@sina.com
印　　刷	天津中印联印务有限公司
成品尺寸	143mm × 210mm
印　　张	12
字　　数	245 千
版　　次	2022 年 5 月第 1 版
印　　次	2022 年 7 月第 2 次
书　　号	978-7-220-11981-1
定　　价	48.00 元

后浪出版咨询(北京)有限责任公司版权所有，侵权必究
投诉信箱：copyright@hinabook.com　fawu@hinabook.com
未经许可，不得以任何方式复制或抄袭本书部分或全部内容
本书若有印、装质量问题，请与本公司联系调换，电话 010-64072833